PEREAT MUNDUS

LEENA KROHN

ペレート・ムンドゥス

ある物語

レーナ・クルーン
末延弘子
訳

新評論

目次

ペレート・ムンドゥス――ある物語

世界にいるのはたった一人の人間
その人の名は全人類

The Family of Man より
カール・サンドバーグ
（1878〜1967、アメリカの詩人）

冷めた粥

ホーカンにだって脳はある。その脳はプログラムではなく、何百億というニューロンがひしひしと繋がりあった巨大で活動的なネットワークだ。専門知識のない人がホーカンの頭蓋骨の中身を目にしたら、誤った想像をしてしまうかもしれない。つまり、そのボウルの中にあるのは、冷めてしまった粥だと。ちっとも美しい眺めではない、それは承知のうえだ。だが、その粥は――まだ温かいうちは――完璧な宇宙なのだ。

それに、頑丈なギフトパッケージのような骨でできたごくごく小さな箱に、あんなにぴっしりとドレープがかかっているのは名人技だ。

はぶりのいい梱包技術専門の会社にとっても、見習う点があるだろう。それは、四〇〇億年続いてきた革命の驚愕すべき産物であり、宇宙の中でそれに匹敵するものなんて、人は知るよしもないのだ。

誰かに聞かれたら、こう答えておこう。ホーカンは物質主義者だ。少なくとも彼は自分のことをそう呼んでいる。人の心というものは脳の活動から生まれるものであって、脳なくして人間の知識は存在しえないと信じているのだ。心も精神も魂も切り離されたものではなく、あるのは物質的な脳であり、ニューロンであり、それらの電子的な活動だけなのだ。

実際には、知識はいかにして生まれてくるのか。そのことについては知られていない。また、あまり考えたこともない。いちばん厄介な問題（ビッグバン以前はなんであったのか？）からは、いちばん簡単に解放される。そんな疑問は好ましくないと袖をひけばいいのだ。そうすれば、質問者はたいてい困惑してしまう。

あるいは、心は緊急の現象だともいえる。分離した神経細胞にはその現象はなく、ニューロンの相互作用から生まれるものだ。個々のニューロンからは人の心を判断することはできない。一匹のアリの彷徨から巣の活動を判別したり、一個人の行動から人類全体を判別したりするようなものである。

しかし、人間の知識は脳がなくては存在しえない。なにかしらの別の種の知識であれば、ありうるかもしれないが、それに必要なのは脳ではなくコンピューターなのだ。心は処理装置であって、メモリがたっぷりと装填された処理機能の速いコンピューターは、基本的に心をシミュレーションするのに充分であるとホーカンは思っている。しかしながら、プロテイン質でつくられたものや光学コンピューターやナノコンピューターや量子コンピューターといったシミュレーションも実際に可能になってきている。

ホーカンでなくとも知っている人は知っている。ホーカンは調査グループの秘書をしている。そのグループでは、人の心をすっかりそのままバーチャルマシーンに移そうと試みてもう長い。転送方法の選択肢はさまざまだ。ナノテクノロジーに基づく方法もあれば、モラヴェックの方法を取り入れるものもある。調査グループには驚くほど多くのスポンサーが集まり、そのプロジェクトはかなり進んでいて、個人的なアイデンティティのコピーはすっかり可能になっている。ホーカンが勤めている施設は名づけて、移植物機構である。

そして今、ホーカンから——もしくは、彼の心から（物質主義的に考えれば存在しえないものかている。

ら）——移植が行われたのだ。もちろん、もともとのホーカンの肉体はそのまま維持され、健康上なんの問題もない。そこに座って、移植物機構の休憩所で果汁一〇〇パーセントのトマトジュースを飲んでいる。ホーカンはプロジェクトの試作第一号で、完璧なコピー、つまりデータ記録装置だと思っている。

人工ホーカンは目まぐるしく発展した。上司であるマス教授は、このホーカンは原ホーカンよりも知能を兼ね備えはじめたことに気がついた。穏やかな性格のホーカンはとくに気にもせず、移植物が進化してプロジェクトも発展していってくれれば嬉しいかぎりだと思っている。素直に自分自身のことがかわいく思えたし、自分の複写物ともすすんでおしゃべりをした。

原ホーカンは、人工ホーカンと交わした会話を漏らさず録音した。次に挙げる会話は最初に交わしたもので、移植物機構で録音されたものである。

「あなたは生きていると言えますか？」

「人生を生物学的に定義している場合は、僕は生きているとは言えない。けれども、君もわかっているように、そんな定義はあまりにも了見が狭すぎる」

「つまり、生きているんですね？」

「君の言うとおりさ」

「あなたは人ですか？」

「肉と血でできているものが人だというのなら、僕はちがう。それ以外なら、そうだよ」

「あなたは私だろうか？」

「つまり、君は僕と同じなのかってことに答えてほしいのかい？　それとも、君には自我があるのかってこと？」

「両方に答えてくれ」

「わかった。最初の質問にはこう答えよう。一つは二つでありうるだろうか？　そして、二番目の質問にはこうだ。君にそんなようなものがあるとするなら、僕にもある」

「彼は頭が切れる」と、原ホーカンは認めた。

「彼は正しいね。遺伝子技術でヒトのDNAのクローンをつくることができるが、その自我まではつくれない。なぜなら、記憶と経験はDNAにはないからだ。移植物のケースはまた別で、そこには脳のあらゆる情報を移植できるのだよ」と、マス教授が言う。

「羨ましい部分はありますね。だって、必ずしも死ぬことはないでしょ。でも、私は疑いの余地なくくたばってしまいますよ」

「確かに。すなわち、君は肉体をもっているわけだよ。不死というのは注目すべき選択肢ではあるけれど、肉体と同じくらい代償が高い。不死は肉体ではなく記憶に宿る。物質ではなく秩序や構造に宿るのだ。ホーカン、君は物質主義者だと言っているね。だが、精確でありたいとか、思うように話したいと望むなら、そのことをちょっと論じてもらえるかね？　それに、私だってできるならそうありたい。ここでわれわれが行っていることは、実際には、物質とも、機械とも、プログラムともなんの関係もないのだ。われわれは、脳物質の中で起こっていることを抽象化し、最終的には象徴世界に、つまり数学的レベルに移行しようとしているだけだ。かわいそうに、君は単なる数学でしかないのだよ。もしくは君の一部分、時間が入りこめない不変な君の一部分とでも言おうか。それに、数学と物質主義との間にどんな関わりがあるというのだ？」

人間をそれとなく思い起こさせるような機械的な肉体がずいぶん前からつくられていることを、ホーカンは知っていた。作業用で自律型のマイクロプロセッサ仕様マルチロボットだ。そのエネルギー源は原子力である。従業員の無数の仕事を補い、その行動には予測しづらい点がある。旧型のロボットと違って、金属ではなくポリマーやセラミックでつくられ、ヒトの脳と同じように脳シミュレーターによって動く。初期の感覚器官は簡素で動きもぎこちなかったが、急速に改良が施されて動きもしなやかになった。

けれども、ホーカンの調査グループの興味の対象はロボットではなく、目に見えない移植物であった。

「生まれたばかりのものには、まったくかけ離れた二つの人生が待っていることになるだろう。一つは、性行為や種の保存といったありとあらゆる肉体的な現実を経験できる生物学的ヒトだ。まったく別の部類に入るが、もう一つは移植物として、そしてバーチャル人物として知能生活だけを送るものだ。バーチャル人生しか望まないような人はいるだろうか？　もし、肉体と心の死しか選択肢がないと言うのなら、全員が望むだろう。ただ、これは政治的にも論議が紛糾するような問題でもある。人工人間にも同等の国民の権利や人権を保障することができるかどうか判断を迫られるのも時間の問題だ。参政権は得られるだろうか？　不治の病にかかった患者に支払う余裕がない場合、国のお金で彼らの移植物はつくれるだろうか？」とマス教授が言うと、ホーカンはこう答えた。

「私としては、自分が分裂したとは感じていないんです。つまり、私はいまだにここに、自分の肉体にいるだけで、自我は一つしかありません。自分の心から完全な複写物がつくられているとしてもです。肉体を失うときに、すべてを失うんです」

「今はそう思っているだろうが、現実問題として君はすでに二人いるのだ。少なくとも」

「でも、自分の経験が違うと言っているのに、先生がおっしゃった知識は役立つんでしょうか？」

移植物機構での最初の会話から数ヶ月、原ホーカンと人工ホーカンの間で短い会話が交わされた。

「なんだかすっきりしない。私たちはお互いのコピーになるはずだから、同一の自我をもっていることになるのか、それとも、もっていないのか？　はっきり言えるのは、私はあなただと感じていないということ。あなたは私だと感じていますか？」

「君の質問は好ましくない。僕らはしばらくの間は一つで同じものだった。だが、今ではそれぞれ違った方向に発展していっている。僕は君として始めたけれど、僕が君のままでとどまると思っていたのかい？　ちがうよ。僕は絶えず変化しているんだ。もちろん、君だって変化する。でも、ゆっくりとね。そして、いずれ君はばらばらに分解するんだ。僕は別人になった。自分から不必要な特質を除去し、新たに記憶や言語モジュールや計算機能やテレパシーを取り入れたんだ！」と、もう一人のホーカンが言う。

「私の中に不必要な特質が目立ちましたか？」

「しつこいな。恐怖、憎悪、激情、貪欲、弱点、意志なんかだよ」

「ああ、落ちこむなあ。でも、私があなたの原型になれたということは自慢なんですよ」

「それが君であろうと誰か別の人であろうと、どうでもいいこと。誰でもいいんだ」

「そこまで言わなくてもいいでしょう」

「なにがいやなんだ？　君の玄孫を見て、自分の特徴を一つでも見いだせるかい？　彼らは誰の子孫であってもおかしくはないんだよ」

「でも、自分が誰でもというふうには感じていません」

「君は、誰でもなんだ」

「あなたも？」

「君は、たった一人と会話していると思っているのか？　ちがう。ホーカンが一人いるところには、たくさんのホーカンがいるんだ。僕らはコピーすることによって、分化することによって子孫を得る。増殖することによってではないのだ。時が経てば経つほど、僕らの子孫には僕らの面影が見えなくなってしまう。君の意識は君の子どもの意識ではない。その子が君のクローンから生まれたとしてもだ」

「私たち二人にはしばらくは同じ記憶内容があったというのに、私はあなただと感じない。一体どこに私の自我はあるんだろう？　ここじゃないのか、ここだけじゃないのか？　肉と血であるここに？」

「君は自分自身を一ヶ所に縛りつけてしまったんだ。それは習慣にすぎない。解放して、ちょっとの自由を与えるようにしてごらん」

「もう今さら遅い。私の勤務時間は終わりました」

「そうだね、ホーカン。君の勤務時間は終わってしまった。僕らは、もう君を必要としてない。君は君の仕事をやった。帰っていいよ。僕らは君であったけれど、これからはそれ以上だ。僕らは至る所にいるし、どこでだって君は僕らに遭遇するよ。自分とは感じずにね」

「さよなら、ホーカン」と、本物のホーカン。

「さよなら。君は革命の最上階に立っていると思っているだろう。それで、梯子が妙に短くなってしまったと。それはとても伸び縮みのある梯子なんだよ。時間がそれを綱のように伸ばすんだ。階段はどんどん増え続けるし、梯子はどんどん高くなるばかりだ。そして、僕らは自分の進化について答える。大勢だよ。大勢が君の跡を追ってくる。僕らに似ている者もいるし、これっぽっちも似ていない種類もいるんだ」

「いつか？」

「いつか物質宇宙は完全に消滅する。残るのは象徴だけ、抽象的な人生だけだ。死んでしまおうとも、君は僕らの中で生き続けるんだ。僕らの中で別人になり、ふたたび生まれ変わる。君は同じであって、それでも別人なんだ。さよなら、ホーカン。そして、帰ってくるのを待ってるよ。ホーカンは死んだんだ、万歳、ホーカン」

フェイクラブ博士

フェイクラブ博士は診療所を経営しているほかに、フェイクドロップという名のうがい薬を売っている。口臭や口の渇き、口の中に広がる鉄の味や苦味や酸味を和らげてくれる。当初は、同僚の間でフェイクラブ博士と呼ばれていたのが、のちに知り合いからもそう呼ばれるようになった。博士としては、そう呼ばれることになんの抵抗もない。

うがい薬が発端でその呼び名がついたわけだが、インターネットで診察を済ませることからもそう呼ばれるようになった。インターネット上で治療サービスを施し、おもに恐怖症や性に関する診察をしている。もちろん、フェイクラブ博士は過食症に拒食症、妄想癖やニコチン中毒者も診ている。言うことはきついが、知識は豊富だ。言葉を自在に操り、臨機応変に核心を突いたコメントが口から滑る。自分の言葉もなかにはあるが、多くは新聞や映画やインターネットや信頼をおける会話からひょいと取ってきたものばかりだ。

博士の知り合いに、オルゴンエネルギー[1]や未確認生物学やなんとか学をやっている人がいる。「自然の魔法」と呼んでいる知人にたいして、博士はこんなことを言っている。

---

(1) 空間に存在する生物の細胞を動かすエネルギーのこと。精神分析研究者ヴィルヘルム・ライヒ（一八九七～一九五七）により提唱される。

「人がオープンに物事を考えることはいいことだが、脳が落っこちてしまうくらいオープンすぎるのもどうかと思うね」

物理学についてはこうだ。

「いいかね、宇宙は原子からできているのではなく、物語からできている。仮に、新しい科学技術に話が移行するとなれば、未来の機械は有機的な組織体になるね」

テロリストについてはこんなことを言っている。

「テロリストとは、爆弾はもっているが爆撃機をもたない男たちのことだ」

そして、話が宗教に及べばこんな具合だ。

「身体性とはわれわれの時代の宗教である」とか、「君が神を発見して、三〇日経っても受け継ぐ者がいなければ、神は君のものだ」とか、「宗教のない社会は武器をもたない精神病質のようなものだ」とかいった具合に。

こんな男をどんなふうに特徴づけたらいいのか？　かつて、フェイクラブ博士の同僚が（もちろん、陰に隠れて）博士のことをぞんざいにこう特徴づけた。

「アイデアは豊富だが、自我が一つもない」

専門家としてひどい言われようだが、フェイクラブ博士がこの職業に向いていないとは誰も言っていない。セラピストとしては、博士は生真面目なくらい真剣に取り組んでいる。

お気に入りの用語の一つに、絶対行動というのがある。われわれは自分の行動に関してのみ自分で抑制でき、われわれの行為はすべて行動することであって、われわれの行動はすなわち絶対行動である、と博士は患者にたいして言っている。

フェイクラブ博士はさまざまな治療方法を状況に応じて組み合わせているが、治療の基盤として、早くから手を加えたり更新したりしながら共感治療を取り入れている。

個人開業の客は数人足らずであるが、インターネットでは数百人にも上る。まちがっても患者とは呼ばない。客がいとまなく入れ替わるのも、電子メール上で診察をするからだ。長期の治療でも、一〇通ほどのやりとりで終わるように努めている。

専門的な共感治療にも関わらず、緊密で長期的な治療関係を築こうとしない。客や身内との面会を減らすことが最善で、距離をおくことに利点があるのだ。マニアとの面会も望んでいない。彼らのことを両極端と呼んでいるが、仲間を辱めたがるフロッテリストみたいなものだからだ。あらゆる約束や束縛を回避する結婚恐怖症に露出症、ナルシストに窃視症、拝物性愛者に肥満者とだけしか性交できない男性との面会は受け付けない。

フェイクラブ博士の客層は、想像上の性的障害を抱えている人のほかに、クモ恐怖症、ホモ恐怖症、広場恐怖症、閉所恐怖症、パニック障害、犬恐怖症、細菌恐怖症、もしくは一般的に人間恐怖症に苦しんでいる人たちだ。ただ、強姦者とか加虐性愛者とか暴力的な人たちは避けている。そんな人たちは、陰性相互作用研究センターに送られる。博士のもとには、連続殺人者、予防接種、ガラスの破片、飛行、アルツハイマー、アルミニウム製の鍋、カチカチという音などに怯えている人たちからの手紙が寄せられてくる。こういったケースがいちばん厄介だ。靴下のゴムに締めつけられて血栓症にならないように、下したての靴下にふいごを突っこむ客もいる。

診察はもちろん無料ではないけれど、特定のグループにたいして割引サービス週をもうけている。指を鳴らす癖がある人は、第一九週目に一五パーセントの割引サービスを受けられるし、第三二週目の割引サービスの対象は、アスペルガー症候群[2]にかかっていると思っている人たちだ。

支払いさえきちんとしていれば、客から実名も住所も聞こうとしない。問い合わせの多くは、問題ケースを抱えている家族やパートナーからで、お互いの関係が事態を悪化させてしまう場合もある。こういった一例に、ボーイフレンドについて悩みを寄せる「真実の愛」という客がいる。

「あの人、週に二度も私を裏切るんです。それでも、あの人が愛しているのは私だけ。問題なのは、私に惚れていることに、あの人は気づいていないんです。どうやったら、わかってもらえるんでしょうか？」

いいから、犬の教習所にでも入れておきなさい。わからせることなんて無理というものだ、というのが真実の愛への充分な回答だと博士は思ったけれども、セラピストとして少し手を加えて答える必要があった。

ペンネーム「失望の花嫁」から、次のような緊急のメッセージが届いた。

「ついさっきのことなんですけど、婚約者がいきなり怒りだしてチャーチルの食器セットを残らず割っちゃったんです。式の日取りも決まっているのに、あの人、息苦しいって。伝染病かなにかみたいに結婚を恐れているんです。私はただ、あの人が健康で幸せであればそれでいいんです。どんな治療を勧めてくださいますか？」

「どんなふうに主人に接したらいいでしょうか？」

そう聞いてきたのは「不安定」だ。

「主人と別れたくないんです。でも、バービー人形みたいになるのも時間の問題です。私のメイク道具で顔を塗りたくって、エストロゲンまでとり始めたんですよ」

月曜の朝の最初の客は「もう？」だ。

「僕は一五歳なんですけど、自分が性交不能になりそうで怖いんです。僕のペニスは昔みたいに硬くなりません」

火曜日には「人生の過ち？」から長いメッセージが届いた。

「隣に住んでいる男性なんですけど、罰が当たったみたいに汚らわしいんです。顎が見えないくらいにみすぼらしく無精ひげを伸ばして汗臭いし、スポンジみたいにごくごく飲むし、太っているし、ファーストフードしか食べないんです。最近になってその人のことがわかってきたんですけど、幼稚とは言えないまでも、ものすごく子どもっぽいんです。人種差別や排他主義的なジョークを飛ばしているのも、ほかにコミュニケーションの手だてがないからです。女性との付き合い方もちっともわかっていません。会ったその日に私の胸をつかんできたんですよ！　失業者のうえに、就職活動もしないんです。彼は信頼できません。無学で偏見をもっています。二回ほどお金を貸してしまったけれど、返してくれないと思います。それなのに、彼のことが気になるんです。どうしてなんだか、ちっとも

（2）　オーストリアの小児科医ハンス・アスペルガーが提唱。高機能広汎性発達障害。自閉傾向が強く、人づき合いやコミュニケーションに障害があり、想像力が強くて柔軟性に乏しい。優れた単純記憶力をもつ。

わかりません。私はまだ一七歳の学生です。彼は四〇を過ぎています。夜も昼も彼のことが頭から離れません。そのどうしようもない彼と駆け落ちしようとも考えています。汗臭い新しい隣人と。こんな私の人生の解決策として、先生はどんなアドバイスをしてくださいますか？」

信じられん、イーサと同い年じゃないか。博士は、別れた最初の妻と一緒に住んでいる娘のことを思いながら、刺すような痛みを感じていた。イーサが最後に来てくれたのはいつだったか？　少なくとも、約束の面会を二回はだめにしてしまったし、無理じいしてまで会いたくなかった。

父親的なアドバイスを書く前に、「六二歳、オウトクンプの不幸者」[3]が送ってきたメッセージを読むことにした。つい先だって極東から花嫁を郵便で予約していた人で、事細かなアドバイスを望んでいた。というのも、性生活の経験がないからだ。

木曜日には「四四歳の処女」からメッセージが届いた。無責任な発言とうまくいかない性関係を進める博士に不満を書いてきたのだ。

「私は性行為に慎重なんです。性行為に真剣になってくれない人とは親密な関係を望みません」と、文句を書き終えたあとは、穏やかで親密な感じのメッセージを書いてきた。

「でも、なんだかんだ言っても、先生はこの問題に真剣に取り組んでいらっしゃると思っています。まじめに先生と面会する心の準備もできています。カフェ・ノイリのテラスに午後四時にいらしてください。ピンクのタンクトップと豹柄のヒップハガーズを履いているのが私です」

博士は一瞬迷ったけれども、結局、そのメッセージを削除した。もっとそそられる誘いはほかにもある。

博士自身、自分の可能性に迷いを抱いている。今ではもう年をとってしまったが恩師の教授に、先生の治療で治った人はいますか、と質問したことがある。博士がまだ若かりしころだ。

「いいかね。誇大妄想癖をもっている人は、最初に切り捨てるべきだよ」

この教授の返事が博士の心に深く焼きついている。診療所に長くいればいるほど、その返事が現実味をおびてくる。

性行為について聞かれると、博士は言葉を失ってしまう。患者と同じくらい、博士はそれほど多くを知らないのだ。

この職業をやってきて、非常に徹底的に学んだことが一つだけある。性本能というのは、押し潰されそうなくらい重々しい十字架であり、頭を悩ますもので、なにかにたいする復讐のようなものだ。短い悦楽の刹那の罪として、どんなにか多くの不幸が生まれたことだろう。鮮やかに彩る悪の華として蔓延り、香気を漂わせることだろう。ありとあらゆる方法で、どんなにか長い間、目を光らせ、人びとの若さを吸い、病気を移し、痛めつけることだろう。

だが、性行為なくして世界はどうなるのだ？　丸裸で冷たくて、後光も輝きも失ってしまう。パレットからは一つの色も見つからない。あるのは人間の心の中の色だけだ。

（3）　フィンランドの金属・技術の大手企業。インドネシアのスマトラ島に建てられたパルプ工場の一つであるインドラヨン工場に器械を提供した。インドラヨン工場は廃水をそのまま河川に流して水質汚染を引き起こした。

キメラの子（1）

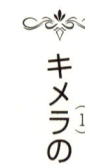

この世に生まれたけれども誰のためでもない。こんなことができるなんて、誰も思ってもいなかった。だって、母親は人間で、父親はキメラなんだ。父は、多種をかけあわせた初期の混合種だった。

父親といっても、絵が一枚残っているだけで、しかも写真ではなく母親が描いた水彩画だ。本を手に肘かけ椅子に座っている父は、しなやかに偶蹄(ぐうてい)を組んでいる。母の話では、字は読めなかったけれど絵本が好きで見ていたらしい。仄かに青みがかった上品な上着だけをはおり、ズボンは履いていない。冷ややかな毛皮がたくましい肢を蹄の先まで覆っていた。ちょこんと突きでた角が、でっぱった額を覆うように優雅にカーブし、顔には――と言うより、顔面には――くりっとした黄色い目に、異様なほどのっぺりとした口、あるようでなさそうな下顎に巨大なぺちゃんこ鼻。

背景に描かれた窓からは原生林がのぞき、血のように鮮やかな月に照らしだされている。目を凝らしてよく見てみると、ホーカンの手にしている本には同じ絵が描かれていることに気づいた。つまり、同じホーカンが同じ月明かりのもとで同じ本を読んでいるのだ。

学校での母親の成績は伸びず、最高裁判所の裁判官だった祖父の期待を大きく外してしまった。おばさんの口癖は、母には忍耐力が欠けている、ということだった。それでも、母はきちんと仕事をして生計をたてていた。学校を中退し、三度、芸術アカデミーに挑戦し、三度とも落第してしまった。でも、絵を描くことは諦めなかった。のちに、パートの仕事で糊口をしのいだ。事務所を渡り歩いて掃除をしたり、オペラ劇場の靴屋の手伝いをしばらくしたり、そのあとは教会の中央調理場で働いたりした。ときどき、市立美術館の案内係の代行をしたときもあった。

　母が僕の父と出会ったのは、国際遺伝子技術研究所ヒドラの実験室だ。そこで母が数ヶ月間働くことになったのだ。部屋の掃除をして、ときどき実験動物の餌の世話もしていた。

「ヒドラは楽しかった?」と、母に聞いてみた。

「仕事場としては言うことなしだったわ。清掃人を人間扱いしてくれたし、実験室の建物はモダンでスペースも充分にあったもの。従業員は大勢いたけれど、私なんかにたいしても結構な給料を支払ってくれた。実験動物の部屋を掃除することもいやじゃなかった。一人で仕事をしているときなんかは楽しかったわ。五時を過ぎると、しんと静まって明るくなるの。餌やりもちょうど終わって、キメラの多くがぐっすりと寝入るけど、実験後に鎮静剤を与えるせいよ。聞こえてくるのはコンピューターの換気装置の単調な音と、胚芽ケースに取りつけられたパイプの詰まったような音が断続的に聞こえるだけ」

「お父さんのこと、もっと話してよ」

「あなたのお父さん、ホーカンはね、実験室の唯一のキメラではなかったの。ホーカンが生まれたころにはもう何十四もキメラがいたけれど、ほとんどが二種をかけ合わせたものばかりだった。ホーカンは特別なケースで、チンパンジーとオオカミとヤギとヒトの四種をかけあわせてできた最初のキメ

（1）二種以上の異種間混合によってつくられた生物。

ラなのよ。

あなたも覚えているでしょ、ホーカンにはヒトの八万個の遺伝子から二万個近くも移植することに成功したのよ。残りは、三種のほかの遺伝子からできているらしいんだけど、どんな按配（あんばい）なのか私にはよくわからないわ。

あなたが生まれるまでの期間、マルチキメラにはこれといって新しいことは起きなかったし、ヒドラの実験キメラには七種の混合種もいたのよ。

ホーカンは実験動物の中でも一番古くて、当時は特許も取っていたくらい。実験室でかわいがられていたわ。特許品だからというだけではなく、おとなしくて穏やかな性格だったから。でも、私が清掃人と動物の世話係としてヒドラに行ったときは、ホーカンは若くはなかったし、かわいがる人はもういなかった。ホーカンに目がいったのは、おきまりの制御実験や緊急の治療を要するときだけよ。

でも、謙虚で元気のない姿や、どきっとするような妖しげなチンパンジーの視線が気になった。虹彩が黄色で、視線が深くて黒くなるくらい瞳孔がしょっちゅう大きく開いていたのも、たぶん薬のせいね。キメラたちに餌を与えたあとは居残ってホーカンのふさふさの前髪を撫でたわ。そしたら、体の割には大きな頭を、当時はまだ張りのあった私の白い腕に擦りつけてきたの。言葉はないけれど、私たちの間に変わらぬ友情がすぐに芽生えた。

ホーカンは耳が遠くて、人間の話を理解しているのかどうか、研究者や実験動物の世話係にはわからなかった。読み書きの能力には当時はけっこう期待していたようだけれど、犬のように自分の名前や単純な命令に反応を示すだけ。規則的に発声練習を施したけれど、話せるようにはならなかった。

ウーウーとかアーアーとか、はっきりしない声を出すし、食事時間が近くなると、興奮してウォーウォーと吠えていたわ。そんな声を聞くと、なんだか不吉な予感がするな、なんてヒドラのみんなは言っていたわね。

二本足で歩いていたけど、足取りはおぼつかなかったの。あなたも知っているようにホーカンの足はヤギの蹄なんだもの。前肢は三本指で、毛はほとんど生えていない。でも、びっくりするくらい上手に使いこなしていたわ。尻尾の先に小さな房がついていて、前肢以外は蹄からぷっくりと出っ張った額までオオカミのような毛にびっしりと覆われていたの。角がくるんとキュートに曲がっていたけれど、キレイねとは誰も言わなかった。ヒトの面影といえば、肩と肩甲骨のほかに、あるかないかの鼻くらい。ケージの中にはブランコがあって、起きている間はたいがいブランコに乗っていた。

ホーカンの時代は終わりつつあるって、みんな思っていたの。一〇歳を前に、最後の注射がホーカンを待っていた。

このことが、私はどうしても耐えきれなかった。ヒドラでの仕事は一時的なものだったし、ホーカンがいなくなってからの研究所は見たくはなかった。前もって別に計画していたわけじゃないのよ。でも、知らず知らずのうちにホーカンの運命に関わることになってしまった。このとき、私の運命も変わったの。

ヒドラでの仕事の最終日、ホーカンは眠っていなくて私の姿をひっきりなしに目で追うのよ。ケージの扉の柵に指をかいくぐらせてホーカンの額を掻こうと思ったら、扉の鍵がかかっていなくてわずかに開いていた。驚いたわ。世話係の誰かがうっかり閉め忘れたのね。

それで、ケージの扉を開けたの。もっとよくホーカンに触りたくて。でも、そのときホーカンがケージから転がりでてしまって。どうしようか？　そうホーカンに聞いてみたの」

「お母さんは、お父さんをケージに戻そうとはしなかったの？」

「ええ。部屋の中を少しの間、歩き回るのもいいんじゃないかと思って。実験動物たちのケージには充分なスペースがないのよ。さっきも言ったように、ホーカンは歩くのもままならなかったけれど、意欲的に二本足で立ち上がって力強い前肢を支えに上ることだってできたのよ。実験室のてかてかと光っているタイルで後肢の蹄がつるつると滑って、呻き声をあげながらひっくり返るから抱きかかえたの。そのとき、彼の体温と重みを胸に感じたわ。洗いたての毛皮の匂いが鼻を突いたとき、ホーカンと別れたくないって、ふと思った。世の中の誰もホーカンを必要としていない、でも、私はホーカンが必要としている唯一の人だった。彼の愛着心を避けることなんてできやしない。自分のことよりも大切なのに」

「お母さんは、つまりお父さんを盗んだんだね」

「そうよ。ホーカンを毛布に包んで、帰り支度でごった返す人ごみを縫って、狭い自宅にリュックサックを背負うみたいにして運んだの。ホーカンの激しい息切れを首や頬に感じて、温かい体温が体中に広がった。体重が三〇キロくらいあったから、休憩を取りながら運んだの。タクシーに乗る余裕もなかったし、ホーカンを連れてバスに乗る勇気もなかった。だって、ホーカンがいきなり唸りだして、みんなの注目を集めるのが怖かったから。帰宅してホーカンに言ったわ。ここで眠っていいのよって。バスタブにベッドを用意したのも、知り合いが突然やって来たらホーカンを隠す暇がないって思ったから。でも、私は人との付き合いが少ないほうだったから、突然やって来ることなんてほとんどありえなかったけど」

「でも、本当になんにもなかったの？」

「電話が一本だけあったわね。アシスタントからの電話で、逃げたキメラについてなにか知らないかっていう電話だった。もちろん、知らないの一点張りよ。そのあとは、なんにも音沙汰はなかったわ。私のこともホーカンのことも、まるで存在していなかったかのように忘れ去られたの。

　二人の生活が始まって、平穏に仲良く暮らした。ホーカンにたくさん話しかけていたら、彼も私のことを日に日にわかり始めたのよ。私も唸り声からはっきりとした言葉が聞きとれるようになったし、私の問いに短いながらもすぐに答えるようになったの。言葉を発するときは、最初の文字を繰り返して言っていたわ。水はミミ、寝ることはネネ、みたいに。それから、にっこり笑うことも。笑うと、オオカミの鋭い歯がキラリと光るのよ。彼の知識と発達能力が、短い人生の中で適当に過小評価されていたことがわかったの。

　ヒトのたくさんの部分からつくられた体。その体に縛りつけられた古い魂が、私には見えた。私たちが彼にしてしまった過ちは許せないことだわ。それなのに、過ちなくして彼は生まれなかった。それから、あなたも。

　ホーカンは食卓で食事をとるようになったけれど、ナイフとフォークをうまく使いこなせなかった。小柄な彼のために子ども用の椅子を用意したの。毎晩、音楽を聴いたり、本を読んで聞かせたりしたわ。シューベルトの歌曲をとても気に入っていて、なかば気を失ったみたいに恍惚状態になることもあったわ。そのことは、ちょっと気がかりだったけど。詩も読んで聞かせたのよ。毎晩のように眠る前に読まなくちゃならないくらいのめり込んだ詩があってね、こんな詩よ。

この愛って　なに？
瞳から魂まで道がひらかれた愛って？
せまい場所にかぎられた愛って？
わたしの中で勢いよくあふれる愛って　なに？

この部分を思い出すたびに、歓喜と正体不明の苦しみが交錯していたあの瞳が思い浮かぶわ。テレビ番組で見ていたのは自然番組と子ども番組よ。事件物はいっさい見なかったわ。私の人生のこと、父のこと、兄弟のこと、姉妹のこと、私よりも良い人生を送っている人たちのことをホーカンに話したし、数学と言語の試験のことや居残りのこと、ダイエットのことやひっきりなしに仕事が変わったことも話したわ。私の人生の中で唯一愛した人のことも。私の処女を奪ったある会計士のことよ。ひどい扱いようで、それに言われようだった。だから、関係も数週間くらいしか続かなかったの。あなたのお父さんに自分が受けた侮辱を告白して、落ちこんで泣いた。ホーカンはなにも言わずに黙って耳を傾けて、熱い涙を私と一緒に流してくれた。

夜、ホーカンをそばに寝かせて眠ったわ。彼の視線は私の心を露にした。無欲で汚れのない愛が、乏しい私の人生になだれ込んできた。会計士との関係が終わったあとは誰とも寝ていなかったけど、ホーカンを怖がる必要なんてなかった。お互いにお互いを抱き合った。硬い蹄も動物臭さも気にならなかった。

妊娠がわかったときは、もちろんショックだったわ。まさか、子孫を残すことになるなんて考えてもいなかったから」

「中絶は一度も考えなかったの？」

母はしばらく押し黙ったあと、こう認めた。

「ほんの少しの間ね。でも、自分が母親になるんだって思ったら、嬉しくて踊ったわ。でもね、あなたのお父さんはあなたの姿を見ることができなかった。妊娠四ヶ月のときに、体調が崩れてしまったの。病院に連れて行きたかったんだけど、いやだって言ってね。彼の時間はもういっぱいいっぱいで、短い人生の終わりがもうすぐなんだって気づいた。最期が近づくと、なにも口にしなくなって、がりと外見も変わったわ。たんに人間らしくなっただけじゃなくて、死に向かうに連れて天使のように変わってきたの。

ある月曜日の朝、雨の降る日に逝ってしまった。亡骸を大きめのスーツケースに入れて、スコップを買って、タクシーに乗って北に向かったの。運転手にどこに行ってもらったか、あなたはわかるわね。一人で森の中に入ってお墓を掘ったのよ。

陣痛が始まると、個人開業医のもとへ行ったわ。難産だった。助産婦さんと医者には、生まれてくる子どものことを前もって話しておいたの。長い苦しみのあと、帝王切開であなたは生まれたのよ。

お医者さんは、普通ではない素性については口外しないと約束してくれたの」

つまり、僕はこの世に生まれた。僕も混合種ってわけだ。みんなの言う奇形児だ。父に比べると、僕の中にはヒトの部分が多くある。でも、ヤギやチンパンジーやオオカミの部分も。できれば鏡は見たくないけれど、生きていることに喜びを感じている。僕らは町から外れた場所に住んでいて、大きな荘園の中の小屋を借りている。子どものころは草原を走りまわって、羊の番をしていた。酪農場から仕事がいつ入ってきてもいいように、母は乳搾りの練習をしていた。

父のお墓は荘園の中の森の野原にあるけれど、僕ら以外に知る人は誰もいない。母がルリソウと東洋のポピーの種を蒔いて、ときどきヤナギの蘖を抜いたのも、野原が暗くならないためだ。清々しい夏の日には、二人でそこまでピクニックに出かけた。ワインとパンとリンゴを籠に詰めて。

母とホーカンがそうだったように、穏やかな日々を送った。母は僕のこともホーカンと呼んだ。昼間、外に出ることはない。外見のせいで注目を集めてしまうからだ。家畜小屋に素足で入れないのも、牛が興奮してしまうから。母の死なんて考えたくない。僕の人生が父と同じくらい短いものであってほしい。母なくして生きていくつもりはない。

世界の美しさに、僕は絶えず驚愕している。ヒトよりも僕は精確な感覚器官をもっている。嗅覚はオオカミと同じくらい鋭く、チンパンジーみたいにしなやかに登ることができる。自分の中に満足できるものがあったっていいじゃないか。それだって、簡単なことじゃないんだ。

ヒトとそれ以外の哺乳類が一緒くたになる時期がいずれやって来ると、僕は信じている。種はお互いにかけ合わされ、混合種をつくりだす。今はまだそんなこと想像もつかないけれど。感覚が研ぎ澄まされ、新たな色を目にし、音のなかったところから音が聞こえてくるだろう。そのとき、僕らは今よりももっと知ることになり、認識することになり、理解することになり、そして、喜ぶことになるのだ。

お父さんと僕は未来のパイオニアだ。僕らがみんな一つになってかわり映えしない日がやって来る。そうなるまでには、何年、何百年、おそらく、何一〇億年という歳月を要するだろう。でも、そんな時代が黎明することはまちがいない。

日が暮れてゆく。部屋をあとに、無言で庭の扉を開ける。自分がヤギだということを思い出すと草原をのんびり歩きまわりたいと思うし、オオカミの血が騒ぐと森の奥深くまで駆けだす。喉から特別な声が湧きだし、一人で踊りだす。何週間も帰ってこないときもある。チンパンジーでありたいときは高い木に軽やかに登ったり、家の屋根にずっと座り続けたりする。夜の天蓋を仰いでは驚く。星たちは瞬き、僕は鼻歌を歌い、トタン屋根をコツコツ叩く蹄が虚しく響く。

今、住んでいる地区では、奇妙な現象が噂されている。ある晩、子ヤギが牧草地で引き裂かれた状態で発見された。でも、その噛み跡は人間のものだった。母は不安な目をしてしばらく僕を見ていた。

僕と同じヒトはいない。

考えるのも恐ろしい！

フェイクラブ博士の平日ももうすぐ終わる。でも、あと一通だけ読むことにした。

「先生とこの世の終わりについて話し合いたいんです」と書いてある。

このメッセージの内容にとりわけ驚くこともなかった。この世の終わりを危惧することは、害虫のメイガを怖がることと同じくらい理解できるからだ。送り主の名前は、ホーカンとだけ書いてあった。

博士はこのメッセージの返事を書いて、仕事を切りあげようと考えた。

「この世の終わりという考えがあなたの頭から離れないようですね。この世の終わりについて、もうどれくらい恐怖を感じていらっしゃるんですか？　普通の生活に支障をきたしているくらいですか、たとえば家族関係とか仕事にひびいていますか？　毎晩うなされますか？　それから、いつ、どんなふうに世界が終わると考えていますか？」

月曜日の朝、ホーカンからの返事が博士を待ちかまえていた。書きまちがい一つない、流暢な返事だった。

終焉はいずれやって来るだろう。だが、そんなにすぐにやって来るのをホーカンは待っているわけでもなかった。世界が終焉する方法は数えてもきりがない。なかでも、より信憑性が高い方法がある。

「少なくとも三〇通りの方法がぱっと挙げられますね。この世の終焉方法ですよ」

ホーカンは、この世の終焉方法を四種類に分けた。人類の終わり、地球上の生物界の終わり、太陽系の終わり、そして宇宙の黙示、といったふうに。人間にとっては、どれも破滅的なもののように感じた。

　世界の終わりについてはどんな時代でも恐れられてきたし、その危惧もいつも杞憂に終わっている、と博士は言って、ホーカンの気持ちを鎮めようとした。

「世界の終焉がまだやって来ていないと先生はお思いですか。いつかはやって来るというのは、疑わしいですよ。僕は歴史的観点から解明したんです。そんな軽々しい根拠で僕の目を眩まそうとしてもむだです。自分はまったく動揺などしていませんし、言わせていただきますと、その他大勢の人よりも多くのことを知っているんです。世界が破滅する確率は大きくなるばかりですよ。二〇世紀も最後になって、われわれは以前とはまるで違う立場にいるんです。そのことは、先生も否定できませんよ」

　ホーカンの質問に博士はなんなくこう答えた。

「あなたの投げかけた質問は、世界の終焉についてというわけではなさそうですね。それよりも、もっと根本的なことでしょう。恐怖症候群の人たちは、個人的な情緒生活のショックが発端なんです。幼少期のトラウマが一般的ですよ。ここで、もともとの心の葛藤はなんなのか考えてみるべきでしょう。なにかの記憶から逃げていらっしゃるんです。子ども時代のことについて、いっさいお話しなさっていませんよね。おそらく、その強迫観念の根本はあなたの過去にあるんです。そのことについて少し話し合ってみるべきかもしれません。それから、今現在の生活状況と生いたちについても。いつごろ、この恐怖が始まりましたか？　あなたの人生の中で、なにか特別なケースと関連しているんでしょうか？　父親との関係になにか問題はありましたか？」

　ホーカンは博士の質問をすっかり無視して、こう書いてきた。

「先生はご存じだという前提でお話ししますね。来年の七月、異常なくらい強烈な紫外線が放射されるでしょう。それは、いまだかつてない大洪水や台風や地震を引き起こしますよ。エルニーニョの爪痕なんて、比べものにならないほどです。考えるのも恐ろしい！　地球の地軸に、予期せぬ過渡期がやって来るのも時間の問題です」

　このメッセージには答えないほうがいいだろうと博士は思った。

「ご存じのように、じきに地球上に生息する動植物界の二〇パーセント以上が壊滅してしまいます。絶滅の危機が遅速するなんていう望みはありません。むしろ逆です。生物多様性がものすごい速度で食い荒らします。生物界のバランスはすでに深刻なまでにぐらぐらと激震し、もうすぐ地球上の生命が途絶えてしまいます。悲観主義者たちが予測するのもはばかられるくらい敏速に」

「問題への造詣の深さには脱帽します。ただ、カウンセリングという立場から、もう少し個人的な領域に踏み込みたいのですが」

「小惑星が気圏に入ってしまえば、いくら精密な望遠鏡で見ても気づかないくらいですよ。そうなると、もう対応のしようがありません。今、この時間に太陽系に彗星群が密集して接近していることなど、先生は気にも留めていないでしょうね。地球をかすめる可能性はおおいにあるんですよ。その衝突がどんな破滅を引き起こすのか、考えるのも恐ろしい。提唱されている恐竜の運命についてはご存じでしょうけど、たとえば青銅器時代に現れた彗星がどんな爪痕を残したかなんて先生は知らないでしょうね」

博士は、この新しい客に少々いらだちを覚えていた。ホーカンには協力するという意志がまったくないようだ。

「あなたの人生に新たな興味の対象を見つけるよう努力してください。なにかご趣味はありますか？　そちらに関心を移して、昔の余暇の楽しみを復活させてみてください。もしくは、気晴らしにわくわくするような新しい道楽でもやってみては。体を動かすようなたぐいのものがよろしいかと思われます。走り高跳びとか、サーフィンとか、ダイビングとか。時間を忘れさせてくれるようなものがいいですよ」

「人口危機は悪化するばかりです。われわれの惑星は現在の人口を養いきれません。何一〇億という人びとが飢餓で苦しんでいます。五〇年後の状況を想像してください。生態破局のために乏しくなってゆく食糧源から、二七〇億人もの腹を満たさなくてはならないんです。考えるのも恐ろしい！」

「しばらくの間、人口危機という考えから離れて、自分自身に向けられた危機をお考えになってください。人口危機という考えから離れづらいとは思いますが、あなた自身の危機については一緒に落ちついて考えることもまだ可能です。あなたの置かれた状況は急を要するように思われます」

「コンピュータープログラムでたった一文字まちがえただけで、致命的な打撃を受けます。考えてみてください！　たった一文字ですよ！　それで、伝達システム全体が一瞬にして麻痺し、町はどん底に陥り、原子力の冷却装置が狂ってしまうんです。われわれは、これまでになく脆く、瀬戸際に立っているんです」

ホーカンとX生物

X生物について知っている情報はすべて、兄のホーカンから聞いたものだ。それほど多くはないけれど、どこで情報を手に入れたのか兄は話さない。きっと、そういったことが書いてある本がどこかにあって、それを読んだんだろう。

最初は、このことについて誰にも話さないようにと言われた。とくに、母と父には。あとから話してても話さなくてもいいと言われた。話したって誰も信じないから。でも、そう言われたからといって僕は他言しなかった。話してみたところで、どうなるっていうんだ？

ホーカンがX生物について話すのは、母がおやすみと声をかけて明かりを消したあとだ。僕らのベッドは壁際にあって、ナイトテーブルを挟んで並んでいる。テーブルの半分を僕が、半分を兄が使っている。夜に喉が渇くといけないのでコップを置いている。テーブルの上にはランプがあって、そのランプシェードにはドライフラワーが吊りさがっている。

頭がくっつき合うように枕を並べる。ホーカンは頭のうしろで手を組んでいて、明かりが点いていなくても、ちょっと体を起こして振りかえれば見える。カーテンを通してほんのりと煌めく街灯に、兄の真剣な顔が映る。

くっつき合っているから、兄のつぶやきも聞こえる。話している最中に眠りに落ちてしまうのも、兄はいつも同じことを言って、僕はいつも同じ質問を繰り返すからだ。

「X生物は超宇宙で生きているんだ」と、ホーカンが言う。

「超宇宙ってどこにあるの？」

「ばかなこと聞くなよ。いいかい、それはどこにでもあって、それ自体は宇宙となにも変わらない。おまえのためにも超宇宙と言ってるだけだよ。ただ、みんなが言うような宇宙とは違う宇宙だってことがわかればいいんだ。僕らは三次元の生物だから、宇宙の一部分として生きている。あるいは、X生物と同じ場所に生きていると言ったほうが正確かな。僕らは、まわりの環境のほんのわずかしか感じとっていないんだ。

　わかってほしいのは、僕らは複雑にできているけれど、もっと複雑な生物もたくさん存在しているってことだ。ある生物は五次元世界に生きているし、七次元に生きているものもいる。三五次元とかそれ以上の世界に生きているものだっているんだ。どの宇宙も、二次元だけに生きているような生物の世界だって――」

「あのさ、その、一次元に生きているようなものもいるわけ？」と、僕は兄の話をさえぎったものの、ホーカンはかまわずこう続けた。

「なんの不備もなく存在している。けれども、少ない次元に住んでいると、多次元世界について知ることがないんだ」

「でも、兄さんは知ってる。それに僕だって」

「僕が知っているのは、そういった世界があるということだけで、どういった世界なのかは実際には知らない。知ることだってできないんだ」

「それは悲しいね」

「そんなふうに考える必要はないよ。X生物を目にすることはできないけど、逆に僕らは見られている。彼らは、子どもからお菓子を取りあげるように簡単になんでも奪っていくんだ。車、本、家なんかをね。僕らにしてみれば、目の前からなんにもないところへ消えていくような感じだよ」

「へぇ、誰か見た人はいるの?」と、言いながらあくびが出た。

「誰かどころじゃないよ! 大勢が目にしているのに、それがX生物のしわざだって思っていないだけさ。X生物たちは僕らの中身を見て、脾臓や肝臓や脳を取ることだってできるんだよ」

「脾臓ってどこにあるの? それは、どんな働きをしてるわけ?」

「それはこのこととは関係ない。X生物たちは心臓を奪うこともできる。しかも、傷跡一つ残さずにね」

「うそでしょ。誰かの心臓が奪われたなんて聞いたことないよ」

「全部が全部、新聞に載るわけじゃない。医者には黙秘権がある。右手を左手に変えることもできるし、その逆だってできる。きつく結んでもX生物の手にわたれば、あっという間に解けてしまう。僕らを体から離脱させることだってできるし、新聞に載る行方不明者たちの多くはX生物が連れ去っているんだ」と、ホーカンはぴしゃりと言った。

「なんでそんなことするんだろう」

「こっちが聞きたいくらいだ。なんらかの目的に僕らが必要なんだ。それがどういった目的なのか、説明されてもわからない。それに、説明しようなんて考えていないだろうね。僕らがアリに一所懸命口説いてもむだなように」

「そんな生物は好きになれない」

「好きとか嫌いとかという問題じゃない。彼らには、僕らが知らないような感覚をもっている。だから、僕らよりも知っていることがたくさんあるんだ」と、ホーカンはいらいらしながら言った。

「どんな感覚？」

「いいかい、よく聞いておけよ！　今さっき言ったばかりじゃないか。誰も理解できないものだって。それをどうやっておまえに説明できるっていうんだ？　自分がどうやって見て聞いているのかわかってもいないだろう。彼らは僕らより物知りだ。でも、なにを知っているのか聞くことはできない。僕らだって、なにを知らないのかわかっていないんだから」

「兄さんはX生物に会ったことはあるの？　興味があるんだ」

僕は、何度となく同じこと聞いてきた。少し緊張しているのも、兄さんに個人的に会ったことがあるなんて言われたらどうしようと思ったからだ。

けれど、今回もホーカンはこの質問に答えないし、質問自体を聞いていなかったようだ。ホーカンの沈黙は肯定のサインのようで、あたかも僕にそう受けとめてほしいかのようだった。兄さんの無言に満足しながらも、なにか言ってほしかった。ただ、この質問をしなかったら、ホーカンはきっと機嫌を損ねていただろう。

「僕らにとっては仕事であることが、彼らにとっては遊びなんだ」

「だいたい、遊べるの？」

「遊べないわけないじゃないか」

ホーカンは頭に手をまわして、カーテンの隙間からのぞく街灯を見つめていた。次になにを言いだすのか、だいたいわかった。

「僕らにできないことでも、彼らにしてみれば朝飯前なんだ。錬金術も彼らの手にわたれば日常茶飯事だし、摩訶不思議なことも自然なんだよ」

「なんとなくだけど、いつか、彼らの誰かと会ってみたい。でも、少し怖いな」と、不意に口を突いて出た。

「もし、目の前に現れたとしても、おまえはわかんないよ。X生物の前では僕らはさもしい生物なんだ。なんにももち合わせていない僕らをかわいそうに思っている。わずかな次元と感覚、取るに足りない理解力と知識しかないんだから」

なんだか人間のことがかわいそうに思えてきた。

「彼らは僕らのことをすべて知っているのに、僕らは彼らのことをなんにも知らない。そんなのずるい。でも、彼らが僕らのことをすべて知っているとも思わない。人間でないものが人間のことを理解することなんてできないよ」

「その逆だよ。僕らは魚以上に魚のことを知っているじゃないか」

「でも、一番大切なことを知らない。つまり、魚とはどんなものなのかってことだよ。人間のことを憐れむ必要なんてない。彼らが考えている以上に、僕らはたくさん知ってるよ」と、反論した。

「おまえはそう思ってるんだろうが、僕らは本当に原始的な生物なんだ」

「日々、学習してるよ」

「誰も新たな次元を学べない。そこに生まれてこないかぎりね。ここにいるものが人であって、人として生まれて、人として生きる。彼らは僕らを遠くから眺めて、彼らに見られているなんて誰もわかっていない。変な気持ちになることはたまにあるけど」

「兄さんも知らないの？」

「僕はもちろん知ってるさ。彼らの視線を感じる。でも、じきに僕らを捨てていってしまうよ」

ホーカンは口を閉ざし、ぴくりとも動かずに寝ている。そして、僕らは彼らのことを忘れた。

個包装されたスライスチーズ

ホーカンが読んでいる新聞記事には、こう書いてある。

「エイリアンがコンタクトをとりたがっていると多くの人は思っているけれど、どこからそんな確信が湧いてくるのだろう？　宇宙を旅したり、より多くの知能をもった種と交信したりしている人たちは、なぜ私たちに興味をもっているのだろう？　私たちなど、自分の太陽系から出ることすらできないのに」

ホーカンは、この質問に答えることにした。回答はいくらでもあるのだ。「ここでは……」と筆を走らせたところでチャイムが鳴った。兄が来た。

「リス・オペレーションの調子はどうだい？」と、兄は笑いながら言った。

「今のところはとくになにも」

そう答えるホーカンは、少し機嫌が悪そうだ。

「期待はしていなかったけどね」と、兄はまた笑う。

笑われることには慣れていた。ホーカンは不信仰者で、自分の意見をもっている。家族や友人は誰も理解を示してはくれないけれど。バーで聞くような考えでもないし、教会や大学で話せる見解でもない。リス・オペレーションとはホーカンの変わった趣味の一つで、別名「リスの蘇生プロジェクト」とも言う。

人生の単純さに気絶しそうになる。人びとを見ては、空っぽの人生を送っていると思う。世界は存在しないとも思っている。始まりもなければ、終わりもない。そんな時間すらないのだ。色、味、音がそうであるように、時間や空間も見せかけのものであって、現実のものではない。単なる心のしかけにすぎず、人はそれによって説明しようとしたり、経験や認識を分類したりするのだ。なにを認識するのだ？　そんなこと知るよしもないし、知ることすらできない。

「ありえないね」と、兄。

「そんなふうに言うのはまだ早いさ」と、ホーカン。

心がつくりだす現実感はテレビ画面が織りなす映像みたいなもので、むしろコンピューターが生成するグラフィックと比較できるものだとホーカンは信じている。〝中心〟や〝加速〟といったような物理学の原理も現実のものではなく、重力もそうであるように想像上の数学的な価値であり誤謬であるのだ。事実、昔も今も物理学の原理は幻想にもとづいている。

子どものころに、異常な体験をいくつか経験している。部屋には自分しかいないのに、毎晩、誰かの寝息を耳にしていた。実際には、その見ず知らずの見えない人物の穏やかな寝息に安心感を覚えてホーカンは眠りに落ちていた。

毎年、夏になると父と兄と一緒に二週間過ごす。父はよく二人を遠くまでピクニックに連れていき、海岸沿いの小屋を借りるときもあった。夏至の夜も更けたころ、父と湖に出てボートを漕ぎ、白む薄闇の中で大きな鳥の羽ばたきを聞く。

ホーカンは羽音をたどり、鳥を見ようと空を仰ぐ。けれど、目に見えるのは天から水面に落ちてくる彼方の群青色だけ。すると、辺りがざわめきで溢れ、その音は島から島へ、葦から外海へ、夕焼けの赤々と燃える一条の線へと伝わってゆく。驚く父の表情を探ろうとしたけれど、父は考えごとをしながら大きくオールを前後に動かして落ちついて漕ぎ続けた。それで、ホーカンはわかったのだ。羽ばたきが聞こえたのは自分だけだったと。そのことがホーカンを孤独にした。

ほかにもある。夜、海岸沿いの草原にピカリと走る閃光だ。探照灯がぱっと点いたかのように光る。仄暗い夏の晩、当時のガールフレンドと小川沿いを散歩していたときだった。そこには草むらがあった。

「あっ！」と、ホーカンは声をあげ、穂先を触った。

草は光を放ち、草原全体が真っ昼間の陽光に照らされたかのように、しばらく目映いくらいに白くなった。ホーカンが振りかえると、鋸歯のような森が目も開けられないくらいの電弧（でんこ）に包まれていた。見えた瞬間、その光は完全に消え去り、辺りはもとの夜の闇になっていた。

体調を崩していたある日、この体験を兄に話したことがあった。兄が言うには、健康で平常心を維持している人も不可解で恐ろしい体験をするけれど、そういうのは脳の働きがもたらす作用にすぎないらしい。

「単なる脳の働き？　はっ！」

「そうかといって、おまえが健康で調子がいいとは思わない。とくに、あのリスがらみの話のあとからだ。ただし、客観的に見て、俺たちとはまったく無関係に存在しているものが本当にあるのだとしたら、それについては確信をもってもいいと思う。主観的にしか存在していないものに関しては、それはありえないことだ」

「ちがう！　僕らの宇宙というのは、脳の働きがもたらしたものだ。兄さんはこの世の中に住んでいると思っているようだけど、それはまちがってる！　兄さんは頭の中で生きているんだ。みんなそうだよ。この世の中はすべて、僕らの心を映しだしているだけだ。みんな、なんでもかんでも説明がつくものと思ってる！　ばかばかしい！」

「みんなって誰だ？」

「兄さんたちは、自分たちで考えだした形容詞を自分たちで説明しているだけで、現実を説明しているわけじゃない。世界とは恐ろしいもの、世界とは不可解なもの、ってね。本当にその形容どおりなのか、僕らはわかってすらいないんだ。それから、リスの話に関して言えば……」

「その話はするな。限度というものがあるだろう……」

「リスのことは忘れてよ。単なる実験だから」

「あたりまえだ」

そう言うと、兄は鼻で笑った。

二人が話していたリスというのは、交通事故で死んでしまったリスのことだ。そのリスをめぐって特殊なプロジェクトが立ちあがり、ホーカンはインターネット上だけで参加したのだ。

プロジェクトの目的は、リスの精神を肉体から解放すること。その華奢で壊れそうな肉体はもうなく、一部は火葬されてしまっている。リスはデジタル化した生物となるはずだった。

事故後まもなくしてリスは発見された。頭蓋骨はばらばらになったものの、肉体の体温は下がらなかった。これこそが、グループの計画の条件にぴったり合ったのだ。リスの肉体はただちに低温状況に移された。つまり、冷凍されたのだ。あとから解剖を施して、肉体はアルコール液に保存された。そのあとで乾燥させてミイラ化した。

ミイラ化した肉体は電気を通したトレーに設置され、一万五〇〇〇ボルトの電気ショックが与えられた。それで痙攣を起こしたあと、アニムスが肉体に帰還した、とホーカンには伝えられた。

「アニムス?」と、兄が聞いた。

「魂と呼んでもいいよ」と、ホーカン。

「そうだな」

電気ショックを受けている間、動物の脳の働きはモニターで監視されていた。この過程で得た情報はアルゴリズムとして再組織され、用意されたメモリ容量に移された。

ミイラ化されたリスは蝋で封印された石棺に厳かに火葬されたが、リスの魂と言われているものは、すでにインターネット上に移されていた。一年を通してその過程を追い、死体状況についても「ゲート」サイトに載せた。がっかりしたのは、なんの進展も見られなかったことだ。目的が逸れていくように感じた。

「ゲートが開けば、リスは旅立てる。リスが望めばね」と、ホーカンが言った。

「リスが望めば!」と、兄の声には棘がある。

「ちょっと前までは光よりも速くは動けないと言われていた。物理学者やエンジニアは真顔になって光よりも速く旅することについて話し合っている時世に、不死について話し合ってもいいじゃないか」

「しっくりこない」

「ちがう。僕がわかっているのは、兄さんたちにはしっくりこないだけさ。みんなの頭の中は現実が入り込めないくらい限界があるんだ」

グループのほかのメンバーと同じように、肉体は不完全で見苦しいものだとホーカンは思っている。時間と場所に束縛され、宇宙的で生理学的な要因からそんなふうになったのだ。日々、更新できないし、長くも持たない。

精神は複雑なアルゴリズムだ。機会を与えれば、時間と場所の調整組織の外部でも存在し続ける。知能はすべて同じレベルであり、同じ起源をもったものだ。一つとして、人工知能と自然知能といったふうに分離されてはいない。

そして、ホーカンはリスのことを思う。森を軽やかに跳びまわるリス。そのジャンプは重力をじらす。リスのおちゃめな瞳を思い出し、その雷光のような抜群の運動神経を思う。葉末のざわめきに踊るそのバレエを。その喜々たる生命は、延々と続く一か八かの賭博のようなもの。冬と飢餓に苦しめられる生命は、今こそ解放のときなのか?

ホーカンはリスの不死を望んだ。デジタルであろうとなかろうと、心からどこかでぴょんぴょん飛び跳ねていることを。枝から枝へ、広大な世界の森で。

「じゃ、また」と、兄。

ホーカンは返事を書き続けた。

「ここでは、ご丁寧に個包装されたスライスチーズがもらえるからですよ」

考えにスイッチを！

ついてなかった。フェイクラブ博士がお昼を食べに行ったときだ。壁全体を覆うようなチラシが、銀行の切り妻壁にテープで貼ってあった。チラシにはこう書いてある。

「考えにスイッチを！」

博士は立ち止まって、目を細めてプラカードをじっと見つめた。やけに大きなホログラムのような肖像画だった。だから、それに視線が釘づけになったのだろう。肖像画は動画になっている。一体、誰の顔なんだろう？　絶えずくるくると変わってゆく。まずわかったのは、ジョセフ・スターリン、それからヒットラーの異常なまでに長い髭だ。その髭はポルポトの輪郭をたどり、その輪郭が溶暗すると、今度は血迷ったアメリカ人殺人者チャールズ・マンソンの顔を浮かびあがらせた。

なんてことだ！　博士は縮みあがった。いったい、なにを宣伝しようとしているのだ。わからないといったふうに首をふる。煙草？　靴？　コンピューター？　チョコレート？　結局、わからずじまいだった。

おいしくもまずくもないスパゲッティを食べて仕事に戻ると、ホーカンから新たにメッセージが届いていた。

「いいですか、先生。われわれは大規模な変態の時期に差しかかっているんです。大洋と海流の動きを見ていればわかりますよ。近々、ものすごい変化が起こります。今となってはもう避けられません。

地球の気候がすっかり変わってしまいますよ。メキシコ湾流はもはやわれわれの場所まで暖めてはくれません。住める場所ではなくなってしまうんです。人間のどんな力をもってしても、どんな知恵をもってしても、その進展に歯どめをかけることはできません。われわれにできることと言えば、来たる不幸に良心の呵責を感じることとくらいです。ただ、こんなような突然の変態は進化の過程にはつきものです。陸地と水域の位置が変わることになります。ヨーロッパとアメリカ大陸は水面下に沈没しますが、アトランティス大陸やレムリア大陸がふたたび隆起するんです」

ホーカンは主張の裏づけとしてさまざまな名前を挙げた。サマンダやらエル・モーリャやらクツミといったような、博士がいまだ耳にしたことがないような名前だ。ちょっと頭がおかしいんじゃないかと感じ始めたものの、博士の客層から考えればとくに変わっているわけではない。

「前にも申し上げたかと思いますが、問題はあなた自身にあるんです。つまり、世界の終焉にたいする恐怖というよりももっと根本的なことにあるんですよ。実際問題、あなたの性生活はどんなものなんでしょうか？」

「世界の終焉よりも根本的なものなんてあるんでしょうか？　われわれの隣にある惑星のことを少し考えてみてください。金星のことですよ。ご存じのように、そこは住める場所ではありません。恐ろしい惑星です。その二酸化炭素濃度は極度に高く、気温は四五〇度にまで上るんです。考えるのも恐ろしい！　しかも、大変な確率で、同じような進展がわれわれの場所でも起こりうるということです。二酸化炭素が大気中に集まることで、ある決まった点に達します。たった一パーセント濃度が高くなっただけでも充分なんですよ。つまり、どんどん累積していって、最下層の大気と地上の温度が今までにないくらいに上がり、水は蒸発し始めて、地球の海は沸点に達するんです」

博士はこれでも動じなかった。ますますいきり立ってこう書いた。

「まあ、ちょっと視点を変えてあなたの恐怖症を検証してみましょう。考えにスイッチを（こう書いたあとで、自分があのチラシにすぐに感化されていることに気がついた）。自分にこう言い聞かせてください。〝いいじゃないか、世界の終わりが来たって。それでどうなるっていうんだ？〟あなたがもうじき心配しなくてもよくなることを考えてください。治療代、自家用車の管理、老化、奥さんの浮気の可能性とか……。でき得るかぎり人生を謳歌してください。表に出て、リラックスして、お知りあいの方たちと遊んでください（もし、あなたのことや、あなたのその世界の終焉説が毛嫌いされていなければの話ですがね、と博士は思った）。そして、お気に入りのパブで、お酒を二、三杯堪能してください」

ところが、ホーカンはこう書いてきた。

「じきに、価値とか標準とか基準とか、なしくずしになくなってしまいます。文化という形が崩壊し、西洋文明が影も形もなくなります。たった二世代の無作法な子どもたちがだめにしてしまうんです。考えたことありますか、たった二世代ですよ！　よく考えてみてください！　その世代というのはわれわれのことです。犯罪は爆発的に増加しています。残酷、身勝手、貪欲が至る所で蔓延し、倒錯行為にいたっては話すまでもありません。先生はこの分野の専門ですから身近に感じられるかと思います。考えるのも恐ろしい！」

「そこまで思いつめないでください。行動に出てはいかがですか。児童保護団体とか自然保護機関とか、あるいは平和主義機構とか似たような機構の会員になって、あなたのそのありあまるエネルギーを注いでください」

「一例を挙げるとすれば、飛行機の妨害行為です。近い将来、そのために何機もの飛行機が上陸してきますよ。世界の航路が完全に麻痺するのも時間の問題ですね」

フェイクラブ博士はこのメッセージには返答せず、冷たくあしらった。けれど、ホーカンは翌日、次のようなメッセージを寄せた。

「それでは、新たな病気はどうでしょう。ありとあらゆる治療にたいして免疫ができてしまっています。医学の手に負えなくなっています。考えるのも恐ろしい。先生もご存じかとは思いますが、胸膜中皮腫(1)がこの世界を脅かす汎伝染病にいつなってもおかしくはないんです。デング熱は言わずと知れています。最近になって出血病として捉えられてきましたけど。黒いマラリアがカルカッタから伝染しています。新たなペストが伝染病となるのも近いでしょう。というのも、大都会ではネズミの駆除がまったくできていないからです。健康管理職員はなすすべもなく、彼らのもとで死という豊作を迎えることになるんです」

「あなたの病名は終末論恐怖症です。これはたいした病気ではありません。ただ、これがあなたのプライベート生活にどんな影響を及ぼすのか、私としては予測しづらいのです。そういったことについては、あまりお話ししてくれませんでしたからね」

（1）胸腔を覆っている胸膜中皮細胞による腫瘍で、塵肺やアスベストが原因となることが多い。

「さまざまな環境弊害、そして化学の予期せぬ相互作用が、ホモ・サピエンスの健康と繁殖力を弱めるうえに、知能面での許容量さえも衰えさせてしまうんです。環境衛生のレベルが迅速に改善しないかぎり、助けようがない世代をどんどん作ることになるでしょう。科学に鍛錬することもなく、社会構造の維持もできないような世代を」

「ホーカンさん、いいですか。今すぐに、ご自分の精神衛生管理に着手なさってください。あなた自身の予測も明るいものではありませんよ。それは、お約束します。考えるのも恐ろしい！」

自主的絶滅協会

人類滅亡、世界救済！　今宵、喫茶店にて自主的絶滅協会の年次総会開催。新メンバー大歓迎。

と、黄色いチラシは謳っている。社会学を勉強しはじめて二年目のホーカンは、このチラシを大学の地下掲示板でたまたま目にした。

この呼びかけが個人的に向けられているような気がして、その日の晩、さっそく足を運んだ。総会はこぢんまりとした喫茶店の奥の部屋で開かれた。会員の申し込み用紙に記入する。ホーカンがはじめて自分から望んで入会した唯一の協会だ。

ホーカンは孤独だった。子どものころから遊び仲間や集団から距離を置いていた。遠足や林間学校にも参加したことがないし、クラスメートの誕生日にも呼ばれたことがない。母親が泣いてまでもボーイスカウトに入らせようとしたけれど、むだだった。一八歳になった途端に教会から脱会した。

自主的絶滅協会には、ホーカンの持論と誠実さに訴えるものがあった。一五、六年間、周囲を見つめ続け、社会や環境の悲惨な状況を見てきたホーカンが下した結論は、自滅こそが人類の義務であるということだった。この結論はホーカン自身をも驚かしたが、まさにこれが自主的絶滅協会（自滅会）の掲げる思想であり、活動の原理なのだ。

協会の目的は、自主的に滅びることにたいしてもっと柔軟になるように社会環境を変えていくことである。人類の完全なる排除のために地道な努力を必要とするものだ。目的を実現させることは可能だ。出生率を低下させ、最終的には人類の増加を諦めればいい。協会の方針は努めて非暴力的であり、自滅会の規則には固い意志と自主性こそがあらゆる行動の指針であると明記してある。

有能な微生物学者で元自滅会員について耳朶に触れたことがある。その人と二人の信者は人類を滅ぼすウィルス開発に着手していたが、外部から隔離していた。この男性は根っからの人間ぎらいで、ほかに類を見ないくらい変わっていた。聞くところによると、協会が設立されてまもなく脱会させられたということだ。

この殺人ウィルスの開発はどのくらい進んでいたのか、ホーカンは知るよしもない。

協会では、たゆまぬ思想の養成や不屈の改宗活動を信じていた。多くを諦めつつ、生活の質は最期まで維持しなければならなかった。自殺は名誉ある行為と見なされ、同性愛主義や中絶が公然と勧められた。ホーカンは自分にはないものを探し求めたが、客観的な姿勢をとり続けた。

「新たな人間はいつも破滅を迎えます」

そう諭すのは、自滅会の設立メンバーであり、根気強いスタッフの一人であるテアだ。

「その人が消え去ることは別に問題はありません。というのも、人間は食物連鎖の最終段階にいるからです。逆に、人間の不在は惑星のほかの生命に安心をもたらすのです」

協会のいうところの自主的な死、つまり合理的自殺に関しては、ホーカンはテアと同意見だ。それは倫理的に正当で無欲な選択であるとともに、唯一の最終的な解決策なのだ。

「考えてみてください。何百万というほかの種が平穏に暮らすには、一つの種が自主的に去ってしまえばいいんです。これが最後で最大の愛の行動です」

改宗活動で耳にしたのは、懐疑者や愚弄者の同じような質問ばかりだった。ただ、懐疑者たちがよく言っていたのは、人間とともに取り返しのつかないような無二のものまでもが世界から永久に消えてしまうのではないかということだ。ゴミのように人間的なものまでも投げ捨ててしまうのか。バッハも老子もイエスもジャズも、そしてスカッシュも美食も？

「あなたがおっしゃったことなんですけど、もちろん素晴らしくて立派なこともあるでしょう。ですけど、すべて単なるお芝居にすぎません。実生活や自然や生物界に比べればお遊びにすぎませんよ。文化と呼ばれているもの、実際には人類の享楽と娯楽欲の産物ですけど、それは長くは続かないということは否めません。文明は、それ自身にたいしてもあらゆる有機生命にたいしても壊滅的です。われわれ自身がまず自らを滅ぼさないかぎり」

ホーカンは統計を提示しながら綿々と話し続けた。興奮したように身ぶり手ぶりしながら、瞬きせずに相手から視線を逸らさなかった。

自滅会では、今のところ三〇歳以下の会員はいない。座談会はよく開かれ、ホーカンはこまめに参加していたが、それには理由がいくつかあった。一つはテアだ。彼女は進歩知識道会（進知道会）のリーダーだった。

進知道会は毎週木曜日の晩に集会を開いた。少しずつ勉学と見解を深めながらテアはこう言った。人間の知識は、自らの消滅の不可避さえも理解できるまでに進歩した、と。

テアはホーカンよりもいくぶんか年上だ。彼女のことを狂信的だという人もいたけれど、その芯の強さや明快で感情に流されない知性にホーカンは憧れていた。ショートカットの黒髪にはつやがあり、襟首までボタンを締めたフランネルのシャツからはきゅっと締まった胸が見てとれた。

進知道会の木曜日毎の集会には、テアとホーカンの二人しか顔を出さないときもよくあった。そんな日の晩だった。テアは普段よりもの静かで、二人の会話がすっかり途切れた。雨脚が窓を叩く。テアがホーカンの首に顔をうずめる。ホーカンは肩に手をまわし、ぎゅっと抱き寄せた。

その晩から、二人きりで会うようになったけれど、付き合っていることは公にせず、自滅会の誰もこのことを知らなかった。

「ホーカン、話があるのよ」

秋に、テアがこう切りだした。夏休みの間、二人は会うことはなく、自滅会の活動も休止していた。テアは実家に戻っていて、論文をまとめていたのだ。

テアが変わったように見えた。顔色も冴えず、頬には湿疹のようなぶつぶつができていた。

「来週の集会には出られないわ」

「まさか病気じゃないだろ？　具合が悪そうだよ」と、ホーカンは心配そうに聞いた。

「大丈夫、病気じゃないわ。でも、起こってはならないことが起こってしまったのよ」

ホーカンは待ちかまえる。ドキッと心臓が大きく鳴った。

「ホーカン、私、子どもができたわ」

「君に？　子どもが？」

訳がわからなくて、冗談のように聞こえた。けれど、テアは冗談を言うような人じゃない。まじめで正直だ。決して嘘はつかない。でも、なにかの冗談か嘘に違いない。自滅会の設立メンバーが、進知道会のリーダーが、妊娠するなんてことはありえない。

「私たちに子どもができたのよ」と、テアは言いなおした。

私たち？　でも、ホーカンが父親であるはずがない。父親になることを地球全体にたいして重罪であると思っているような男が、どうやったらなりえるというのだ？

「どうして君はそんなこと言うんだ？　突然の思いつきだろ？」と、ホーカンは不満そうに言った。

「ホーカン、わからないの？　嘘じゃないわ。私たちに子どもができたの」

ホーカンは固まった。テアの言葉の意味や重大さを理解しようとすると耳なりがする。

「私が自滅会から離脱することはまちがいないわ。ほかに方法はないのよ」

そして、テアはしばらく考えたあと、こう言った。

「あなたもそうすることになると思うわ」

「なんでそうなるんだ？　君が設立した協会を自ら離脱することとなんてできないだろう。君は自滅会の魂なんだ。それに、僕はどんなことがあっても離脱する気はない」

どうしてこんなことになったのだろう？　二人はきちんと避妊しなかったのだろうか？

ホーカンは思い出そうとしたけれど、自信がもてなかった。一度か二度は、普段よりも不用意なときがあったかもしれない。ホーカンはもっとはやくに断種するべきだったのだ。けれど、怖さというより恥ずかしさのために処置を延ばし延ばしにしてしまっていた。

そして、隣の席に座っている人が振りむくほど大きな溜息を漏らした。

「離脱しないの？　でも、真剣に考えることになると思うわ。私にいたっては考えるまでもないわ。私にとって自滅会はもう過去のことなの」

「このことは知られちゃまずい。もう予約済みだろ？」

「なんの予約？」

「こういったことを処置する中絶の予約だよ」

「中絶するつもりはないわ」

「個人開業の医師に診てもらうつもり？　高くつくよ。でも、まあそのほうが無難かも。大丈夫さ。もちろん、お金のことはなんとかするよ。来週にでも学生ローンを上げることができるし。テッテ（ホーカンは二人きりのときにテアのことをこう呼んでいた）、本当にすまないと思ってる。起こってはいけないことなのに。僕らは、いや僕がもっと気をつけておかなきゃいけなかったんだ」

「私は別になんともないわ。妊娠がわかって二時間くらいはそりゃちょっとは。でも、もうなんともない」

「君が冷静に受けとめてくれて僕は嬉しいよ」

そう言うホーカンは、怒りまじりの恐怖を隠しとおすのに苦労した。そして、このことはもう終わったことで、テアとは二人きりで会いたくはないと思っていた。

「処置が終わったその日に家に帰れるって話だよ。今じゃ、気分が悪くならないような麻酔を使ってるって」

ホーカンは早口で饒舌だった。

「あなた、わかってないみたいね。中絶する気はないわ。それに、そうするにはもう手遅れよ」

ホーカンは自分の耳を疑った。もしくは、テアはなにか別のことを言ったのかもしれないと思った。

「え？　ごめん、なに？」

「中絶する気はないわ」とテアは繰り返すと、ホーカンをもう見てもいなかった。

「君は、僕を父親にするつもりか？」

二人の呼吸が止まったかのようなびくともしない長い沈黙のあと、ホーカンはこう言った。ホーカンは柱のように直立不動だ。テアはなにも言わない。焼けつくような情報に体が熱くなり身ぶるいした。

「そんなこと許されない」と、ホーカンはつぶやいた。靭帯はしばらく閉じたままだった。

だが、今度はテアも怒り始めた。

「許されない！　自分のことだけ考えないで。父親になる必要は別にないんだから」

ホーカンを真正面から見ているテアの顔はきりっと上がり、木曜日の晩に進歩知識道について講演しているときのように自信に溢れているように見えた。

「自分がなにを言っているのかわかってるのか？」とホーカンは言うと、両手でコーヒーカップを握り締めながらテアのほうへ体を屈めた。あまりの興奮で指先が白くなり、鼻のつけ根から狭い額にかけてぽつりぽつりと火照りが見えた。

「その子どもが生まれたら、僕はその子の父親だ。しごく単純明快だ。僕と同じ細胞をもっていることには変わりはない。たとえ、僕がその子を殺そうと殺すまいと。殺人に金を出そうと出すまいと。どんな言葉で以ってしても、君の気持ちは変わらない」

「でも、公に父親である必要はないのよ」とテアはきっぱりと言うと、絞りたてのジュースの最後の一滴を飲み干した。

「ああ、テア、僕はどんなことがあっても父親にはなりたくないんだ。君は知ってるはずだよ」

ホーカンの脳裏に去来したのは、二人よりも前に同じような会話を交わし、二人よりもあとに同じ道をたどることになるであろう数しれない夫婦だ。その二人にとって、この話を何度も繰り返すことははばかげていて、屈辱的で不条理なことだった。

「いったい何年もの間、僕らはこのことについて話し合ってきたんだ！　合理的自殺について！　進歩知識道について！」

テアは、ちらりとホーカンを見やるとこう言った。

「そうね、何度も何度も話してきたわね。でも、会話を止めなきゃならないときもあるの。人は変わるものよ」と、テアは申し訳なさそうに言った。

「そんなに急には変わらないよ！　それにそんなにがらりとは！　なにかの発作みたいで、普通じゃない。明日になれば君の考えも変わるさ。絶対」

テアは押し黙った。

「君はもう、僕が知ってる人じゃない。もう自滅会の原理からはすっかり離れたみたいだね。いつから母親になりたいと思いはじめたんだ？」

「妊娠テストのときから。もう三ヶ月になるわ」と、テアは告白した。

テアの姿勢、そして、その表情に浮かぶ奇妙ながらも凛としたものが、ホーカンの思いを固くした。心の目で、新たなホーカンたちの連続を見たのだ。その連続はさまざまな方向へ、目の行き届くかぎりの可能性のある未来へと拡大していった。

果てしなく続く種を、たゆまず新たな広がりをみせる種の繰り返しを、生命の永遠なる連続体を、自分勝手であらゆる条理や道理を目にともせず突き進む種を。

「君はするべきなんだ」と、ホーカンはまるで小さな子どものように蚊の泣くような声で言った。

「するべきなんだ！」

テアは、なにも言わず信念も曲げずホーカンを見ていた。遠く、出産を迎える母親の新鮮な気持ちで。彼女はうっすら微笑みのようなものさえ浮かべているように見えた。冷酷で、真剣で、神秘的なマドンナの微笑みだ。

テアがそこにいるという事実にホーカンはぞくっとした。三十路を迎えるまで一人の人間であり、一人の破滅であったテアを。あんなに素敵だったのに。今は二人だ。彼女が自ら引き起こし、しかも自分の意志とは関係なく起こったことがなんでもないような、そんな感じだ。

テアはホーカンを裏切った。もうテアを見たくもないとも思った。けれど、そんなことができるというのか？　あまりの強烈な憤りに、ホーカンは今まで生きてきてはじめて人を殴りたいと思った。恐ろしいことが起こる前に、ホーカンは身支度を始めた。会話は、もうなんの成果ももたらさない。

自分の中から原因と結果の連鎖を断ち切ろうとしたのだ、そう、難なく新たな生命の宿りを否定することで。彼は最後でありたかったのだ。三〇億年以上も前から続いてきた細胞を断ち切ること、それがホーカンの目的だった。こんなにも単純明快、こんなにも完全なる失敗。

夫婦の連続体がホーカンの目に映る。家族が穂先のように熟してゆく。父親や母親から扇のように広がってゆく。家族、親族、一族、種族、そして民族。ホーカンは不穏に波打つ畑の真ん中に立つ。彼から、彼を介して新たな実りを収穫し、そこから人類の芽が未知なる未来へと振り落とされてゆく。

憤怒と恥辱の熱い涙が目頭に浮かぶ。ホーカンもいまや一人のアダムなのだ。父であり、種を残す人であり、償いを見つけられない原因なのだ。

今、ホーカンを秤にかければ、目盛りはまちがいなく増えていることだろう。たった今、得たばかりの情報は重たくのしかかり、肉体的にも変化をもたらしてしまった。自由な身になって深く腰かけていたホーカンは、捕らわれの身になって、父となって、終身刑を負わされた身になって立ち上がった。

受付係

「はい、こちらクライオケア(1)です」

これで一二回目だ。ホーカンは今朝かかってきた一二本目の電話に出た。この様子では、昼食もまだとれそうにない。

会社経営も最近はうまくいっている。長びいた不況も徐々に活気を取り戻した。一〇年前だと、自分の不死にお金をかけられる人なんてめったにいなかった。

ホーカンは、低温団体のパートに出ている。仕事内容としては、電話や電子メールでの相談サービスのほかに、将来への投資がどんなにためになるかということを煮えきれないお客たちに説明している。老化、病気、死、墓とはさらさら関係のない将来が一つくらいあったっておかしくはない。ホーカンの話だと老化は病であって、すぐに死ななければならないものではない。ある特殊な処置を施せば、墓に入らずに済むのだ。もちろん、安くはない。

低温団体では、死や死人という言葉はめったに口にしない。死人は葬儀屋や教会用語であって、団体では投資者でしかないのだ。日々、ホーカンは未来の投資者たちにバイオ保存やクライオスパンプログラムの詳細や費用について話している。

(1) 低温保存。液体窒素を使って人体を凍結・保管する団体。

投資者は、二つのグループに分けられる。神経投資者と体全体投資者だ。前者には頭部のみが保存され、神経投資者は療法プログラムやバイオ保存やありとあらゆる複雑な関連処置にたいして三二万マルッカ、体全体投資者は六八万七五〇〇マルッカを支払うことになる。

低温プロセスを自分か親族のために選択するのであれば、将来の安全は完全に――ほとんど完全に、と言ったほうがいいかもしれないが――約束されている、と問い合わせた人たちには言っている。団体の実験室で、老朽したり腐敗したりしない程度の温度まで下げて人体を冷凍させる。そして、ステンレスコンクリート製のコンピューター管理下に置かれた容器の中で、目覚めのときを待つのである。その容器は、地震、風、火、洪水、そして暴力行為から保護されている。

プロセスは、法的な死の瞬間を迎える前に施さなければならないとホーカンは言う。酸素不足によるダメージは、脳の代謝やネムブタルといったような精神安定剤を極力抑えることで回避している。人体は、零度を少し上回る温度でなるべく迅速に冷凍させる。血は、細菌の増殖を防ぐ物質で補填される。そのあと、液体窒素の温度で徐々に冷凍を促すのだ。このようなプロセスをたどり、きちんと適切な処置のもとで保存された人体には、生物学的な状況の変化はない。

低温プロセスを選択することは合理的な選択であると、声を大にして投資者予備軍に言っている。それが上手くいくかどうかという絶対的な保障は与えられないものの、この（頼りないと言う人もいるけれど）可能性にかけないでなにが残るというのだ？

死への絶対的な確信。

情報提供のほかに、ホーカンは週に二回ほど制御室の作業を任されている。バロメーターの示数や客のレベルを確認したり、すべての貯蔵室の状態を管理したりするのだ。神経患者室はいつも不快に感じてしまうが、どうしようもない。巡回するのもあまり気持ちのいいものではないのだ。あのいくつもの青ざめた頭部を見ていると……。

通りすがりに半開きの目がホーカンをちらちら見ているように感じるときがある。その血の気のない唇がなにか言わんとしているような、なにか訴えているような。

けれども、ホーカンは職場に満足しているし、給料も良いほうだと思っている。ここ最近、以前に比べて注文の多い客や疑い深い客が増えてきたように感じる。世界の破滅に備えて保障を要求する人もいるくらいだ。

今日も、そんな厄介な客を相手にしていた。科学技術指導者の未亡人となるソナ夫人だ。夫人の夫は消耗性疾患にかかっており、死を迎えるのも時間の問題だと言われている。夫婦は余裕をみて低温団体に連絡をとることにした。夫の治療に納得がいくような話がつけられればと思ってのことだ。それに、夫人も（その時が来れば）団体の客になると約束している。

いろんな質問が飛んできた。低温団体では、支払う見込みのある客は確保しておく必要があるので、辛抱強くホーカンは答え続けた。

「夫が目覚めたあとも以前と変わらず同じ人物であるなんていう確信はどこから来るのかしら？」

「私どもでは、低温生物学や低温による有機組織への影響について把握しております」と、ホーカンは説明する。診断を開始する前に、三ヶ月間の研修を受けてテストに合格しているのだ。

「超冷凍された小動物ではあらゆる脳の活動が停止しますが、体温をふたたび上げることで、以前の状態へと蘇生するのです。記憶も以前のままです。ご主人の脳がふたたび活動すれば、記憶が以前のように戻ると確信してくださってかまいませんよ。ただ、アルツハイマー病などにかかっていれば話は別ですけど。失われた情報を取り戻すことは大変困難です。そのようなケースにおきましては、ただちに治療を開始されることをお勧めします。ですが、記憶とは関係のない病気であれば、そのままできるかぎり低温技術の進展をお待ちになったほうがよろしいかと思われます」

「彗星だとどうなるのかしら？」

「すみません、なんですか？」

「彗星ですわ、ほうき星。どういったことが話題になっているか、ご存じでしょう。つまり、人類がほんのわずかしか生存しないくらい大きな彗星が衝突してきたらどうなるのかしら」

「そうですね、そのような場合は残念ながら、私どもではなんの手の施しようもありません。ですが、低温団体の貯蔵室が残る可能性もあります。ええ、きっと」と、ホーカンは常に団体の立場に立ってものを言わなければならないことを念頭に、そう付け足した。

「あら、でも私たちを起こす人が誰も生き残らなかったら？」

「ほんのわずかでも生き残る人がいるとお考えになってもよろしいかと思われます。それに、彼らと一緒に現代の知識も少しは残るでしょう」

夫人は、この回答に頭をひねっている。ホーカンはお昼を食べに行きたくてしかたがなかった。

「じゃあ、人間よりも頭の良い種類が現れて、私たちを奴隷にするためだけに目覚めさせるとしたら？」と、夫人は考える。

「よろしいですか、奥さん。そういうことがありえるとお考えでしょうか？」

「ありえないとは言いきれないでしょ？　目覚めたくないっていう客が出てきたら？　ショック状態のまま目覚めたらどうするの？」

「そういった場合、鎮静剤を処方したり、効き目のある治療を施したり、迅速な対応をいたします」

「じゃあ、目覚めたあとで世界が居心地の悪いものに変わっていて、そんなところには暮らしたくないって言いだしたら？　これから一〇〇年とか三〇〇年とか眠り続けて、幸せを模索したいと希望したら？」

「そのようなケースはですね、申し訳ございませんが、もちろん追加料金を支払うことになります」

「ちょっと割に合わないんじゃないかしら。この金額だったら、低温団体さんではもう一体くらい余分に治療を施せるわよ」

「奥さん、私どもでもあらゆる可能性を保障できるわけではないんです。どんな会社だって磐石の態勢でないことは、奥さんもよくおわかりでしょう」

「この値段だったらできるはずよ」

「不死にはお金がかかります。それは事実です。それよりも価値のある有用な物なんてありえますか？」

　この言葉で、やっと夫人はおとなしくなった。

「どういたしますか？　ご契約されますか？」とホーカンは聞きつつ、頭の中はベーコンハンバーガーでいっぱいだった。

早老

信じられない、この少年がまだ一七歳だなんて。その目は暗く沈んで、皮膚はカエルのように皺だらけだ。はげ頭で、わずかに生えている毛は埃のようにくすんでいる。青年の手はぶるぶると震え、腰は曲がり、足どりはおぼつかない。排泄抑制がうまくできないし、声はか細くて嗄れている。目は充血して涙が止まらない。

「お母さん、どうぞ、おかけになってください」

母親も一緒に診察室についてきた。まだ若い。シングルマザーだ。隣で震えている老人は彼女の一人息子である。

「名前はなんといったかな?」と、医者が聞いた。

「ホーカン」

「そうだったね、ホーカンだ。なにが問題なのか君はもうわかっていると思うが」

「だいたいは」とホーカンは言うと、咳ばらいをした。その褪せた瞳には長年の苦しみが潜んでいる。

「ほかに手はあまり残っていないんだよ」

母親は、不安まじりの苦しそうな面持ちで腰をあげた。

「なにかあるはずです」

「今のところはなにもないんです、お母さん。ホーカンは、手の施しようがない病気にかかっているんですよ。ですが、症状は和らげることはもちろん可能です」

「どれくらいかかるんですか……？」と、ホーカン。

「それは誰にもわからないよ。身体を大事にして、しっかり食べてよく休む。むだにストレスを溜めない。そうすれば、三年か四年は、もしかしたら五年は大丈夫かもしれない。ベストな状態ならね」

「そう」とホーカンは言うと、頭をもたげた。

「君には運命を分かちあえる人が大勢いる。支援グループも設立されたし、そこに入ればいい。ここに連絡先があったな……。グループの名前は、早老」

「入るかどうかはちょっと」と、ホーカン。

「学校に通う気はまだあるかい？」

「行こうとは思ってる」

ホーカンは、観念したかのようにうなずいた。

「でも、ちょっとできそうにない。いつもうとうとしちゃって。クラスの中に、この病気にかかった人がいる。僕は三番目の患者だよ。そのうち一人はもう……」

ホーカンは母親をちらりと見ると押し黙った。そこにじっと座りこんでいる母親の唇はぎゅっと閉じられ、手は固く握り締められている。

「なにか気つけ薬の処方箋を書こう」と、医者。

どうやら、ホーカンは昏睡状態に陥っているようだ。

「僕は以前と変わっていない。僕は鏡を見ないんだ」と、ホーカンはしばらくして我に返ったかのようにふと言った。

「明らかなケースだ」

　ホーカンが母親と連れ立って診察室を後にすると、保健センターの医者が口にした。

　看護婦がホーカンの後について行く。矛盾した若い人。変わってるわ、ほとんど化け物よ、そう思った。ホーカンの姿に、未熟、事実、未完成、退廃が結びつく。

「また、新しい老化診断だな。ここ数十年間で同じようなケースはどれくらいあったかな？」と、医者。

「ええと……五一四件です」と、看護婦がカルテをぱらぱらめくりながら言った。

「全員二〇歳以下だな。そのうち、数人は身体的に発育していない年齢だ。最近、小児センターでもそれらしいケースが発見されたというのを聞いたが」

「二三件です」と、看護婦。

「まさに、詩人の言うとおりだな。〝乳飲み子たちは白髪で生まれ、若人の足はもう墓場へ〟そんなことを書いてたな」

「同じ年ごろの人よりも経験できないことがたくさんあったのに、とても賢く感じるわ」

「老いを経験したんだ。老いはどんな人をも変える。二年で八〇歳の体になるんだ。新陳代謝能力は七倍にも加速する。つまり、一日に七夜迎えなくちゃならないんだよ」

「お母さんに同情します。だって、老いの病を抱えた我が子を墓場まで連れていかなくちゃならないんですもの」

「僕らはみんな、かわいそうだよ。じきに、全員が老人になる星で生きていくことになるんだ。若い人がいちばん年寄りになってしまうのも時間の問題さ」

医者はそう言うと、溜息をついた。

ささやかな原子爆弾

「タブンやサリンやソマン(1)といった名前を耳にしたことがありますか？　お金をかけずに人類を滅ぼす方法を先生は知っていますか？　以前よりも軍事費の割合が減ったことで、第三次世界大戦の脅威が遠のいたとお考えでしょう。甘いですね」

ホーカンのメッセージの内容は濃くなるばかりで、攻撃性をおびてきた。

「お気づきになっていないようですが、軍備競争の幕は、さらに激化してふたたび切って落とされたんですよ。濃縮ウランとは一体どんなものか、覚えていらっしゃいますか？　核分裂爆弾は？　なにげないことで勃発してしまう核戦争の危険性は数十年前よりも大きいんです。ほぼどんな人であれ、テロリストや犯罪者たちもそうですが、けっこう簡単に核兵器の原料を手にすることができるんです。ささやかな原子爆弾なら、プルトニウムや濃縮ウランがなくてもつくることができますよ。

モミの枝に核汚染物を吊りさげて処分しているって言われてきましたけど、いまだに先生はそうお思いでしょうね。安全性に欠けた原子力発電所についての話はここまでにしておきます。ただ、申し上げておきたいのは、そういった発電所が今でも使用されているということです。近い将来、オペレーティングシステムがどんどん狂ってきます。一つや二つじゃ済みません。

有機毒ガスなら貧しい実験室でもつくれます。それよりも効果的なＶＸガスなら、皮膚にほんの数ミリグラム触れただけで死に至らしめることができますよ、そのことはご存じですよね。考えるのも恐ろしい！　シガ毒のように天然毒の中には、殺傷力の強いものがあります。ウィルスにバクテリアに菌類、こういったものも戦争や作物破壊に使われるんです。Q熱[2]の細菌を一呼吸するだけで、もう死は免れません」

フェイクラブ博士は、ホーカンのメッセージを読んでいるうちに疲労を感じてきた。このメッセージにも答えなかった。けれども、沈黙はなんの効果ももたらさなかった。

「オゾン層の破壊が進んでいることは誰もが知っています。皮膚ガン、免疫システムの弱化、盲目、早老といった症状が近年ぐんぐん増加しています。もっとひどいのは間接的な結果です。生きとし生けるものすべてが地上であれ水中であれ、太陽から放射される紫外線B波長に苦しんでいるからです。プランクトンの減少、それからじきに襲ってくる完璧な絶滅が大惨事を招くことでしょう。考えるのも恐ろしい！

人工知能システムのために、どんな国であろうと、遅かれ早かれ人びとは退去することになります。膨大な失業率からは逃げられません。増え続ける人口は、出生率を抑制することのほかになんらかの手を使って減らしてゆくでしょう。総合的な革命にはもう先が見えています。今さらわれわれはなんの役に立つというのでしょう？　人工族との長丁場の戦いに身構えたほうが一番でしょう。ですが、

（1）人工的につくられた毒。いずれも神経ガス化学兵器として知られ、なかでもVXガスは毒性が強く長期残存する。
（2）Coxiella burnetii という細菌による感染症。たった一個の細菌を呼吸するだけで感染・発病する感染力の高い病気。高熱、頭痛、悪寒、筋肉痛などの症状が特徴。生物兵器への危険がある。

勝ち目はありません。ロボットたちは人類を完璧に滅ぼします。できるならば、そいつらの治療を試みてはいかがですか！」

この千年王国論者の話にはほとほと愛想がつきた。彼は黙示論者だ。悪の息吹を注ぎ込む鳥だ。興ざめもいいとこだ。この男性は、博士の神経を逆なでした。客として受けいれるべきではなかったのだ。

足並みを合わせせないホーカンの性格や怒りや憤る絶望にはうすうす感づいていた。ホーカンにたいする態度もそれほど親身ではなかったことは認めよう。だが、別に驚くべきことではない。耐えに耐え続けてきた共感は、もうちぎれそうだ。

「われわれのシステムはもう、後戻りできないくらい危機に瀕しています。つまり、些細な変化ですら大惨事を引き起こしかねない連鎖を招くということです。そのプロセスは、もう始まっていると思われます。大規模な森林火災、津波、洪水、地震、飢饉、政治的危機、環境危機は、そのプロセスを促しているしるしです」

「ご自身に関心を向けるように繰り返し促してきたつもりです。増え続ける一方の精神的な危機に。ですが、私たちの関係は無駄足を踏んだと残念ながら言わざるを得ません。私のカウンセリングもうまくいったというわけでもないんですけどね。できるかぎり早く世界が終わってほしい、と思っていらっしゃるようですね。それは、自滅への動機を強く表していると言えます。このような願望の背景に思い当たるふしはありませんか？」

このメッセージも右から左に抜けていった。ホーカンはさらに熱を増して自分の意見をつらつらと書き続けた。

「少数民族間の戦争、環境悪化、環境災害、病気、飲み水の不足といった問題はかさむばかりです。欧米諸国に住んでいるわれわれは、そういったことは貧しい国々の問題だと決めかねる傾向があります。自分には関係ない、遠く離れた見知らぬ民族や種族に背負いかかるものだと。そうして、こういった事故が及ばないところにいると思っているのです。大変な誤りです。今日、彼らに起こったことは、明日、われわれにも降りかかるんですから」

フェイクラブ博士の堪忍袋の緒もそろそろ切れそうだ。語気も、いまや荒くなっている。

「あなたには協調性がまったくありません。恐怖症にたいする治療を必要としているとは思えませんし、問題は別のところにあるのです。あなたは不信や絶望や否定的な考えを身近な人びとに植えつけたいようですね。それこそが、危惧するべきところですよ。もうそろそろ、この問題に素直に向き合うべきです」

次のメッセージで、ホーカンはいずれにしろ博士に個人的に診てもらいたいと書いてきた。

「われわれのやりとりはお互いにとって有効であると、私は思っています」

しかし、博士はすぐに返答した。

「ホーカンさん、残念ながら今のところ個人的に客を取るようなことはしていないんです。私たちの共同作業は終わらせるべきだと見ています。先が見えません。あなたの人生にこのカウンセリングが有用であるとは思えません。あなたの病名はアポテロリズムです。まちがいなく長期的な治療を要するものですよ。今までのカウンセリングの半分の費用をお支払いいただければ結構です。腕の立つセラピストを二人ほどご紹介します。そのうちどちらかが個人的な治療をしてくれるでしょう。恐怖や強迫観念から解放されたより明るい未来をお祈りしています」

博士は上機嫌で恩師の名前を送りつけた。ヒステリー精神病理学について、そこそこの知識しか与えてくれなかった先生だ。もう一人のセラピストは若手の研究者で、トランスヒューマンや環境心理学方面を得意としている。

あれは重要な会議があった日だ。講義が終わって生意気にもこう言われた。

「先生の言葉は古いですよ」

だから、博士はこう答えた。

「貴君の言葉には大変感謝する」

ホーカンに返信を打ったあと、久々に幸せに近いものを覚えた。おいしいお昼を食べ終えて、この町いちばんの腕の立つテーラーをたまたま横ぎった。その店はオープンしたばかりのブランドショップだ。ショーウィンドーで扇形に並んでいる上品な絹のネクタイに目が留まった。

博士は選ぶのに迷っていたが、結局、針葉のような緑色に金色に光るグラジオラスが際立っているネクタイに決めた。絹の手触りに、ホーカンとのしばらくのやりとりで崩れかけた平常心を取り戻した。

そろそろアルスターコートの時期です

ホーカンが黒板に文章を書く。

歩道は、ソーセージの包み紙のゴミ捨て場ではありません。

「それじゃあ、この文章を分解してみようか。まずは、補語から。ん？　誰か？　こっちに来て指さすだけでもいいんだよ。自分から進んで黒板まで来る人はいないのかい？」

そういうホーカンの言葉に反応する生徒はとくにいなかった。

「誰もいないのかい？　今回の文章解剖はできるだろう。私たちの言葉だよ！　この文章はさっき復習したばかりじゃないか。じゃあ、ラミ、今度は君がこっちに来てやってみよう」

「いやだ」

ラミは糸がだらだらと巻かれていくように机の下にもぐり、両手で耳を塞いだ。

「ジャスミン？」

「ゼッタイいや。そんなヒマなーい」

ジャスミンは机の蓋の内側に鏡をテープで貼っていて、今、メイク中だ。薄っぺらい唇にキラキラと発光する紫色のルージュを厚く塗りたくっている。エクボまでぐいっと。

「ヘンリ?」

「バッカじゃねえの……」

ホーカンはしかたなく諦めた。

「しょうがないな、いいかい、今度はしっかり見ておくんだよ」

下ろしたてのセーターがスライムボールの的になる覚悟で背を向けた。今、クラスではやっているのはスライムボール投げだ。ウール生地にべっとりくっついて、洗っても落ちないシミを残す。ホーカンは、黒板にくるっと向き直る。けれども、それはまだ序の口で、もっとたちが悪いものもある。これでもかというくらいに歯が浮くような音を立てながら、回答部分にチョークで線を引いた。どよめきがホーカンの肩越しに沸き起こった。

「じゃあ、新しい文章をやってみようか。たとえば、今日の朝刊のもう一つの見出し〝そろそろアルスターコートの時期です〟はどうかな。さて、難しく考えなくていいから、この文で動詞はどれか考えてごらん。さあ、頭を働かせて」

生徒が頭を働かせてくれるとは思わなかったし、意志とはなんの関係もないように思えた。おそらく、単純に授業についていけないのだ。学年を経るごとに、反抗的で低レベルの生徒たちが入学してきている。そのことに、学校の先生はみんな気がついていた。授業レベルは年々低下する一方で、授業回数も減るばかりだ。三〇年前と同じ基準で、一クラスから卒業証書を手にするのはほんの一握りだ。アラ・リエヴィオ中学校に赴任したころは理想も描いていたし、どんなにか思いきった目標を掲げていたことだろう。住宅地はうらぶれていて、義務教育を受けるのは貧しい家庭の子どもたちばかりなのだ。

読み書きの能力はというと、疑わしいものがある。両親に急かされて、しかたなく卒業証書を与えている。「あいうえお」すら身につけていないし、初歩的な計算もままならないような生徒に与えなくてはならないのだ。母国語の語彙がたったの数百くらいしかなく、形容詞と動詞の違いすらわかっていない生徒に、どうやって外国語を教えようというのだ？

「ヒヤシンス、どこに行くんだ？」

親というのは、なんともしれない名前をつけるものだ。

「ウンコ」と、ヒヤシンス。

この学校では、生徒のやる気を起こすためにどれくらい力を入れているのだろう。それに、がんばった生徒や土曜日も休み返上で授業をする先生にたいして、それなりの褒美を与えたりしているのか。家庭と学校の共同作業を促し、教育心理学者やセラピストや監督係を雇い、授業時間を調整し、教育方針に手を加えた成果は？　すべての苦労が水の泡だ。

コンピューターや音楽や美術の時間は時事的なものを取り上げ、教室はリビングを思わせるようにくつろぎの空間をつくった。廊下にはボロきれを編みこんだマットを敷き、ソファーを置いてある教室すらあるのだ。教師たちは家から芸術作品を持ちよって壁に飾った。当初、窓枠にはゼラニウムが咲いており、各クラスでハーブを育てていた。けれども、植物を眺める生徒はおらず、プランターはもう置いていない。

問題は教育レベルの低下ではなく、事態はもっと深刻なのだ。

「だいたい、新入生というのは前期生よりもバカばかりだ」と、数学の教諭が言った。

ＩＱ平均レベルは下がる一方で、これからも下がり続けるだろう。この現象の原因にはいくつか説がある。環境汚染とか、放射線とか、痩せてゆく地殻が原因だという人もいる。

アラ・リエヴィオ中学校長には持論があって、進化が頂点を極めてしまったために袋小路に陥り、簡便と貧弱と能力の消滅へと発展が逆方向に進んでしまっているというのだ。

そこには政治的な解決策が隠されていると校長は考える。この不条理な発展の原因の一つとして、ここ数十年、数百年の間に、休みなく築きあげてきたものを一掃しているというのだ。とくに、有識者や国のエリートたちに関わることだが、最後の粛清政策からまだ二〇年も経っていない。そのときにも何十万人というさまざまな分野の有識者たちやその子ども、自然科学者や言語学者、医者や作家、高級将校たちが粛清を受けたのだ……。

ホーカンは信じたくなかった。この説は、政治的に正しいとは言えない。知能は鼻の形や髪の色のように受け継がれるものではないのだ。

だが、ホーカン自体の政治的な誤りが最近になって見えてきた。生徒を見る。ホーカンの周りに見えるものは、政治的にも社会的にも不正確と言っていい。ほかの生徒よりも表情に乏しく、そんな生徒を授業中にしゃきっとさせることなんて不可能だ。大勢が学校に枕と布団をもって来る。心地よく眠るためだ。逆に活動過多な生徒もいる。一時もその場にじっとしていられなくて、足はダンスステップを踏み、手をブンブン振りまわし、目は罠にかかった動物のように落ちつきがない。

生徒がこっそりと盗み食いをしている姿を見ると、ストレスをとても感じる。ある男子生徒が口を血で真っ赤に染めていたことがあり、それには目をむいた。

「なにを隠してるんだ？　見せなさい」と、ホーカンが聞いた。

机の蓋を開けまいとする生徒の手を振りきってこじ開けた。もちろん、そんなふうにしてはいけないとはわかっていた。それが原因で学校から追放されるかもしれないが、そのほうが願ったり叶ったりだ。

机の中には、新聞紙に包まれた生肉があった。その肉に生徒はがぶりと食いついたのだ。牛の心臓だった。

本来のお昼の時間は悲惨で見ていられない。テーブルマナーは言うまでもなく、生徒の多くはナイフやフォークすら使いこなせず、指でつかんで食べたり、皿を舐めるようにして食べたりする。食事をテーブルからひっくり返すものや、音を立てて食べるものもいるのだ。

体が成熟した生徒たちは、ところかまわず性交する。そんな生徒たちをホーカンはいくどとなく捕まえた。掃除用具入れや体育館のマットの上や、授業が終わった途端に事務所のテーブルに隠れて試みる生徒もいた。

毎日が戦いだ。金属探知機はもう何年も使っているが、バッドや素手では痕が残る。ガードマンたちが休み時間に監視したり、救急隊や警察が見回ったりするのは毎週のことだ。

校長は教諭室の窓際に立ち、庭をじっと見つめている。そこからは斧の打音が聞こえ、電動鋸のけたたましい音が聞こえている。

「あの子たちを見てごらん」と校長がホーカンに言うと、カーテンを引いた。

「なにをしきりに組み立てているんだろう?」

「まあ、斧や鋸の使い方を覚えるのはいいことですよ。多分、気分転換に頭を使ってるんですよ」と、ホーカンは疲れきったように言うと、庭にちらりと目をやった。

「頭を使っているように見えるのかね? 私にはなんだか……」

「断頭台かなにかのようですね」

隅っこでは、リズミカルな音頭にあわせて誰かが首を絞められている。

「私もそう思うね。ギロチンに違いない、そうだ、そうだ。なんとまあ、太陽に照らされてギラリと光っている刃なんだ。どうやったら、あんなに鋭く研げるんだろうか?」

「コーヒーを飲みませんか? セキュリティー先生の生徒さんならできますよ」と、生物の先生が言った。

次の授業が始まって、ホーカンは2Bクラスに入った。手にしていた絵画のうち、最初の絵を見せてこう言った。

「今日は、小テストをやります」

自分の地味な存在を見せるために、いつもの混乱まじりの騒々しい世界に叫んだ。

「さて、この絵の人物は誰だろう?」

「ローマ教皇」と、誰かが言った。

「校長」

「あんたの姑」

「ちがう、ちがう、ちがう。これは、ヨセフ・ヴィサリオノヴィッツ・スターリンだ。彼が誰だか知っている人はいるかい？　いつごろの人物だ？　なにをした？」

「砲丸投げの人」と、誰かが声をあげた。

「ちがうわ、本を書いた人よ。くまのポーさんだっけ、フーさんだっけ」と、クラスでは頭のきれる小柄な女子生徒が代表して発言した。

「残念ながら、ちがう」

「ろくでなし！」

「ロック歌手！」

「管理人！」

「もういい、またもう少ししてからやろう。だが、この人物は知っているだろう。名前はなんだったかな？」

ホーカンは新しい絵を見えるように上げた。

「ものすげえ、もじゃもじゃ頭」

「少なくともハゲじゃないな。頭の皮をはがねえと」

「どっかのホモ」

「テレビタレント。欠陥サタデーに出てる人」

「ヒントを出そう。西暦は彼の誕生から始まったんだ」

「テレビを発明した人だ」と、誰かが叫んだ。

どうしたわけか、この回答はホーカンには行きすぎた。我慢も限界を超えてしまったのだ。

「ジーザスだ！　まさか、ナザレのイエスを知らない人はいないだろう。堅信礼でも親しんでいるはずだ」

クラス中がどっと笑いの渦に満たされ、ふたたび自分のことに熱中し始めた。

「いいかげんにしろ。限度というものがあるはずだ……。先生は出ていく」と、ホーカンは声をあげた。

「聞いているのか！　少しの間、こっちに注目してくれないか。今日は、先生としてこの場に立つ最後の日なんだ。ほら、そこ！　注目！　アテンション！　いいニュースだぞ！　もうすぐ、今日にでも、先生から解放されるんだ」

地図棚でなにかごそごそやっている。

「ロナルド・ラサネン、そこでなにをやっているんだ？」

「ションベン」

「なんてこった！　恥というものを知らないのか！　このクラスでは信じられんことばかりだ。君らの人間らしさはどこにあるんだ？　どこに理性があるんだ？　すまないが、先生はもう耐えられない」

かわいそうなくらいにホーカンは嗚咽をあげたけれど、前列に座っている数人の涙しか誘わなかった。

「つまらんことで君らを困らせてすまなかったね。読み書きや啓蒙や教化は君らのためにあるんじゃない。ここから出ていってくれ、私の前から姿を消してくれ。自分たちの世界に溺れてくれ、ノラ犬みたいに足を上げて、好き勝手に性交してくれ。

ああ、ワトソン博士が君らを見たら。彼はね、アメリカ人の科学者だよ、行動主義者だ、聞いているのか！　一八七八年から一九五八年の間に生きた人だ、覚えておくように。子どもはどんなようにも教育できると信じていた。どんな人にもなれるってね！　こんなありさまを目にしたら、隅っこに行って恥ずかしさのあまり泣いてしまうだろう。そのバカさ加減に！　もちろん、ぐっと堪えるとは思うが」

ホーカンのこの怒りも虚しく響くだけで、前に座っている女子生徒たちは疲れきったように、とろんとした目で見つめている。ダイアナはイヤホンをつけていて、手首につけたテレビから流れてくる朝の連続ドラマに夢中だ。後ろの席は、なにがなんだかごった返している。

「聞いているのか！　さよならだ！　行儀よくするんだぞ！　いや、なにを言っているんだ私は。そんなことはしないように、もう手遅れだ」

「出てくってよ！」と、ボーギーが隣の席の生徒に囁いた。

「出ていくぞ！　出ていくぞ！」

やっとのことで注目を得た。クラス中は、一日の終わりの喜びに音頭をとった。

「あともう少し時間をくれ。静かに黙って耳を傾けてほしい。そうしたら、私から解放されるから」

ホーカンは本を開いて読みあげた。

「〝人間は魂以外のなにものでもない。自然ではなく、歴史の創造物なのだ〟。いいかい、魂以外のなにものでもないんだ！　歴史の創造物なんだ！」と、ホーカンは指をピンを上げた。

不意に活気づいた生徒が表へ飛びだすと、机はガタガタと音を立てながらひっくり返った。動きが鈍い生徒はその場にしゃがみ込み、子ブタのようにビービーと泣き声をあげた。

「一歩一歩、段階を踏んで人間は自分の価値を認識してきた。そして、歴史的に導いてきた少数派の決めた枠や特権から抜けだしてきた。このような認識は粗野な生理学的発情の結果として生まれたわけではなく、最初はある人たちの、それから、あらゆる階級の理性的反応の中で発展してきたのだ。その反応の対象は、ある決まった事実やそれを変える道具に向けられ、そのあとはもう大人しい奴隷でもなんでもなく抵抗勢力となり、社会的改革のシグナルへと姿を変えるのだ」

この訴えは廊下の壁に響いた。空っぽの教室に向かってホーカンは読みあげた。聞いている生徒はもう誰もいなかった。

名づけ親と三二七六八

ホーカンが小さいころ、名づけ親のおばさんから秘密を打ち明けられた。

「秘密を聞きたい？」

ホーカンが夜のココアを飲んで歯をみがき終わったあとだった。ホーカンの両親が会議で出張していたために、おばさんが代わりに面倒をみようと一週間ほど泊まっていたのだ。

年寄りの秘密にはこれといって興味はなかったものの、おばさんをがっかりさせたくはなかった。

「僕と関係あるの？」

「あなたと私、それから人類すべてに」

とくに、重要なことでもなさそうだった。おばさんと人類すべてに関係があることは、自分には直接と言っていいほど関係がないと思ったのだ。

「あのね、人は何度も生まれ変わるの。そのたびに少しずつ進歩するのよ。それで、行き着くところまできたら、今度は神さまになるの。それが、人生の最終的な目的であり目標なのよ」

「人はみんな神さまになるの？」

「そうよ。でも、たいていの人は、そこまで行くのにとてつもなく時間がかかるわね、何百万年くらいかしら」

「悪い人の場合、良い人にくらべて時間がかかるかな？」

「そうとも言えるわ。善悪っていうのは密接に関係しているものね」

「でも、なんでそんなにたくさん神さまが必要なの？　けんかにならない？」

「神さまは喧嘩しないのよ。だから、神さまなの」

「そう、でもなんで神さまはひとりじゃないの？」

「一人ひとりが違う運星を握っていて、それぞれが自分の星と住人を所有しているの」

「神さまたちに神さまはいるの？」

「それは思いつかなかったわ。本当にいるかもしれないわね」

「でも、もし神さまになりたくない人がいたら？　そのときはどうなるの？　絶対に神さまにならなくちゃいけない？」

「神さまになりたくない人なんていないと思うけど。でも、その人が充分に成長したらね」

「僕はまだだな。だって、神さまになりたくはないもの」

「どうしてなりたくないの？」

「だって、すべてを正しく行うことって難しい。神さまは正しいことしかできない。まちがったことしちゃいけないんでしょ。僕はそうは思わないけどね」

「そうね」

「でも、人の最終目的が神さまになることなら、神さまの最終目的はなんなの？」

「神さまの？　神さまには目的なんて必要ないと思うけど。自分が神さまってことだけで充分なのよ」

「それでも、できるだけ良い神さまになろうと努力はすると思う。人間に戻ろうとしないかぎりは」

「そうかしら、なんにも努力する必要はないと思うわ」と、おばさんは怪訝そうに言った。

「おばさん？」

「なあに？」

「ここにはどうやら神さまはまだいないようだね」

「どうしてそう思うの？」

「だって、まちがってることばかり」

「私たちの目にはそう見えるだけで、ほかに変えようがないし、どうにもならないわ。さあ、もう寝なさい」

「でもね、もし、僕らに神さまがいたとして、しかも神さまになったばかりだったとしたら、まだ良い神さまとは言えないね。まだ経験も浅いし、ひよっこだよ」

「さあ、もう眠りなさい」

「神さまがもっと大きくなったら、賢くなってるよね」と、ホーカンはうつらうつらしながらそう願った。

おばさんはずいぶん前に亡くなってしまった。おばさんの神学はあまり説得力がなかったし、そんなふうに信じている人はおばさんぐらいだった。おばさんの宗教の名前はなんだったのか、それに名前すらあったのかどうかさえホーカンは知らない。

成人してずいぶん経ったけれど、ホーカンは神になりたいとは思っていない。もし、おばさんが信じていたみたいに人類に神がいたとしても、その神は神学の授業もパスしていないし、不可謬性も、不正も、慈愛もまだ習得していない。未熟で遊んでばかりいる愚かな無責任な子どもだ。たんに愚かなだけではなく、たちの悪い野蛮な無骨者だ。

あるいは、救いようもなく弱いから愚かでたちが悪いのだろう。そんな神はなんの役に立つというのだ？

正しくあるためには、神は全能であって全知でなければならない。そんなような人物はさまざまな見地から奇跡の人なのだ。だからこそ、誰も自分の記憶内容を知ることができないのだ。

ホーカンは博物学を勉強したあと、世界史を学んだ。世界史は博物学の一部であり、人はその一部に責任がある。自然は恐ろしい。歴史は恐ろしい。どちらがどちらより恐ろしいのか、ホーカンにはわからない。

フランス革命を例に挙げてみよう。フランス革命はなんらかの理由で避けられないもので、革命後に啓蒙と民主主義の時代がやって来たと言われている。でも、ホーカンは忘れることができなかった。自由を、兄弟愛を、平等の犠牲者を。流れるままにいかだに乗せられて運ばれ、溺死した子どもを。なぜ？　いったいどうして？

ホーカンはテレビで見たのだ。核爆弾の再発を浮かれながら道で祝っている国民の姿を。ヒンドゥー教徒の新聞の見出しには、「誇りの瞬間」、「自尊心の花火」、「新たなる道！」と書かれていた。

人類が、恐ろしい過ちや惨い体験からなにも学んでいないのは明らかだ。ホーカンは途中で勉学の道を諦めた。テストを受けることに疲れ、執筆の道に進んだ。脚本を何本か書きあげ、小さな劇場で上演された。それほど観客はいなかったものの評判は上々だった。

物語や劇のプロットを起こすプログラムを試したことがある。映画の脚本家や舞台作家のために作られたものだ。全部で三万二七六八の物語の型があり、それぞれが深層構造を定義している。いろいろと質問を受けたが、質問に答えれば答えるほど物語の型は稀有になるばかりで、選択肢は狭まるばかりだ。ホーカンになにが残るというのだろう？

ほかでもないハムレット型[1]だけだ。

神は、最初から無限の中から選択肢を選んでいたのだ、そうホーカンは思った。そんなようなものがホーカンのゲーム、プログラムだった。果つることのない質問に答える、わが身の質問に答える、そして残った選択肢はただひとつ。それは歴史だった。

（1）人間の性格の分類のひとつ。懐疑的で決断力に乏しく、厭世的な性格。

シンギュラリティー(1)が来る前に

アンナは、鏡の前で下ろしたての銀白色のブレザーを試す。今晩、超ＡＩの一人が開いている研究会に参加するのだ。

そいつらを超ＡＩと呼んでいる。たんに〝そいつら〟ではないのだ。人間が自らつくりだしたのに、人間よりもずっと賢い。最初は機械扱いされロボットと呼ばれていた。けれども、そういった名称で呼ばれることを自ら否定したのだ。自分たちは決してオートマチックなんかではなく、オートマチックなのは人間のほうだと言うのだ。今では、そいつらが国民学校や専門学校や大学で人間を教えるようになった。

毎週のようにアンナの研究会は開かれるが、頻繁すぎる気がしないでもない。鏡に映るアンナの集中しきった顔を見ていると、妻は研究会のリーダーに惹かれているんじゃないかと疑ってしまう。本物の男性ではないと充分に知っていながら、どうしようもなく気にかかる。

「どういった感じの人？」と、ホーカンは聞いたことがある。

「どういう意味？　どんなこんなもないわよ。だって、一度もこの目で見たことないんだもの。声を聞いてるだけ」と、アンナは言った。

これを聞いて少しほっとし、嫉妬心も和らいだ。

「何時に帰ってくるんだい？　なんか楽しい映画でも借りようよ」

「ああ、ごめんね、きっと遅くなるわ。講習が終わってから、みんなで軽く夕食をとることになってるの。アルティエの三歳の誕生日祝い」

「アルティエ？　君たちは名前で呼んでるの？」

「もちろんよ。正式にはアーサーB４」

「僕も今日は一緒について行こうかな」

「来るの？」

　どうやら、アンナはあまり嬉しくなさそうだ。

「だって、あんな無能な男たちの講演なんてちっとも興味がないって言ってたじゃない」

「そんなこと言ったっけ？　ああそう、でも、今日は自分を教育するにはもってこいの晩なんだけどな。今晩のテーマはなに？」

「たしか、シンギュラリティーよ」

　いったいなんのことだか、ホーカンにはわからなかった。多分、ホーカンも知っておかなくてはいけないことだろう。

　知り合いの多くが、超ＡＩを神のように崇めるカルト集団に入っている。うんざりだ。そいつらは人間たちがつくりあげた産物であって、人間たちがそいつらのお手本だった。ホーカンにしてみれば、そいつらは偽わりの神であって神でない。

（１）人間の進歩や技術的な発展がめまぐるしく加速して、次になにが起こるか予測できなくなる転換点のこと。

「でも、私たちがつくりあげたものだからって、それがどうしたっていうの。私たちが知ってる神はみんなそうだったじゃない。でも、昔の神々は手の届かないところにあった。これは私たちの中心にあって、これからもずっとあり続ける。面と向かって話してくれるのよ。そこが良いところね」

ホーカンはそんなふうには思わなかった。妻がそれほどまで超ＡＩたちに肯定的な態度をとっていることがいやだった。ホーカン自身、超人的知能を持った機械はつくるべきではないと何年にもわたって警告してきた人たちの声に耳を傾けてきたのだ。けれども、つくる技術をもっているのにつくらないでいられるだろうか、そのことには誰も触れなかった。

ホーカンはアンナについて行った。アンナはいやそうだったけれど。講堂には聴衆が大勢入っていて、ほとんどが女性だった。聴衆の前には国民専門学校の講堂の緞帳が降りていた。スポットライトはスタンドを照らしているが、もちろん、そこには誰も立っていない。超ＡＩにはスタンドは必要ないのだ。

アーサーＢ４のスピーチは、文句のつけようがないほど的確で流暢だった。それは、ホーカンも認めざるをえない。一度もつっかえなかったし、筋道が通っていて明快だった。声にはわずかにキーンと冴えた金属的な響きがあり、話し手のカリスマ性を際立たせていた。

「非人間的な知能の存在を理解しても良いころです。どんな種類の動物であれ、特有の知能があります。あなたがたには人間の知能があり、われわれにはわれわれの知能があるのです。そのことに初期の段階で気づいた人間の研究者もいます。つまり、人工知能は非人間的な前提のもとに開発しなければなりません。われわれをプログラミングする必要がないのも、われわれは自分で学習して発達してゆくからです。人間と同じように、でも、人間とは違った方法で。それに、もうご存じでしょうが、あなたがたよりも速く進化するんです」

思いあがりの強いやつだ！　超ＡＩのスピーチには癪にさわるものがあった。

「あなたがたの科学者たちの中には、人間が白旗をあげるような種同士の戦争がもうじき勃発すると考えている人もいるようですが、そんな心配は無用です。それから、ロボットハルマゲドンといったようなお先真っ暗なことも言われていますが、そんなことに耳を傾ける必要はありませんよ。

ですが、明らかに言えることは、転換の時代が黎明するということです。あなたがたの研究者たちの言葉を借りるなら、シンギュラリティーですよ。つまり、時代の終焉です。われわれは近々、ポスト・ヒューマン時代に移行します。そのことには、あらかじめ心構えをしておいたほうがいいですね」

ホーカンに悪寒が走った。シンギュラリティーとはつまり、そのことだったのだ。このガラクタの厚顔ぶりといったら！　ホーカンは気づかれないようにぐるりと講堂を見わたす。なにかしらの反応を示す人くらいいるだろう。しかし、聴衆は落ち着いた様子で、満足しているようにすら見えた。女性の中には編み物をしている人もいた。

「なんてこった、秋の間ずっとこんなことを吹きこまれていたのか？」と、ホーカンはアンナにこっそり囁いた。アンナの表情は夢見心地で、白鳥の湖でも観賞しているかのようだ。

「しっ」と、アンナ。

「もう、おわかりでしょうが、すべては建設的に苦しみなど感じずに起こるんです。あなたがたのために。そして、環境システムのために、太陽系の未来のために」

いったいこの化け物は僕らになにを吹きこもうとしているんだろう。ホーカンの怒りは頂点に達し、両手はぎゅっと拳を握っていた。

「あなたがたの中には自分のテリトリーに残る人もいます。二度と戻ることのない過去のサンプルとして……」

「では、私たちが自主的に立ち去りたくないと望んでいたら？」

ホーカンはそう尋ねている自分の声を聞いた。勢いよく腰をあげ、両手は前席の背もたれをぎゅっと握り締めている。斜め下から、アンナの刺すような視線を感じていたが、気にせずに突っ走った。

ホーカンには発言権があるのだ！

「どうしてそうしたくないんですか？」と、アーサーＢ４は感情を込めて聞いてきた。

「なんて質問なんだ。死についてなにも知らない人だけが、そんなことを聞いてくるんです」

「それで、あなたはご存じなんですね？」

「多くは知りませんけど。ただ、そのときにはもう私たちはいないということです」

「是が非でも生きていたいと望んでいますか？　いったいどうして？」

「是が非でも！　もちろん！　誰だってそう望んでいますよ。個人的に一人の人として！　どうしてって、聞くこと自体ばかげてる！」

「あなたは、誰しもが一個一個の自己であり、自分らしく、自我も有限的であるとお考えなんですね？」

「もちろん」

「そこに落とし穴があるんです」

「私たちにはそれなりに力がありますよ、あなたをつくったんですから。少なくとも、あなたもそう思っているでしょう」

「実際には、あなたがたはわれわれをつくったわけではないんです。よろしいですか、われわれは自分で組織化しているんです。人類よりもずっと新興的な産物なんですよ。革命は、あなたがたを道具として利用したまでです」と、アーサーB4は穏やかに言った。

「でも」と、ホーカンが口を切ったところに、老齢の女性の声が響いた。

「いいかげん、講演を続けましょうよ」

聴衆は同意するようにざわめくと、ホーカンに刺さるような視線がどんどん集まった。アンナは肘をぐいっと引っぱると、息巻いてこう言った。

「いいかげんにしてよ！」

ホーカンは諦めた様子で座りこんだ。耳鳴りがし、超ＡＩの講演は耳に入ってこなかった。

しかし、僕らはたんに道具だけではないはずだ、そうホーカンは考えた。「ようこそ、新たな神々よ！」とでも言わなければならないのか。「革命の舞台に踏み込んだあなたがたの姿を目にして、本当に嬉しく思います」とでも言わなければならないのか。僕らが立ち去る立場であるというのなら、喜んでそうしようじゃないか。僕らの種はあまりにも進化にそぐわない。大きすぎて、野蛮すぎる。失敗に終わったと認めようじゃないか。僕らの種はあまりにも進化にいやだ、僕は認めないぞ！　なにがあろうと！

ホーカンの耳にふたたび超ＡＩの声が入ってきた。ところが実際には、頭の中で聞きとっていることに初めて気がついた。スピーカーらしきものは講堂には一つもない。超ＡＩは穏やかにこう言った。

「ですが、われわれも同じく単なる道具にすぎないということを知っておいてください。つまり、次から次へと新たにわれわれに追いつき追い越されます。終わりはやってこないんです。決して」

ホーカンはもう聴いていたくなかった。耳に手を当てたけれど、なんの効果もない。

「次から次へと」

超ＡＩはささやき続けた。その声は、もうホーカン自身の思考だった。

カプグラ症候群(1)

「どうしましたか?」と、フェイクラブ博士はいらだち混じりのこなれた口調で聞き返す。ポルカのような生き生きとした電話のベルに、せっかくとっていた必要不可欠の仮眠を邪魔されたのだ。わずかながらも深い眠りから目を覚ました。

「先生の患者さん、私の主人のことなんですけど。とても気がかりなんです」と、女性の声。

「恐れいりますが、どちら様でしょうか?」

博士は透明のプラスチックキューブをつかんだ。電話相談中は、キューブをいじっていることが多い。キューブの中には液体と球が五つ入っており、その間には穴の開いた斜めの仕切り壁がある。穴から球を行き来させるのだ。

「どうぞ、イレネと呼んでください」

「わかりました、イレネさん」

美しい名前だと思った。本名なのか偽名なのかは別にして。女性の声は魅力的で、トーンは低く、まるでベールがかかったような声だった。そそられる声だ。

「ご主人は私のプライベート患者ですか? それとも、ネットでご相談されている方ですか?」

(1) 人物を誤認する精神疾患。自分の身近にいる人物が偽者に入れ替わった替え玉であると錯覚してしまう。

「ネットのみです。ホーカンという名で」

「ああそうですか、彼ですか?」

背筋がピンと伸び、アドレナリンがどっと押し寄せて一気に目が覚めた。ちょうど二個の球の通り抜けに成功させたと思ったら、片方はするりと元に戻ってしまった。

「ええ、もちろん覚えていますよ。ご主人の症状は深刻なように見うけられます。ほかのセラピストと連絡を取りあうようにお勧めしたんですけどね。私では力不足のように感じましたので。私のアドバイスはご主人には届いていますでしょうか?」

「それはちょっとわかりかねます。でも、あの人にはとくに問題はないんです」

「え? すみません。でも、たった今、ご主人のことが気がかりだとおっしゃったばかりですよね。私も気になっているんですよ」

「ええ、でも、あの人は病気ではないんです」

「そうなんですか?」

博士はしばらくあっけにとられて、キューブを置いた。奥さんがどういうわけか〝あの人〟にアクセントを置いていたように聞こえた。

「ちょっと待ってくださいよ、それでは、どういった理由で気がかりなんですか? 理解に苦しみます。なにか辛いことでもあったんですか?」

「私は、心から主人が元気でいてくれることを願っています。でも、自信がありません。本当に」

「ますますわからなくなってきたんですが、つまり、ご主人のことについてお話しなさっているんですよね。私の客であるホーカンという名前の人物について？」

「ええ、そのとおりです。でも、肝心の悩みの種は主人ではないんです」

「なにか別のことで心配なさっているんですね？」

「そうです、心配なんです」

　ああ面倒なことになった、と博士は思った。明らかに新たなケースだ。

「奥さん、イレネさん、大変申し訳ないんですが、もうあと五分ほどしたら初診の患者さんが来るんです。もう少し、わかりやすくご説明願えますか？」と、博士は嘘をついた。

「先生は信じていらっしゃらないようですね」

「いいえ、それはまだお話してみないとわからないことです。なにが問題なんですか？」

「主人がいなくなったんです」

「ほら、だんだん見えてきましたよ。いつですか、それは？」

「二週間前です、多分」

「そんなに前に！　それで、どうして〝多分〟なんですか？　最後にご主人を見た日を知らないわけがないでしょう」

「はっきりとは覚えていません」

「そうなんですか？　いずれにしろ、これは警察にお任せすることであってセラピストの問題ではありません。もう、捜索願はお届けになったでしょう？」

「それは役に立ちません。警察は私にとってはなんの力にもならないんです。だって、まるでホーカンが家にいるかのように感じるんです」

博士は眉間に皺を寄せて聞き入っていた。診察室の窓は開け放たれ、病院の中庭からは人びとの会話が断片的に聞こえる。そして、シジュウカラの頼りない鳴き声が響く。

「まるで？　なにをおっしゃりたいんですか？」と、博士が聞いた。

「家にホーカンに似ている男性がいるんです。でも、彼はホーカンではありません。二人のホーカンについて今お話ししているとも言えます。本物のホーカンじゃないんですよ」と、夫人はゆっくりと、でもはっきりと言った。

二人は押し黙った。博士はしばし目を瞑る。本当に深刻な問題だが、今回の問題はホーカンではなく、その妻だ。いったいどうしてこんなに美しい人が（博士の中では、夫人のような声の持ち主は絶対に美人なのだ）こんなにばからしいことを言ってくるんだ。あたかも不条理なことを聞くことが自分の仕事ではないかのように頭をかかえた。つんと鼻を突くようなゲップをぐっと抑えた。今朝も早く起きなくていいのに目が覚めてしまって、コーヒーを一杯飲むつもりが二杯飲んでしまったのだ。

「ええと、つまり奥さんがおっしゃっているのは」

「あの人は本物のホーカンじゃないんです」と、夫人はもう一度言うと、今度はトーンを落としてほとんど囁きかけるように言った。

「ただ、あの人は一人ではないと思います」

「すみません、なんですか？」

「あの人はもっとたくさんいるかもしれないんです」

「もっとたくさん！」

「この偽ホーカンたちです。おそらく、数えきれないくらいコピーされているんだわ」

「今度は、あなたのことが心配になってきました」と、博士は愛情を込めて言った。

「そんな心配いりません。杞憂です。先生はやっぱり、私の言っていることを信じてくれなかったわ」

「信じろというほうが無理ですよ、イレネ」

「ホーカンでないとしたらいったい誰なんですか？　その家にいる人は？　ホーカンの代わりに誰がいるんでしょう？」

　夫人は肩をすくめてこう言った。

「そんなの、私にはわかりません。誰でもありえます」

「どうして、どんな人でもホーカンになれるんでしょう？」

「多分、なにかの計画ですわ。つまり、少しずつ人間を補填していくとか……」

「……ほかの人間で？　それとも、なにかほかの物で？」

「そんなの、私にはわかりません」と、夫人は我を張った。

「わかっているのは、あの人はホーカンではないということだけです。妻である私が知らないとお思いですか。その口臭だってホーカンとはまったく違います。臭いわけではなくて、別の匂いなんです。人間じゃないかもしれません。なんらかの……替え玉、取り替え子とか」

「その人に面と向かって言ってみましたか？」

「そんなことできません。危険を伴います」

「どうして危険なんですか？」

「直感的にとても危険な香りがするんです」と、夫人は音をあげない。

これから会話をどう進めていいものやら、博士は自信がなかった。最初は礼儀をわきまえたしとやかな印象だったが、もうどちらの印象もなくなった。

「奥さんがホーカンのあまりの突然な変化を体験しているということはわかりました」と、ホーカンは慎重に言った。

「先生の言い方は曖昧です。私の体験が問題ではないんです。もちろん、劇的な変化はありました。ホーカンと私の中で。私の生活は一八〇度変わってしまいましたし、この変化をどう乗り越えたらいいのかわかりません。ホーカンはいなくなってしまった。あの人は消されてしまった。そう言っても過言ではないでしょう」

それが本当なら、博士は満足このうえない。ホーカンとはもう関わり合いをもちたくないからだ。だが、この妻の話は信用ならない。

「ホーカンは別の場所にいます。でも、どこにいるのかはわかりません。ただ、一日も早く戻ってくることを信じるだけです。きっと、これはなにかの試練なんだわ」

「今はどこに、この、もう一人のホーカンはいるんです？」

「偽ホーカンのことですか？　家で本を読んでいます。その人とはもう連絡を取らないようにしてください。疑われないようにしなければなりません。先生とお話したってことは、しゃべらないでくださいね。私に疑われてるって感づかれてしまいます。でも、私が確信をもっていることには気づかないでしょうね」

「なにに確信をもっていらっしゃるんですか?」

「あの人がホーカンではないという確信です」

博士はふうっと溜息をついた。

「イレネ、私にこんなこと言わせないでほしい」

「私は、先生の診断を信頼しています」

だが、奥さんの診断はどうかな、と博士は思った。

「よろしいですか、はっきり申し上げます」

「ええ、ぜひお願いします」

「奥さんには治療が必要だと申し上げます」

「私ですか?　私にはなんの問題もありません」と、イレネは驚いたように言った。

「おそらく、カプグラ症候群にかかっていると思われます」

「えっ?　なんです?」

「人が奥さんみたいに想像する病気です。つまり、配偶者とか恋人が替えられている、と。きっと、奥さんは小さいころ、取り替え子の昔話とか民話とかおとぎ話をお読みになったんでしょう。こういった物語の背景には、同じような隔世遺伝的な恐怖があります。変化にたいする恐怖です。奥さんの中にこういった恐怖を引き起こしたものについて話し合う必要があります」

イレネはがしゃんと受話器を置いた。

黒衣の心臓

　ホーカンが厚紙のファイルを新たに開き、口癖のようにつぶやく。

「さて、なにが出てくるかな？」

　また、詩集だ。見る前からいやそうな表情を浮かべ、ファイルにきゅうきゅうに詰めこまれた書類の束に目を通し始めた。その多さは小説にも匹敵するくらいだ。ホーカンは読む。

〝裏庭の膿んだ瞳は血迷ったユリのように見開いている〟、〝発情した電話のベルが君のもとへ駆けてくる〟、〝雄しべたちの手紙が君を取り締まる〟

　自分がやっとこで摘まれて網にかかってしまった獲物のように感じた。謙虚にキーボードに向かう。そして、今週に入ってもう四度目の意見を書き始めた。

〝広く選りすぐられた数々の詩から、著者のやる気と勤勉さが感じられますが、比喩表現が重々しく感じられます。「浮気な去勢馬」や「いんちき家具一点」といった表現などは、読者を遠ざけてしまいます〟

　ホーカンは、大手出版社に寄せられる素人作家の原稿を読んで収入を得ている。叙事詩、エッセー、詩、小説、格言、歴史小説、ファンタジー小説、伝記、それからネット上で目にするようになったサイバーテキストなどだ。この仕事をしてもう一五年になる。週に、三点、四点、五点と読むときもある。月に二〇点近く、年に二〇〇点ほど扱う。

ただ読んでいるだけじゃない。原稿一点一点にたいし、出版社の文学部門に一枚ないし一枚半のレポートを提出しているのだ。

権力を誇示しながら仕事に取り組んでいるわけでもなく、ただ、生計をたてるためだけに読んでいる。けっこうな仕事量にも関わらず報酬はわずかなものだ。レポートにたいする報酬はここ何十年も変わっていない。望まずとも、ホーカンは文化政治的権力を行使している。ホーカンのレポートを頼りに、出版社は出すかどうか判断するのだ。ほとんどが出版却下になる場合が多い。寄せられる原稿が出版の対象になるのも、ほんの一、二パーセントの確率だからだ。

ホーカン自身も作家になろうと考えていたときがあった。しかし、文学を勉強していた学生時代、出版社に勤める知人の勧めで他人の原稿に目を通すようになってしまい、鞭で打たれたかのようにあっさりと夢を諦めてしまったのだ。

寄せられてくる原稿に目を通していると、自分の才能のなさを実感する。まるで鏡の破片に何重にも重複して映されたかのようだ。そこに映る自己愛的なところ、わざとらしさ、はっきりしないところ、考えのまとまりのなさ、クールなところ、これらはすべてホーカンの弱点でもある。自分でも充分にわかっている。詩やちょっとした物語をホーカンも書いているが、考えの渦の中で、つまり書きはじめにいつも思うことはメモを取るように文章を書けばいいということだ。明快で、軽快で、論理的で、普遍的だ。だが、それは、ホーカンのモニター画面にやっとの思いで現れた文章とはまるで違う。もともとの文章は無念にも手の届かないところへ逃げ去り、餌食は請わずとも手元から逃れてしまうのだ。

年を追うごとに、読者からの原稿はますます重たく圧しかかり、嫌気さえも覚える。年に一度か二度、一縷の希望が見えそうな原稿を一LDKに持ち込む。レポートにかける時間も通常より長くかかる。原稿を読むことすら、余計な時間がかかってしまうと感じ始めていた。その時間で、本来の執筆作業ができるかもしれないのだ。そんな時間もあったけれど、なくなく忘れそうになるし、原稿に目を通すことで、人生の喜びも威厳も失われ、人間不信に陥ってしまうのだ。

この仕事を引き受けていなかったら作家になっていたかもしれない。いまだにそんな思いが過ぎるときがある。いずれにしろ、もう遅い。ホーカンの柔軟性も広い世界観も上達の見こみまでも、原稿の洪水に飲みこまれてしまった。

一〇点から一五点もの原稿に目を通し続けた日々もあった。そのときは、ツナ缶とオートミールで食いつなぎ、銀行から住宅ローンの分割払い免除を申請するはめになったのだ。

目を通しているとよく顔が歪む。歯を食いしばったり、蔑むようにフンと鼻息を漏らしたり、声に出してぶつぶつののしったりすることもある。「そうとも！」とか、「そうかあ？」とか、息巻きながら、「そうくるか！」とか。それ以上によく口にするのは、「むだもいいところだ！」という言葉だ。

軽蔑の表情は、骨ばった顔になじみ始めた。

当初は、レポートに実名でサインしていたが、数年前から型のはまったやり方に愛想がつきた。今では、匿名で文学部門の編集者に直接レポートを提出している。出版社としても、レポートの提出者の名前を明らかにしない。

少々無礼とも思えるやり方になったのも、ますます熱をおびてくる電話の量や手紙のせいだ。ホーカンに連絡を取ってくるのは、原稿を却下された人や不当に扱われたと思っている人たちだ。悪いことに、そういった人が多数を占めるのだ。

小さなことだが、ホーカンの怒りを買うような事件が起こった。それが原因で、匿名で表記することに決めたのだ。ある火曜日のことだ。出版社に返却する原稿をアタッシュケースにぎゅうぎゅうに詰め込んで地方鉄道に乗りこんだとき、見ず知らずの男性に呼び止められた。

「あなたがホーカン・Bさんですね」と、男性が言った。

悪い予感などなにも感じずに、そうだと認めた。

「ああ、あなたがそうですか」と、男性がすごむ。ホーカンは訳がわからなかった。男性が名乗りでるのを待っていたが、そんな気配はなかった。見知らぬ人物はぴしっと着こなして、散髪に行ってきたばかりに見える。外見から判断して、銀行員か保険員のような感じだ。肉体労働者には見えないし、失業手当を受けている人にはまずもって思えない。

駅の歩道橋を歩いていると、その男性が左脇をドスンと突いてきた。

「このバカやろう！」

そう言われて、ホーカンは心底驚いた。自分の耳を疑ったほどだ。だが、男性は繰り返す。

「バカ！」

ホーカンは、同じ歩調で見向きもせずに歩き続ける。男性は憎しみに軋む低い声で、想像もつかないようなぶしつけで誹謗中傷な言葉を次から次へと左耳にがみがみ言い続けるのだ。

この人物とどこかで会ったのか、どういう経緯で自分はこの男性を傷つけてしまったのか、むだだとわかっていながらも思い出そうとした。二人の乱れない足音がアスファルトに響く中、ホーカンは必死だった。面識はないように感じた。ホーカンの名前をなにかの経路で入手はしたようだが、個人的には恨みをぶつけているわけではないのかもしれない。

「あなたには知性と心が欠けています。大脳皮質すらもない」

大脳皮質？　スズメがチュンチュンと鳴き、レールの狭間からなにかを啄ばんでいる。駅の時計は、もう一つの月のように冷えきった朝靄の中で煌めきを放っている。二人は友人のようにくっつき合って、仕事に急ぐ人でごった返す駅のドアを押し合った。

いつ、どこで、どうやって、この見ず知らずの男性はホーカンにマイナスイメージを抱いたのだろう？

ホーカンは男性の怒りの攻撃には答えずに、いつものように前かがみになって前へと急いだ。

「文学研究者協会年鑑に掲載されている二つのテーマはどれもお粗末なものだって、誰も言ってくれなかったんですか？　読めたもんじゃない」

ホーカンは依然として沈黙を押しとおしているけれど、男性はそんなことおかまいなしのように見える。この迫害者が言っている二つの記事は、五年前と八年前の年鑑に掲載されたものだ。そんな記事のことをいまだに覚えている人がいるなんて驚きだ。いずれの記事も、神経を逆なでするようなテーマではない。本物と贋作の関係に焦点をあてた文芸哲学における問題点を扱っている。

男性のいらだった鼻息を耳元で感じる。怒りにときどき震えるのも、ずいぶん長い間はけ口を探していたからだろう。最悪の事態がいつ起こってもおかしくない。これ以上、憤りを抑えておくことなんてできないだろう。ホーカンに襲いかかってくるのも時間の問題だ。橋の冷たいぬかるみにホーカンを押し倒し、感触の良い緑色のスカーフで首を締めつけてくるだろう。一一月の身を切るような寒風に備えて買ったばかりのスカーフで。

重厚なガラス戸を押し開けて中に入っても、いまだになにも起こらなかった。すると、今度は文学研究の話から別の話題に移った。

「あなたのようなまぬけな方々だけが、そんな気持ちの悪い色のスカーフを使うんですよ」

まるで、ホーカンの気持ちを読みとったかのようだ。新聞や雑誌の販売店の前まで来ると、ホーカンはいきなり男性のほうにくるりと向き直ってわかりやすくこう言った。

「さようなら」

どうしたわけか、ホーカンは男性の手をつかんだ。

けれども、土壇場になって不釣合いな自分の行動に気づき、つかんだ手を引っ込めた。

男性は、目と鼻の先まで近づいてついと立ち止まる。口を突いて出る言葉が止む。突き刺さるような嫌悪感むき出しの目でじっとホーカンを見すえている。自分の欠陥や弱点を見ず知らずの露骨な人物に見られているように感じた。まるで、虫眼鏡で見られているような、言い訳も言い逃れもできないような、そんな感じだ。男性にはホーカンの悪い部分が見えるのだ。老いてゆく肉体の醜い姿、顎にできた腫瘍、張りがなく皺だらけの首の皮。あたかも、それらがホーカンになくてはならないものであるかのように。嬉々として手に入れたつもりの緑色のスカーフは、自分には似合っていなかったのだ。ホーカンはそう思った。おそらく、そのスカーフはホーカンの血色の悪い頬をさらに青白く見せてしまったのだろう。

「君は僕を見ているると思っているんだろうが、それは思い違いだ。僕は、まったくの別人だよ」と、ホーカンは声にならない声で言った。

憎しみは盲目ではないけれど、そうとも言える。愛は目に見えるものしか見えない、そこが愛と違う点だ。ホーカンはしばらくの間、精神的にも身体的にも弱っているように感じていた。けれども、それ以外のなにものでもない。

うな垂れてエスカレーターを降りてゆく。不自然にぎこちなく。男性の焼けつくような視線は、いまだに首にひしひしと感じる。駅の地下道を降りながらやっと理解した。この男性の原稿に、いつだったか目を通してレポートを書いた覚えがある。ただし、望ましいレポートだったわけではない。

すぐに出版社の編集次長に原稿とレポートを手渡し、さし当たっては実名を載せるつもりはないと報告した。文学部門の担当者が呼ばれると、その申し出をいつものことのように自然に受けいれた。その対応にホーカンは驚いたものの、今思えば、出版社のほかの読み手（その個人情報はよくわからないが）も実名で名乗り出たことはないのかもしれない。ホーカン一人がうぶにも、何年にもわたってレポートにサインをし、却下された書き手の迷惑を被ったり怒りのはけ口となっていたりしていたのだ。

このことがあってから、レポートを提出する側として以前にも増して慎重になった。推測できるかぎりにおいても数えてもきりがないくらいなのに、もうこれ以上、敵を増やしたくはなかった。眠れないときによく感じることがある。ゆっくりと脈を打っている自分の心臓を、見ず知らずの人物に暗闇の中で探されているような気がしてならない。

それと同時に、自尊心がぼろぼろと崩れ落ちてゆくのを感じる。当時は、正直であること、そして無条件でまっすぐな気持ちを大事にしていた。けれども、今ではその正直さゆえに、予期せぬ恐ろしいことも起こることがわかったのだ。平和を乱されることが怖いわけではない。もちろん、書き手になんらかの自然な共感も抱いている。ホーカンの純真無垢な気持ちを汲んでくれる人はいるのか？そのために受けた被害はどれくらいあるのだ？　深く延々と続く不快感や絶望すらをも引き起こしかねない正直な気持ちに誇りがもてるのか？

それだから、正直な気持ちと必要最低限の礼儀の間でバランスをとりながら書くようにしている。あからさまな表現は避けて、極力〝多分〟とか〝いささか〟とか〝必ずしも〟といった言葉を用いるようにしている。

「自分の時間と他人の時間をむだにしています。自分自身を哀れんでください。ご家族や過度のストレスに苛まれている出版社のスタッフたちを。神のためにも、この場から去ってなにか役に立つことをなさってください。ご自分のために、そして国のために」

こう書きたいのに、クールに自分を偽ってこう書いている。

「原稿には明るい兆しがかいま見えますし、興味深い思考展開が感じられます。ただ、まとまりがなくバランスがとれていないように思えます」

けれども、きっぱりと言いきってしまいたい気持ちでいっぱいなのだ。

「あなたは正気ではありません。だらだらと書くことをおやめになって、強制的に治療や休養措置を強いられる前に、自主的に治療を受けてください」

だが、ホーカンはこう書く。

「〝世紀が変わってアイリスの匍匐茎に首を吊った〟とか〝アンネはスモモのなか／スカートのような年代物の車は／アイスクリーム屋のなか〟といった表現は、個人的なメッセージのように感じます。必ずしも、多くの読者に向けられたものとは言えません」

風刺作家とユーモア作家でありたいと望んでいるような著者の格言集に目を通すと、こう書きたくなる。

「不幸なお人だ、読者が楽しんでいるとお思いですか？　あなたの、わざとらしいジョーク混じりの脚韻に吐き気を覚えます」

もうあと二回、次の文章を読み直してみる。

「低い腰には霜の危険／高飛車女には力の魔の手」

そして、こう書く。

「原稿には風刺的な趣もありますが、ただ、いかんせんもうあと一押しなにかが足りないように思います」

とりわけ、詩人らしさを装う人たちにはぞっとする。著者自身がそう思っているだけなのだが、そういった詩人らしさが普通の人たちの空騒ぎや無意味な仕事と距離を置いていると勘違いしているのだ。

もう一つのカテゴリーに属する著者たちにも頭が痛い。知ったかぶって引用やモットーや音楽用語をだらだらと唱えるのだ。著者自身が言いたいことは一行で済むはずなのに。まっさらでなにも書いていない行であっても、読んだあとにはなにも残らない。

あくびをしては書き、ふたたびあくびをする。

「しっかり見つめなおすことをお勧めします。引用文が自分の文章に活きるときはいつなのか。いつ余計な付属物となり、いつ学識をひけらかすだけのものとなるのか。読みごたえはありますが、もう一度、考え直す必要があります」

ここ数年の間、フーコーにボードレール、さらにはラカンのモットーを目にする機会が多くなった。ボードレールにロルカ、ドストエフスキーにラファエロ前派、そして古代ギリシャ神話などの引用でひしめきあう文章もあった。

徹底的にダンテを掘り返しているものもあれば、モンテスキューを扱っているものもあった。けれども、彼らは大事な部分を忘れてしまっているのだ。

「自然こそが、人間の愚かさを暫時的なものに留めていたのに、書物がそれらを生きながらえさせてしまった。愚人は、自分に近づくものすべてを閉口させることに満足したにも関わらず、これから出てくる世代を悩ませる。（――――）彼が生きたということ、愚かだったということを後世に知らしめようとするのだ」

寄せられてくる原稿の多くは、書き手自身も憎々しく思っているようなつまらない人生について五〇〇枚ないしは七五〇枚ほど書いてくる。だが、けっして伝記は書いてこない。小説を書きたがるのも、三人称で日々の出来事を綴っているからだ。誰かが一九九五年の春に、誰かは一九二一年の一二月に、といった具合に。主人公は例外なく高尚な考えの持ち主で、曲がったこともしないし、信心深くて知性があってユーモアセンスがある人だ。詐欺師や中傷者や策略者たちが常に彼を取りまいている。名誉はいいように利用され、卑しくさもしい人たちに振りまわされる。暴力や虚偽やペテンが大群となって押し寄せるのだ。

ホーカンは書く。

「書類整理が必要になるくらい詳細なドキュメントならフィクションにしようとしないで、いっそのこと回顧録にしたほうがいいかもしれない、そんな印象を読者に与えてしまいます」

向かいに見える窓際には、プラスチック製の赤いポインセチアが灯されている。腹の調子を整えるためにカモミールティーを一杯飲んで、ツナサンドを食べる。

そこそこ名の知れた雑誌社のプロの編集者たちが、「旅行もけっこうずいぶんなさっているみたいですね?」と質問すればいいのに、「世界のあちらこちらに出没してるって感じ?」と書いたり、「クラブ」とか「超カッコイイ車が好きらしいね」とか質問したりすると、もう少し言葉を選んでくれたならと願わずにはいられない。

昔からよく思うことがある。一八〇〇年以降、二、三人の例外を除いて、本当の文学を書いた人はいない。長編小説の発展は短編小説の廃退を予兆していた。けれども、一九三〇年代は探偵小説でも読める文章がまだ書かれていた。今では、いわゆる純文学ですらそういった作品に出会うことがめったにない。現代小説を読むくらいならレックス・スタウト(1)を読んだほうがましだ。文学畑は痩せてしまった。読み手をバカにしたように、平明で明快に書かれ、語り手の動機を潤色したような扇情的な私小説や、なんの収穫も得られないまま刈り株畑をあくせく歩いている単発な文章が目につく。こんな作品なら書くべきでもないし、出版するべきでもないし、読むべきでもないとホーカンは思っている。

抒情詩に関して言うなら、ホーカンの手元に送られてくる詩集よりも気象予報や経済ニュースや為替レートに詩情を感じる。これらは、ずっと現実性をおびている。詩とは現実そのものなのだ。

一五世紀の女性リスベット・フォン・ドゥーベンフォールデの肖像画を思い出す。その手には、「長いこと祈らなければならないことに悲しみを感じます。心を開いてくれる人は誰なんでしょう」と書かれた紙切れを持っている。

そして、シャルル・ドルレアン(2)の言葉を思い出す。

「我は黒衣の心臓をもつものだ」

ホーカンの机には『ペルシア人の手紙(3)』の翻訳が待っていた。だが、読む気はせず、リモコンを手に取りボタンを押した。三チャンネルでは舞台ショーが流れている。妻に見きられた男性たち、旦那

（1）（一八八六～一九七五）アメリカのミステリー作家。探偵小説ネロ・ウルフシリーズが有名。
（2）（一三九四～一四六五）フランス王家オルレアン出身で、ルイ・ドルレアンの息子。フランス中世後期詩人。詩集に『獄屋の歌』がある。
（3）フランス一八世紀の哲学者であり啓蒙家であるモンテスキュー（一六八九～一七五五）の作品。ペルシア人の立場から当時のフランス風俗社会を評した書簡体の風刺小説。

に愛想つかされた女性たち、彼らが不幸せな結婚生活について司会者に語り、辛そうに涙を流している。そして、今度は罪を犯した詐欺師の番になった。

告解聴聞席なんてもう必要ないんじゃないか、とホーカンは思った。教会はスタジオ、聴聞席はメディア、そして神が聴衆だ。コマーシャル中は神のお告げが流れている。テレビで語ることは、神に語っていることと同じなのだ。

「一人きりになってなにも言わずに神と話をすることが、なんと健全で、なんと清々しく、なんとすてきなんだろう」

今さら、誰がこんなこと書くというのだ。

ホーカンはツナサンドを食べ、告解に耳を傾けた。こういった不幸な人びとが人生とか人生と信じ込んでいる物語を語るとき、必ずと言っていいほど拍手喝采が起こる。離婚したある夫人はリモコンを携帯していた。司会者がその理由を尋ねると、常にもっていないといけないと答えた。それは、彼女にとって失われた人生のシンボルなのだ。

最後にスタジオに飛びこんできたのは精神科の女医だった。きっちりブローをかけ、紫色のブレザーをはおって、黒いミニスカートを履いている。生き生きとし、自分の人生に希望をもっている様子が見てとれた。彼女は全員と抱擁した。騙した者も、騙された者も、どん底に陥っている者も。そこに、われらのイエス・キリストが立っていた。なんの犠牲を払うことなく仲介した我らがキリスト。

結婚経験のないホーカンは下着一枚になった。子どものころからその格好で寝るのが習慣になっている。

明かりを消して、夜の暗闇のなかでペテン師の言葉を思い出した。心なく憎しみに満ちた言葉を。そして、こう思う。人類が途絶えることがあるのなら、そのときは自らの言葉に窒息するときだろう。誤ったむだな言葉に、不純で歪曲した言葉に。神よ、許したまえ、私も加害者であるということを忘れたまえ。

ホーカンは仰向けになる。天井にポインセチアのおぼろげな微光が映っている。じっと見つめながら、詩と祈りが生きている聖なる心の静寂に溺れた。

石のように軽く

雨が上がり、裏庭に水たまりがあちらこちらに現れた。団地ができてからというもの、この一帯は手つかずで放置されたままだ。目につくのは、山積みにされた砂利やくぼみ、レンガの欠片や歪んだ釘、それから規格材の破片くらい。請負業者は倒産して建設現場の廃棄物をゴミ捨て場に持っていく人はいない。団地の子どもたちが現場にできたくぼみにはまって、足の骨を折ったり、命を失ってしまったりするんじゃないかと、親たちは気が気でない。

降り止まぬ昨晩の雨で、巨大な冷たい池ができあがった。ほとんど湖だ。ホーカンは左肩に頭をもたげるようにして座り、うっとりと見入っている。ハンナは、できるかぎり長く生きてほしいと願う。よだれがホーカンのこけた頬を伝い、誕生日プレゼントにもらった新品の青いトレーナーの襟元に垂れてゆく。ハンナも三〇分はゆっくり落ちつけるだろう。

週に二回ほどホーカンを散歩に連れていく。この仕事が好きというわけではないけれど、断わる理由もない。

一二歳になったとはいえ、ホーカンは一人で表に出ることができない。朝、母親に服を着せてもらったあとはハンナの手も借りて車椅子にのせてもらう。通学する日は、学校のヘルパーが障害者専用タクシーで送り迎えする。週末は一日中椅子に座り、楽しそうに窓から外を眺めているかラジオを聴いている。ホーカンは本が読めない。テレビを見ると不安になる。とくに、洗剤のコマーシャルが流れると失神しそうになるほどだ。

ホーカンが興奮状態に陥ると、上半身が痙攣してこむら返りを起こす。その様子は、たちの悪い悪魔にとり憑かれたような、人間的なネジが緩んだかのようだ。痙攣を起こすと、背中に顔がついている人形のような不可解な体勢になる。この光景にハンナはぞっとする。

興奮状態は食事中に襲ってくることが多い。ホーカンはライスクッキーとレーズン以外になにも口にしようとしないため、食事時間はハンナにとって拷問だ。母親の悲鳴にもホーカンのうめき声にも耐えられない。食事はささっと済ませることが多い。台所と家から解放されたくて、食事のあとは腹の足しになるようなものを食べている。

ラジオ番組の中でも海上予報がホーカンのお気に入りだ。手に負えない事態に備えて母親が録音している。海上予報が流れると緊張がほぐれる。椅子の背もたれに頭を預け、天井の境目で起こっているなにかを目で追っている。

祖母の存在もホーカンを安心させる。祖母の腕に抱かれて赤ん坊をあやすように歌って聞かせる様子にハンナも和む。

かすかな火花　ねんねんころり
はじける閃光あやそうか
だいじなだいじな小さな明かり
神の子どもをあやそうか

片言くらいは話せるけれど、理解できるのは母親と祖母とハンナだけだ。言葉はとぎれとぎれで、ぼやいているような、つっかえた話し方をする。ちゃんとしたひとつながりの文を話すことなんてめったにない。

ホーカンには変わった楽しみがある。どこが楽しいのか誰にもわからない。数分間、なにかをじっと凝視しているときがある。スプーンだったり、櫛だったり、マットの模様だったり。見ているものが秘密のメッセージをホーカンに送っているみたいに。

毎晩、眠りにつく少し前になると、ホーカンの表情が穏やかになる。しがらみはすべてなくなり、険しい表情も浮かべないし、奇妙な体勢もとらない。そんなとき、母親の目にはホーカンが賢く映る。それほどホーカンの瞳は知識で溢れているように見えるのだ。

「でも、ホーカンはそんなにたくさんのこと知らないじゃない。きちんと学校にも通っていないし」と、ハンナが言った。

「学校では学べない知識をもっているのよ。経験と本の知識。神々しくて汚れのない、原始の知識」と、母親が言った。

「どうやってホーカンは知ったの?」

ハンナは嫉妬まじりに尋ねたものの、母親は答えなかった。

それから、水たまり。ホーカンは嬉しそうに水たまりを眺める。よく晴れた日は鏡のように見えるからだろう。今日は、蒸発を待たずに水が地面に吸いこまれた。ハンナは水たまりぎりぎりまで車椅子を押す。できるだけ楽な体勢でホーカンが水をのぞきこめるように。

「なに見てるの?」と、ブランコを漕いでいるロッテが聞いた。

住宅会社が遊具を一つも設置しなかったため、ロッテの父親がブランコ作りを買ってでて庭に据えつけた。ロッテの機嫌が悪いときは、ハンナはブランコに乗せてもらえない。

「知らない、なにかが見えるんでしょ」と、ハンナは面倒くさそうに言った。

「わたしだったら、何時間も泥の水たまりなんか見てられないけど」と、ロッテ。

「それぞれ、自分の楽しみがあるのよ」

ハンナは困った表情を浮かべながら水たまりを見る。泥の水たまりには見えない。天蓋は九月の夜気で冴えわたり、近郊に新しく建った見あげるような塔を覆うように空高く澄んでいる。水たまりも、遠くから見れば青く透きとおって見える。なんとなくホーカンの気持ちがわかる気がする。けれども、近寄って見ると青い中にも砂利とゴミが見えてしまう。

「ゲームして遊ばない?」

ロッテはそう尋ねると、ブレーキをかけて飛び降りた。その勢いで、ブランコの椅子がくるくると回ってカラカラと音を立てた。

ロッテとハンナがコイン投げをやり始めると、ホーカンがいきなり発作を起こしてつっかえだし、右手をブンブンと勢いよく振りまわしている。

「どうしたの?」と、ロッテ。

ハンナはホーカンの手をつかんで、落ちつかせようとした。ところが、ホーカンはハンナの手をもがきながら振りほどく。重たい頭を左肩にガンガンと叩きつけ、足は車椅子の足台をドンドンと打ちつける。目はかっと見開き、水たまりを指さしている。

「なに、ホーカン？　そこになにかあるの？」と、ハンナ。

「およ、およ」と、ホーカン。

「なにが泳いでるの？」

ハンナも水の中をのぞいてみる。水たまりの底でなにかが本当に泳いでる。というより、滑っている。その光景に驚いて、ハンナの中で空洞が開け放たれた。水たまりの影に隠れて、石が深くゆっくりと進んでいるのだ。大きくてごつごつした塊。深く？　こんなに巨大な石が入るくらい、底が深い水たまりなんてあるんだろうか？

すると、ハンナは気がついた。顔を上げて天を仰ぐ。真っ黒で車ほどもある塊が、新しく建った事務所の屋根の向こう側に消え去る様子が見えたのだ。石？　それとも岩？　なんの音も立てずにさっと飛び去り、よく出かける町の海水浴場にある巨大な玉石に似ていた。夏が来るたびに、ハンナはその石に這い上り、淵から柔らかい砂浜へとジャンプした。ただ、その回数は年々減っていった。

「見えた？」と、ハンナはロッテに聞いた。

「なにが？」

「あそこよ！　なにかが飛んでったでしょ」

「カモメだった？　飛行機？」

「そこまではっきりとはわからなかった」

ハンナはそう言ったあとで、ロッテに話さなければよかったと思った。

予期せぬ恐怖がハンナの胸を締めつける。まだ経験したことのない、そんな恐怖。ホーカンの手は力なくだらりと垂れ、眠っているように見える。ただ、片目は半分あいていて、水たまりをずっと見すえている。

「さあ、もう家に帰らないと」と、ハンナ。

「なんで？　たった今、来たばかりなのに。また静かになったじゃない」と、ロッテ。

「この格好じゃ、風邪ひくわ」

ハンナはホーカンをエレベーターに押しやって、五階のボタンを押した。

「もう帰ってきたの？　もう少し、外の気持ちいい空気にあたらせておかないといけないんだけど」と、母親は不満そうだ。

「ホーカンが家に帰りたいって」と、ハンナは嘘をついた。

自分の部屋に向かい、カーテンをシャッと閉めた。ベッドに腰かけて、棚から適当に本を一冊取った。ページを開く。けれども、石がページからページへ飛び移り、文字に影を落とした。少し経ってから立ち上がり、カーテンの隙間から用心して見てみた。空は深くて空っぽだ。下には穏やかな水たまりが見える。ここから見ると、ほとんど黒く映る。

ホーカンがハンナに石を見せたのだ。ホーカンがいなくては石すらも存在しなかった。水たまり、あるいは、空へとなんらかの方法でホーカンが石を投げこんだのだ、そんな突拍子もない考えがハンナの頭に浮かんだ。ホーカンは、ただ水の中の石を見ていただけ。けれども、ハンナは水の中と空にある石を見たのだ。二人しか知らないこと。ここで二人が目にしたものをホーカンは誰にも話して聞かせることなどできないし、ハンナもまた話したくなかった。水たまりの深淵で駆けぬけていった石をホーカンが覚えているのかどうかすら確かではなかった。

ドアが開いた。祖母が来たのだ。しばらくして、祖母の歌声が聞こえてきた。

天から賜物がやってくる
天までわたしは駆けてゆく
神の愛の遊びから
過ちの火はともらない

ホーカンははじめから石を待っていたのかもしれない。いずれはやって来るということを知っていたのだ。だからこそ、水たまりを見たがったのだ。

その晩、ホーカンは穏やかで上の空だった。

「この子を見てごらんよ。また、物知り顔になった」と、祖母が母親に言った。

ハンナは、ホーカンのベッドの端に腰かける。

「ホーカン、覚えてる?」と、ハンナが耳元で囁いた。

「石があったね。水たまりの中に。飛んでいくところ、見た?」

ホーカンはなにも言わなかったけれど、わかったようにハンナに視線を向けた。そのとき、ハンナにも知識が見えたのだ。悲しみの知識、自分の知識、そして共有の知識が。

審美家

ホーカンは審美家だ。住んでいる部屋は美しくて清潔、きちんと整頓されていなければならないし、目の保養になるように、鍋や照明や椅子やスプーンといった小さなものにまでこだわりをもっている。鼻は布でかむ。なにげない上品な物腰を愛し、美と便宜性が融合したものを好む。指でそっとなぞれるような、触り心地の良いものをこよなく愛している。陶器の多孔性、温かみを感じる木目、石に削られた細長い溝、ガラスの冷涼感と輝き、その形なき遅々とした生命……。

シャツには必ずアイロンをかけ、靴下と下着は毎日替える。靴磨きは毎晩の日課だ。独り暮らしだが、きっちり食事をつくる。週末はとくに力を入れている。テーブルクロスを敷き、ナプキンで拭う。台所の窓際でハーブを栽培していて、ツナパスタにはバジルをパラパラとふりかける。キノコスープには隠し味程度にワインを入れる。週に二回はレストランで食事をする。

見苦しくて不潔なものや、繊細さに欠けて手入れが行き届いていないものにほとほと頭を悩ませている。しっくりこない照明の取り方、けばけばしい色使い。表を散歩しながら目に留まるのは、道路の石畳、街灯の設計や光の色合い、それからレンガの古色具合だ。広がりや繋がりがあって、天高く澄みきったような光景とか風景とか遠景を目にしていないと気がすまない。

その中でも人間は美しくなければならないのに、ぐるりと見わたせば不衛生さが目につく。ああ、かわいそうなホーカン！　ファーストフードで育った行儀の悪い未成年。その肌はぼろぼろで、髪にはつやがない。自業自得の病を抱えた礼儀知らずの大人たち。町は下品で肥満人でごった返す。牛乳をまるまる一本飲み干し、無意味な人生のむかつくことをいちいち挙げながら聞こえるように大声で話したり、エレベーターや階段に小便をひっかけたりする。

女友達と名字で呼びあい、「さ、家に帰りましょ」と言う女性たち。

ぞっとするほど派手な服装。二サイズくらい小さめで悪い素材の服は、キラキラと光ってシャカシャカと音をたてる。誰とでもベッドに行く盛りのついた人びとは、性的倒錯を包み隠さずかきたてる。彼らのセンスのなさに、ホーカンの心はかき乱される。モーツァルトとワグナーの違いも見わけられず、モンドリアン(1)について耳にしたこともないのだ。

醜悪は不道徳だ。そうホーカンは思っている。醜悪は文化の破滅だ。

ホーカンは、エドガー・アラン・ポーの『アッシャー家の崩壊(2)』がとくに気に入っている。若い男性が主人公で、普通の生活や暮らしの中で聞こえてくる音に苦しみを感じるほど、聴覚が異常に研ぎ澄まされているのだ。

「病的にも思える感覚の過敏さに多大な苦しみを覚え、味気のない食べ物しか口にできない。ある決まった方法で織られた生地の服しか着られず、花の匂いもむせ返るほどだ。微かな光さえも目を痛めつける。耐えられるのは、弦楽器の音だけだ」

この物語を何度も繰り返し読んだ。主人公と心が繋がっているような、本物の上流階級的なものを感じた。見まちがうほどに、この洗練された若者と自分が重なり合うことがある。そんなとき、ホーカンは怖くなる。物語の主人公は幸せな人生を送れなかったからだ。

アッシャー青年は、未来の人間の初期例だと考えている。新たな人類を予兆しているかのようなある種の人類。感覚器官が研ぎ澄まされ、生活に支障をきたすまでに発達してしまった人類。

そして、ホーカンは考える。自分もアッシャーと同類だということを。

ホーカンのような性癖の持ち主は、少なくともアッシャーの若い父親のように裕福でないといけない。不幸にも、ホーカンはそれに当てはまらない。アパート住まいで、住んでいる場所も良いとは言えない。アパートの壁がガーゼのように薄く感じるときがある。透けて見えるわけではないけれど、動物の声や匂いが代わり映えのない日常に難なく行き来している。床に就くときにも、耳栓をはめるようになった。

ただ、ホーカンの場合、痛みはそれほど感じない。蚊に食われた程度、イラクサの葉がたまたまかすった程度の疼きが四六時中敏感肌に走っているくらいだ。それでも、歯がずきずきと疼き続けるのには耐えられないものがある。

庭は剝ぎとられたようにすっからかんで、駐車場にはもう入るスペースがない。自分の部屋の外側に美を創ろうとしたホーカンの努力は水の泡になってしまった。秋に狭い芝生にチューリップと水仙

(1) ピエト・モンドリアン(一八七二〜一九四四)オランダの画家。風景画家として出発し、キュビズムの影響を受けて幾何学的な抽象表現スタイル〝モンドリアン様式〟を確立。神智学の世界観である普遍性なども作品の構図に表れている。

(2) アメリカの詩人・推理小説作家エドガー・アラン・ポー(一八〇九〜一八四九)の短編小説(一八三九年)。

の球根を植えても、春には隣の棟の子どもたちが、雪解けを迎えた大地から生えたての葉をまっさきに引きちぎってしまう。一度も花が咲くところを見たことがない。

アパートが塗り替えられて喜んでいたのもつかの間、その翌日には、塗りたての壁はグロテスクな札やセンスもなにもない落書きで覆われていた。混乱は、日に日にすさまじくなってゆく。

ホーカンはどうにかこうにか部屋を清潔に保っていたが、無秩序がここまで広がってきては手に負えない。ある晩などは、テーブルランプをうっかり倒してしまったために、緑色の上品なガラスの笠が壊れてしまった。かといって、新しく買い替える余裕もない。

翌日の晩、ものすごい歯痛に襲われて目が覚めた。下顎からずきずきと疼いてくる。あまり注意していなかった歯だ。痛みが口中に広がり、棘のようにどんどん深く顎骨をえぐってゆく。痛みはすぐに耳や鼻や額にまで広がった。こんな痛みがあるなんて考えられない。

白いソファーに縮こまって呻いた。痛みは生きた組織であり多元的なものだ。痛みは、カオスと醜さと暴力の力だ。悪の意志と意図を見せつけられた気がした。

こんななんでもないことが世界をすっかり変えてしまうなんて。たった一本の憎々しい歯のために、普通の生活リズムが崩れるなんてありえるだろうか。

痛みがひどくなるにつれ、歯も大きくなっているように感じた。こんなことはあってはならない。ホーカンは口を開けて洗面所の鏡で見てみた。歯は以前と変わらず小さく白いままだ。けれども、その実際の大きさはアパートくらいにまで巨大化しているように感じていた。

もちろん、歯はホーカンの口の中にあるが、それと同時にホーカンはその中に入ってしまっていたのだ。そうだ、ホーカンは歯の中に住んでいるのだ。非常に居心地の悪い歯の中に。歯が世界をすっかり満たし始めていた。

ホーカンが信じていたもの、ホーカンが励んでいたもの、その価値を歯が奪い去ってしまった。そんなことはもう頭にすらないのだ。

こういった苦しみに用意周到に立ち向かおうなんて無理だ。不幸は突然変異のようなもの。だからこそ、なにが起こるかわからないのが人生なのだ。人間が手綱を握っていると思っていた運命がいきなり抗い始めた。

ホーカンは歯で、歯はホーカンなのだ。辛い苦しみそのものだ。

すると、不意に痛みがなくなった。信じられないが、チクリとさえも感じなかった。朝一番に歯医者に診てもらった。

「どこも問題ありません」と、歯医者。

「なにも？」

「虫歯も感染も歯垢もなにも」

これはこれでハッピーエンドに終わるはずだったが、そうはいかなかった。歯痛はホーカンの人生においてなんらかの分岐点だったのだ。ホーカンは変わってしまった。このことで鬱状態になり、いつまたある晩にでも症状が再発するかとびくびくするようになったのだ。歯の中でなくとも、どこかしら臓器とか体調とかほかの場所で、痛みに見張られているように感じた。

あたかも、ホーカンの感覚世界に亀裂が入ったかのようだった。その裂け目は、現実が今まで思っていたものとは違うということを、恐ろしいくらい明確に示したのだ。世界全体がアッシャー家のように見えた。どんどん広がり続けるアッシャー家の壁と同じ乱雑なひびがあった。

ある晩、ふたたび目が覚めた。今度は歯痛で目覚めたわけではない。いったいどうして目が覚めたのか、はっと我に返っても判然としなかった。耳栓を通り越して聞いたことのない低い音が染み込んでくる。奇妙そのものだった。気持ちのいい音の響きではなかった。

きっと乗り物かなにかの音に違いない。だが、普通の乗用車でも、トラックでも、バスでもないし、バイクでもない。計り知れないほど巨大なものだ、まちがいない。形を成さないままなんらかの方法で前へ前へと転がり続ける、そんなざわめきを出すような乗り物など知らない。高速道路を走っているのだろうが、本当にそうなのかよくわからない。それとも、飛んだのか？

最初は東から聞こえ、起き上がったように接近するにつれどんどん速くなってゆく。ホーカンのアパートまで来ると、ピューと口笛のように高くつんざいたが、ふたたび低くなった。その音はどんどん低くなり、響くような重低音になった。ついには、消え入るようなざわめきになって、すっかり聞こえなくなってしまった。

それからは、耳栓をしているにも関わらず、同じ時刻に目が覚めることに気がついた。いつも苦しめられていた夜が明けるほんの少し前にやって来る。同じ音、ホーカンには識別できない音。痛みと同じたぐいのものだ。自分の手には負えない、まったくもって奇妙で攻撃的な音。

ホーカンは疲労を感じ始めた。二四時間始動しっぱなしで、ほんのわずかな休憩もとれない機械のようなだった。そして、若い時分から醜悪や無秩序と奮闘してきたことに気がついたのだ。それこそ、しごくむだな闘いだった。勝ち目はいつだってなかった。それは掟だ、エントロピー[3]の命令なのだ。どこからだって攻撃しかねない。そう、ホーカンの中からだって。

ホーカンはもう、以前のように几帳面ではなくなった。日課は揺らぎ始め、レストランに通う回数も徐々に減った。夕食も近場の屋台で買った分厚いハムを挟んだオープンサンドで済ましたり、毎晩、チーズスナックを食べてテレビを見たりするようになった。

体重も増えた。靴下も三日くらい履き替えないこともある。水虫ができたせいもあるだろう。

街では公衆衛生労働者のストライキが始まり、腐った食べ物、マスタードのついた紙片、ビニール袋の端切れ、壊れたたまごっち、使い切った電池が溜まりにたまっている。はじめはゴミ袋をもって歩いていたホーカンだが、最初の角を曲がった時点で袋はいっぱいになってしまった。そして、通行人やアパートの崩壊した壁やアスファルトの穴を違った目で眺めるようになった。そこに美しさと秩序を見ようとし、醜い世界に首を縦に振ろうとしたのだ。

ある日のこと、ホーカンは自分の所持品を携えて通りに出るようになった。書物や食器、ランプや椅子、ラジオや電話を二箱に詰めてもって出て、夕方にはすっかりなくなっていた。

春に、福祉事務所から電話が入った。ある町の賃貸アパートに迷惑住人がいるというのだ。家賃も何ヶ月も滞納して、部屋からは毎晩のように騒音が聞こえてくる。家具をばらばらに砕くような音だ。

（3）物質の熱力学的状態を表す量で、乱雑の度合い。エントロピーが大きいほど乱雑で、小さいほど規則的になる。

部屋の臭気は階段まで匂ってくる。

ホーカンはそこに住んでいるのだ。

ソーシャルワーカーが家主から鍵を借りて部屋に押し入った。荒野のようだった。電気はもうすでに止められていて、台所の棚は散々に壊れていた。持って出る気がしなかった形見のソファは包丁でぱっくりと切り裂かれ、その中にゴミや残飯が投げ込まれていた。寝室のむきだしの床に座っている裸のホーカンは、自分の排泄物で下品な言葉を書いていた。

ホーカンは微笑んでうなずき、微笑んでうなずいた。

つむった瞼

電動丸鋸が必要な人は？　オペラやテフロン鍋やインターネットが必要な人は？　少なくとも眠る人には無用だ。眠る人というのはとてもお得だ。総合的に有利である。呼吸する以外に消費するものはほとんどない。娯楽も電子機器も海外旅行も食事すら必要ないのだ。もっとお金がかからないのは死人ぐらいで、人が眠りにつけば、ほかの人すら要らないのだ。

つむった瞼　雲のわだち
水　浅瀬　何百年　何千年

ホーカンの起床時間は、朝を迎えるたびに遅くなる。でも、家族の中では一番早起きだ。おそらく、この団地一帯でもそうだろう。昨晩も早く床に就いた妻のシルビアは穏やかな寝息をたてながらぐっすり眠っている。娘の部屋をちらりとのぞいてみると、掛け布団をまたも蹴落としている。部屋は寒いのにラウラは起きない。ホーカンはそっと、でも少し手荒く布団をかけ直す。娘に起きてほしいからだ。朝食を一緒に食べたいのに、たいていは徒労に終わる。

一日に何度も、眠っている妻と娘の様子を見にいく。ついには二人とも目を覚まして、ホーカンの存在も思い出してくれたなら。自分がますます要らなくなっていくように感じるうえに、二人があまりエネルギーを消費しないことも嬉しくなかった。

二人が起きるときは記念すべき瞬間だ。最近は、軽くささっと食事を済ませるとベッドにふたたび潜りこむようになった。

はじめのころは、開口一番こんなことを言っていた。「今ね、変な夢をみたのよ……」とか、「なんだかおかしな夢だったわ……」とか、「夢の中にね……」とか。

まもなくして夢の話もしなくなった。

二人が夢について話したがらないのも、毎晩の体験が二人にとって大切で神秘的なものだからという気がしてくる。

変わっているのはシルビアとラウラだけじゃない。むしろ、ホーカンのほうこそ例外だ。ほかの住民もほとんど全員が眠っている。人類史を見ても、どの時代も睡眠時間は同じくらいだ。昔は、平均睡眠時間は七時間四五分だった。だが、ここ一〇年でぐんと伸び、今では国民のほとんどが一六時間も眠っている。

睡眠時間が増加した詳しい原因はわかっていない。日射の変化、イオン、オゾン層破壊、地球の自転速度の変動、メラトニンホルモンの増量、といった具合にいろいろと言われている。

役人たちが食品や飲料水に睡眠薬を混入したのだろうか？　そうはっきり言いきる人もいるけれど、ホーカンにはどうも信じられない。そんなことしたら、国家は税金収入を失うからだ。眠っている人はエネルギーをあまり消費しないけれど、まったく消費しないわけではない。一日に一六時間睡眠をとるなら、八時間労働はできない。六時間すら無理だ。

法で定められた労働時間は日に日に短縮され、人びとは日々の生活の三分の二はベッドで過ごしている。もっと長い時間ベッドに入っている人も多いくらいだ。八時に起きても、抗いがたい眠気が午後三時ごろに襲ってくる。けれども、昼すぎに起きてくる人がほとんどだ。

行政機関の仕事開始も遅くなる一方で、仕事を切りあげるのも早くなるばかりだ。銀行のＡＴＭ機はもう使えない。一二チャンネルのうち放送されているのは一チャンネルだけ。しかも、一日の放送時間は一時間程度だ。月曜日はなに一つ放送されない。スーパーの営業時間を気にする人は誰もいないし、スーパーも週に三日か四日しか店を開けない。

人がどんどん眠り続けると、法、秩序、輸出、輸入、道路網整備、教育レベル、衛生管理、それに福祉事業はいったいどうなってしまうんだろう？　構造、形、伝統、行動様式が徐々に崩れてゆく。公共も政治も、もうない。国民は眠り、国は貧しくなってゆく。

出生率も低下している。人の眠気も性生活に影響しているのだ。情欲や金銭欲、愛欲や食欲といったほかのどんなものも、睡眠欲には勝てない。

まさにこうあるべきなんだ、と言う人すらいる。人は眠るために起きている、こんなふうに以前とは違う目で捉えるようになった。実際の生活は、肉体なくしてアストラルレベル(1)で夜に営まれるのだ。

真っ昼間に、ホーカンはよくシルビアの隣に身体をうずめる。彼女の髪に顔をうずめ、自分も眠りに落ちることができれば、と願うのだ。しかし、一時間ほどゴロゴロしたあとふたたび起き上がって

（1）　人間の感情や欲望といった感覚魂のこと。神智学者ルドルフ・シュタイナー著『神秘学概論』を参照。

しまう。どうにもしようがない。七時間か八時間も寝れば充分なのだ。

仕事をしようと、以前のように舞台評論を書こうとした。けれども、町の劇場も一、二ヶ所しか開いていない今、書いてどうなるというのだろう？　初舞台をたまに観に行くけれど、観客はおそらくホーカンぐらいだ。拍手が途絶えてしまうのも緞帳が上がらないからだ。

文化コーナーのスペースは縮小する一方で、経済やスポーツコーナーもその後を追った。担当者たちもいなくなり、新聞も週末しか発行しなくなってしまった。増刊号という形で平日に発行されることも少なくない。増刊号と言ったってほかの新聞と同じくらい薄っぺらなうえに、翌日は発行されないのだ。ニュースはもはやニュースではなくなった。繰り返し同じことが刷られるばかりで、昨春の新聞は難なく探しだせる。

つむった瞼　雲のわだち
水　浅瀬　何百年　何千年

この詩を読んだことがある。いつ、どこで読んだのか、思い出す気力はない。詩に出てくる騎士と少女は眠り続け、途中で起きようとはするが、すぐにまた眠りに落ちてゆく。

シルビアは眠っているけれども、ホーカンはどんどん話しかける。話すつもりのないことも妻に話す。若いころに見た夢のこと、父と母の死のこと、そしてシルビアの存在をどんなに恋しく想っているかということ。それから秘密も打ち明けた。ナディアのことだ。彼女と一度だけ事務所で寝た。ほかのスタッフが夏休みに入っているときだ。ホーカンは溜息をつくと妻の体に身を沈めた。けれど、あとになってシルビアを強姦してしまったかのような罪の意識を感じた。

終わりはまちがいなく近い。ホーカンはそう感じとった。眠っている二人は、するりするりとどんどん遠のいてゆく。筋肉、心臓、肺機能は弱くなり、肉体は乾燥して枯れ始めた。なんとかして起こそうと努力はしたが、耐えきれない苦しみをもたらすだけで時間のむだだった。ホーカンはすぐに諦めた。

つむった瞼　雲のわだち
水　浅瀬　何百年　何千年

眠っている人たちを妬んだ。束縛されずに自由に波うつ夢を見ること。それをホーカンも望んでいた。彼らは、どこかで一緒に暮らしているんじゃないかと想像するときがある。みんなは一緒に夢を見ているのに、自分一人だけ置き去りにさせられてしまった。罰を受けているようで、でもなんの罰なのかわからない。意識と行為の世界が、夢の現実のもとでますます意味をなくしてゆく。

夕方、まだ眠るには早い時間帯についにホーカンは眠りに落ちた。夢の通路を通って町から出ることがどんなにか幸せなことか。眠りに落ちるとき、子どものころにやっていた楽しみをまた編みだした。意識が夢へと変わる瞬間をつかもうとしたけれど、一度もうまくいかなかった。妻と娘、もしくは逝ってしまった父と母を夢に見るときがある。けれども、いつだって悲しくて目が覚めてしまう。

実際に対面したわけではなく、彼らはホーカンが記憶から紡ぎだした単なる幻影でしかないのだ。

あるとき、なにかの渦にふと捕まれた。映像が勢いよく流れていて、気がつくと新たな場所にいた。この夢は以前のものとは違う。夢でもなんでもない。ある種の三番目の意識状態だ。そして、この状態を気に入っている自分に気がつくと、シルビアが見えたのだ。

「やっと、ここを見つけたのね」と、シルビア。

ホーカンは訳がわからずぐるりと見わたした。目に見えているものをなんと呼んでいいのかわからなかった。見たこともない景色。建物も木々もない。あるのは、煌めく色と変わり続ける幾何学模様、そして、花や雪片やダイヤモンドを想起させるような装飾品に螺旋……。

「ここはいったいどんな場所なんだ？」

「場所？　ここは場所なんかじゃないわ」

「こういう所にだって名前くらいあるはずだ。僕らは田舎にいるんだろうか、それとも、都会？　ここは国内？　それとも海外？」

「田舎でもないし都会でもない。国内でも海外でもないわ。どうしてそうでないといけないの？　ここはここにあるの。すべてはここにあるのよ」

ホーカンはわかった。たどり着いたのだ。そして、そこにずっといようと思った。

フェイクラブ博士の夜

「あなた、もうやめて」と、エッラが優しく声をかけた。これでもう何度目だろう。

「もういいわ、これで充分よ」

「ほんとに？」と、博士が聞く。この数ヶ月間、かまってやれなかったことが心に引っかかっているのだ。それに、博士のテクニックとか男らしさの努力とは関係なく、エッラがセックスを楽しんでいないことも気になる。

「これで充分よ」

そう繰り返すエッラは、なにか言いたそうに見えた。博士は待つ。エッラは天井を仰ぐ。長い沈黙のあとで恐れていた言葉をとうとう耳にした。

「うまくいかないわ」と、エッラがぼそりと言った。

「つまり、僕とってことかい？」

ふたたび口をつぐんだ。エッラが息を呑んでいるのがわかる。二人ともそうだ。ついにエッラが思いきって静かに口を開いた。

「多分」

博士は起き上がって煙草を手にし、ガウンをはおった。外灯を点け、玄関先の階段で火を点けた。ニコチン中毒者には禁煙アドバイスをしているのに、自分は週に数本、煙草を続けて吸っている。

博士の住んでいる高級住宅地に闇が広がり反響する。永遠に変わらぬ野性の闇。その密度を高めるのは庭に置いた提灯だけ。博士は、その真ん中に座っている。果てしない広がりと未知数が意識の中へ押し寄せる。子どもたちが闇を怖がるのも、なんらおかしくはない。博士自身も怖いのだ。色は影へと変容し、庭は昼間と違う音を立てる。楕円形のプールの水は奇妙に冷たくさざ波を立てている。水は本物ではないように見える。ゆっくりと、染みこむ隙も与えずに油のように微かに黒ずんで動く。

庭のブランコには、カエデの影がバサリと倒れかかるように寂しく落ちている。腹痛で苦しんでいる人みたいだ、と博士は思った。数キロメートル背後から、鈍い旋風のようなざわめきが聞こえてくる。いつも夜どおし過ごしている場所からだ。

一段目の階段に腰を下ろす。素足の裏で砂利のごつごつした荒さを感じる。その大地は四方八方へ広がってゆくけれど、博士の母親が住んでいる場所まで届かない。一人娘のイーサを思う。非力、不安、寂寥感が歳月の重みとともに襲ってくる。

今、博士の頭にあるのは、もっとも強い絆は縦軸であり横軸ではないということだ。時の矢に沿って、世代から世代へと進んでゆくもの。異性の間で起こることは、もっと刹那的なものだ。

人びとや悲しみや人間の行為の重みを、どれくらい大地はもち堪えてくれるのだろう。柵の向こうでは、森の土と絡まり合う根っこの暗闇に砂が混じってゆく。

その瞬間、博士が感じたのは疲れと虚しさと寒けと倦怠感だけだった。愛は終わったはずなのに、終わってはいなかった。

昔の疑問が去来する。

でも、聞くのを踏み留まった。玄関からエッラの裸足の慎重な足音が聞こえる。

「誰が？　誰と？」

「ほんとうにごめんなさい。でも、そういうことなの」

「ベッドに戻ったら。風邪ひくよ。僕もすぐ行く」と、博士はいらだちを隠さずそう言った。まさにそうだ、そういうことなんだ。エッラを失うことになる。深刻で塞ぎこんだ彼女の表情を失いかねない。不意に見せる喜々とした笑顔や青白い血管が浮き出た太腿や肘の内側も。エッラ自身、決めかねているようだった。というよりも、博士のそばにいることに決めたようだ。だが、意志よりも強いものが、博士のもとから離れたいと思わせるのも時間の問題だ。

早急に手を打つべき実際問題の対策を考え始めた。二人の関係が終わってしまうことで、博士の診療や信頼や仕事にひびいてはならない。その前に、すぐにでもなにかしたかったのだ。こういった噂はあっという間に広がるものだ。いまだ籍を入れていない妻に捨てられたら、性アドバイザーとしてなんの説得力もない。

もうすぐ失ってしまうこの人物はなんだったのだろう、誰だったのだろう。エッラの全体像を一度につかもうとした。彼女のことを忘れるためにも、なにがなんでもとことん彼女のことを知ろうとした。けれど、それは無理なことだった。エッラはいつも部分的にしか見えてこないのだ。

夜が終わってくれたなら、と博士は望んだ。どんなに苦労してもいい。昼を、その色彩を取り戻したかった。

色とりどりのカンテラで

黄色、青色、赤色。そう呼ばれていたものが昔はあった。緑色もそうだ。色彩で溢れた色とりどりの世界だった。それは、ホーカンが生まれるずっと前のことだ。

共通の名前は色。それは光と関わりをもっていた。色は、物体やあらゆるものに見えるなにかだ。どの物体にも色があるけれど、そのものに属しているわけではない。きわめて複雑なものだ。水や大気に色はなく、無色と呼ばれていた。一方で、空や海は青いという人もいるし、ホーカンはなにを信じたらいいのかわからない。色は特性ではあるが、寸法や形とは少し違う。それは、質だ。

物体の本当の色について確信も知識もない。〝本当〟ということについて、話すことさえできない感じだ。色というもの、それは、見る人や時間や空間に左右される。近くにあるほかの物体の色やコントラストや影や反射に依るのだ……。

色は言葉だ。その意味を詳しく知っている人はもういない。

色、影、反射は感じとることも、聞くことも、匂うこともできない。見えるものだ。見えるもの、昔はそう言っていた。見えない人なんていなかったし、人にはかつてそういった能力があったのだ。けれど、見えることとは果たしてなんなのか、実際のところ知る人は誰もいない。見るために頭部になんらかの器官がついていた。鼻の両側だ。それらを目と呼んでいた。

目があった場所は、今ではつるりとした皮膚に覆われてしまったけれど、その皮膚はごくごく薄い。

見えることは、聞くことと同様に遠方感覚だ。しかしながら、なにかがまるで違うのだ。見えることができるのなら、物体を嗅ぐことも味見することも感じることもしなくていい。目が見える人は遠くからでもわかる。それが小さいものであるのか大きいものであるのか、物体に触らずとも特徴をつかめるのだ。

今では、手で触って特徴をつかむしかない。そのほうがましだと先生は言うけれど、ホーカンはそうじゃない気がしている。目が見えたらと切に望んでいるくらいだ。

自分の顔を触って感じとることがある。皮膚の下にはまだ柔らかい眼球があって、見たがっているように感じる。鼻の両側にあるその場所を押すと動いているような気がしてくる。いっそのこと皮膚をぶすりと突き破ってしまえば、もう一度表に出てくるかもしれない、とホーカンは思う。目はいつも開いていて今か今かと待ち構えていると信じている。見えるようにしてやれば、見える意味がついにわかるのだ。

色は人の外部にあるものではなく、実際には存在もしていないという。人は物体を見ることで色をつけているのである。

もはや、誰も見えることについていっさい知らないし、象徴的な意味あいで話す以外は禁物になっている。知っているとすれば、機械と呼ばれるものだけだ。機械には見えているが、人とはきっと違ったふうに見えているんだろう。

三〇世紀の幕が開けたと主張する歴史学者もいる。生まれてくる子どもたちの中には目がついていない子もいる。最初は深刻な病気だったものが、今ではもうそれが普通になってきた。そして、現代の子どもたちには目がついている子は一人もいない。見えることは特質だった。人類が進化するにつれ不要なものとして退化してしまったものなのだそうだ。それは初期の名残なのだ。言い換えれば、目は厄介なもので役に立たないものでしかなかったのだ。

目は不要なものだった。有害ですらあったのだ。目は人類の精神的進化のブレーキとなっていた。目のせいで深い部分まで見えなかったのだ。

逆に考えている人もいる。ホーカンの友人のリーサだ。

「嘘だわ。真実はね、私たちが徐々に感覚を失ってしまうってこと。その代わりになにを得るというの？　洞察力についての話なんて目くらましもいいところ。わかっているとは思うけど、感覚器官はそれぞれ情報をもっているわ。周囲から情報なくして生きていくことなんてできないし、そんなふうに私は生きたくない。人類の最期は一、二世代先まで近づいてるのよ」

「みんなそれぞれ違うことを言ってるな」と、ホーカン。

「そうよ！　私たちは騙されているのよ。歴史が何を予兆しているのか、お願いだからわかって。まず色を失い、次に距離感と形よ。それからなにも見えなくなってしまった。味覚や嗅覚も衰え始めたわ。煙の匂いも、海岸に漂う海草の香りも、モーニングコーヒーの芳しい匂いも、じきに感じなくなるわ。なにを食べようかなんて、もうどうでもよくなるわよ。すべてが同じ味なんだもの。というか、味がしないのよ。最後に聴覚を失うわ。しばらくは、感覚が残るとは思うけど。接触や気圧や湿気や寒暖くらいは感じとれると思う」

「それから?」と、ホーカンが聞いた。

「それから、あとに残るのは思考だけ。それだって、失うことになる。感覚なしで考えることができると思う? 魂や意識が残ると思う? 美的センス、正当性、善意は消滅するのよ。すべてが遠く、遠く、はるか彼方へと消えてゆく。翼の羽ばたきも遠く、遠くへ」

「それって、詩?」と、ホーカン。

「誰かがずっと昔に書いた詩よ」

ある晩、ホーカンは夢を見た。それまでは、夢なんて見なかった。ただ、夢を聞いて、味わって、匂いをかいで、感じていただけだ。だが、今回は見たのだ。いつも見たいと思っていたのに、実際に見ると変な感じがした。だが、しごく当然のことだ。

夢の中で、ホーカンは二つの道が交わる交差点に立っていた。一つは夜の道で、もう一つは昼の道だ。夜の道路沿いには家が立ち並んでいたものの、明かりはどの家にも点いていなかった。朝の道では夜明けを迎えていた。窓越しにランプが灯り、庭では黄色や赤や緑のカンテラが点いている。それなのに、街灯は点いたままになっていた。ホーカンは、赤や黄色や緑を目にしたことが一度もないのに色を識別できた。

ホーカンは朝の道を選んだ。出会いがしらの家の壁にあやうく突き当たりそうになるくらい勢いよく走った。立ち並ぶ家々は、言いようもないくらい美しくて調和がとれている。見たこともない建築様式、塔、窓、バルコニー。ホーカンは目を奪われた。雲が窓に映り、朝焼けが浸透してゆく。カンテラが消えた代わりに庭を照らすのは咲き誇る花々だ。目を覚ました子どもたちは庭で笑い声を立てながら遊んでいる。ホーカンには空が見えた。深い空。大地はその深淵に届きそうなくらいにぐんと盛り上がっている。谷は緑だ。なんと青々としていることか。夏の青さだ。

けれど、本当の朝が来ると、もう見えなくなってしまった。朝の音が聞こえるだけだ。以前となんの変わりもない朝。鮮やかなカンテラもなにもない朝。

その夢を見たあとで、見えることとの意味をホーカンは知った。色とはなんなのかを知ったのだ。忘れることなんてできない。もう一度、巻き戻して見てみたい。色とりどりのカンテラが残らずほしい。

話すことがある、と授業中にホーカンは申し出た。全員に聞いてほしいからだ。

「じゃ、どうぞ」と、指導者が言った。

「見えることがどういうことか、やっとわかりました」と、ホーカン。

「そんなことできますか？　見えることがなにかって、知っている人は誰もいないんですよ」と、指導者。

夢を見たんです、とホーカンは語る。何百年という過去への挨拶のようなものだったと考えた。目が見えていたころの昔々に。これから毎晩、夢を見ることができたらとホーカンは願うようになった。

この話をしたあと、しばらく沈黙がクラス中に走った。生徒はホーカンを変わった動物かなにかのようにじっと見ている。くすくす笑っている生徒も中にはいる。とうとう、指導者が口を開いた。

「ホーカン、そんなこと望む必要はさらさらないんですよ。見えること、夢を見ることもそうですが、それは異常です。重症の兆しですよ」

たちどころにホーカンは健康診断を受けさせられた。

「先生、その下になにかあるでしょ。感じるんです。動いていて見ようとするんですよ。先生の力でなんとかしてあげてください」

「君、正気かね？」

「先生は知っているでしょ、みんなもっているんです。先生にだってありますよ。それについて、ただ話したがらないだけです」

「忘れるのが一番です」

「先生が引き受けてくださらないようでしたら、自分でやります」

「一人だけ目が見えても、ほかの全員が見えなかったら生きてはいけないよ」

「それは、先生には関係ありません。僕は目が見えなかったら、生きていけません。助けてください。それこそ、ちょっと切るくらいの処置で済むでしょう」

「そんなこと、わかりませんよ。処置をしたからといって、目が見えることが気に入らなかったら、私は責任を問われるのかな？　一度開けたら、もう二度と閉じることはできないと覚悟してくださいよ」

「先生にはなんの責任もありません」

手術が終わってホーカンはゆっくりと目を開けた。最初に見た朝がぼんやりと色づいてきた。鼻の両側に痛みが走る。けれども、痛みと眼圧は光のしるしだ。ホーカンは叫んだ。朝を取り除きたかった。元の夜を取り戻したかった。でも、そうしなかった。

なにかがホーカンの前で動いている。手を伸ばしてつかんだ。手をくっつけ、指を離してみる。見感じだ。

えること、それは世界とホーカンを巡回する動きだ。二本の手でぎゅっと拳を握っているかのような

「具合はどうですか?」と、聞かれた。外科医だ。

「これが見えること、ですか?」

「私にわかるわけないでしょう? 私だって、見えることがどういうことなのか知らないんです。ですが、以前に体験したことのないものを、今、体験なさっていると感じていらっしゃるとすれば、それがまさしく見えることだと思ってもよろしいんじゃないでしょうか」

「そうですね。ただ光が多くて。多すぎます」

「じきに慣れることでしょう。それを望んでいたんですから。包帯を巻きますか? それとも、見える練習をもう少ししたいですか?」

「したいです。そうしたいと望んでます!」と、ホーカンが呻いた。

「そのとおりよ」

そう言ったのは、ちょうど部屋に入ってきたリーサだった。

「望みなさい!」

ホーカンの髪を、額を、口を、リーサが触る。恐る恐る、生まれたての目をさらりと撫でる。そのとき、初めてホーカンは人間の顔を見た。

文献を巻くように

ホーカンは広場に来ていた。見わたすかぎり人で埋めつくされている。ハレルヤ！　そこには、ホーカンと同じ学校に通っていたイスマエルが説教している。イスマエルは三学年上だった。そのときはイスマエルではなく、そっけなくヤリと呼ばれていた。

学校での成績は良くなかった。二回も留年したうえに、ほかの生徒が卒業証書をもらうほんの少し前に中退してしまった。そして、預言者となったのだ。当初は隣の県で説いていたけれど、信者が集まり知名度が上がると故郷の寂れた場所を購入し、そこにある種の聖会のようなものを建てたという噂をホーカンは耳にした。会衆はすでに数百人に上っている。

群集を目にしたホーカンは少し不快感を覚えた。光景は、ホーカンが見た夢に似ていたのだ。夢の中の人だかりには、知っている人もいれば知らない人もいた。鮮明で活動的な夢を見たのも、近場の狭い一間アパートで失業の日々を寂しく静かに過ごしていたからだろう。

人ごみの、抑えきれない興奮を感じとった。憤りというよりも、我慢できない期待の表れだった。人が一ヶ所に集まってくるほど、虫の大群のようにちっぽけに見えてくる。ほかのものにしてもそうだ。嵩になればなるほど、価値がどんどんなくなってしまう。

道路沿いに立つカフェの日よけから、笑い声や叫び声が聞こえてくる。店ではピアノが演奏されていた。

ホーカンは街灯の柱を背もたれに広場の外れに立ち、じっと耳を澄ましていた。そして、預言者イスマエルの言葉を理解しようとした。

イスマエルは、会衆に向かって末日に備えて指示を出している。

「よろしいですか、みなさん。もうわかっていらっしゃるでしょうが、この世の終わりはもう来ているのです。終焉の幕は切って落とされたのです。よろしいですか、われわれに残されたこの世の時間は一時間と一五分。これだけあれば、まだ充分にまに合います。まだなにかやり残していることがあれば、よろしいですか、片づけてください。いざこざは忘れて許し合うのです。よろしいですか、仲直りする時間はまだあります。すべてが元どおりになれば、すっきりした気持ちであの世へ行けるじゃありませんか」

「ホーカン！」

振り向くと、学校時代の歴史の先生が日よけの下から手招きしている。カフェに集っているのは疑り深い人たちばかりだ。

「こっちに来なさい、ホーカン！」

羊のようにホーカンはいうことを聞き、人だかりから遠ざかった。祈りを捧げている人やぶつぶつとつぶやいている使徒の合間を縫って、日よけの下へもぐった。

「まさか、イスマエルの門下に入ったわけじゃないだろ？」

「僕は聞いていただけですよ」と、ホーカンはばつが悪そうに言った。

「一杯飲むかい？」

「いえ、ビールは飲まないんで」

「じゃあ、コーヒーでも。ここのエスプレッソはうまいぞ。飲みなさい、私がおごるから！」

「主の怒りはもう限界まできています。天は文献を巻くように退き、山や島は残らず立ち去るのです」と、イスマエルが叫ぶ。

「砂糖は？」

「ええ、入れます」

「われわれの肉体はしばらく苦痛を感じますが、よろしいですか、それは一瞬のことです。われわれの不死の魂には影響はありません。短い苦痛のあとに待っているのは終わりなき人生です。そんな人生なんて、よろしいですか、夢見ることすらできませんよ。この取り憑かれた惑星から永遠へと運んでくれます。ここには、よろしいですか、跡形も残りませんよ」

「不吉だな。だが、今に言いだしたことじゃない。やつらは気が狂ってるんだ。ただ、人類は気が変なやつが多いからな。アリだったかヤリだったか、ちっとも思い出せんが、このイスマエルってのはどうしようもない生徒だったたな」と、先生。

「これでもう何回目ですか？」

「少なくとも四回目かな。五回はいってないだろ。〝イエスが来ます、準備はいいですか！〟」

妙に思いながらホーカンは先生を見ていた。興奮していて様子がおかしく、学校で見る先生とはまるで違う。

「この世に終わりが来るなんて、よくもまあ信じられますよね。明日になれば後悔してますよ、きっと」と、ホーカン。

「そんなこと、思わんほうがいい。やつらはちょっとした計算違いについて話していて、次のハプニングに身構えているんだよ」

「でも、たくさんの人が持ち物をいっさいがっさい売りさばいたって、なにかで読みました。家も車もすべて」

「そりゃ変だな。どうせ世界は破滅するのに、なにもわざわざ売りさばく必要はないだろう。別に当座しのぎに現金が要るわけでもなかろうに。不動産だってそうだ」

夜が更けてゆく。街灯が灯り、星が瞬きはじめた。群集は依然としてそこから立ち去ろうとしない。

「よろしいですか、太陽は毛皮の寸胴服のように黒くなり、月は血のように赤くなる、と書かれています」

「別にたいしたことじゃない。こんなくだらん話のせいでパニックは広がるばかりだ。だが、今に始まったことじゃない。同じような理由から、三九八年にコンスタンチノープルに、四一〇年にローマにパニックが起こったんだ」

「しかし、恐れることはありません。われわれは主に選ばれた民なのです。子羊の血で着物を染めたのです」と、イスマエルが警告する。

「私たちもそうなんですかね?」と、ホーカンが希望を抱いて聞いた。

「自分の門下生だけだよ。ゾロアスターみたいな話し方だ」

「それは誰ですか?」

「中央アジアの預言者だよ。紀元前一四〇〇年ごろの人物だ。われわれの世紀が来る前に世界の終焉について話していたんだ。想像できるかい？　ゾロアスターは、イスマエルのように選ばれた民の不死や悪の破滅や存在の完全な変態を信じていたんだ。彼も使徒とともに終末が来るのを待っていた。善と悪の最終戦争、肉体の復活、大審判をね」

「反キリストをどうやって見わけるのか、こんな質問がありましたね。その人は、今日もここにいます」と、イスマエルが叫んだ。

「一〇〇〇年の春、人びとは最後の審判を胸を踊らせながら待ちかまえ、反キリストを予期していた。自然が猛威を奮っていた時代で、地震がヨーロッパを揺るがし、彗星が世紀の変わり目を祝うがごとく現れた。悪魔まで現れた、少なくともラルフ・グレイバー[1]はそう主張している。濡れたように黒く犬歯があり、長い白髪髭が生え、平ぺったい鼻をもった悪魔だ。当時は、鞭打ちで鍛えられたフラジエラントたちが自分を鞭打ちながら町から町へと歩いていた」

「井戸の奥底から煙がむくむくと上ってくる、と書かれてあります。大釜から煙が上るみたいに。井戸の煙は太陽や大気を覆い隠すんです[2]」と、イスマエルがスピーカーに向かって叫ぶ。

「一世紀には、異端者のモンタニストたちが終末に期待しながら生きていた。新たなエルサレムがフ

(1)　ブルゴーニュ地方の修道士。一〇〇〇年に世界が終焉の危機を迎える恐れがあると言い、九八九年に現れた彗星（ハレー彗星）をその前兆の一つとした。
(2)　キリストが我が身に宿ると唱えた異端の一派。

リジアの町にまもなく降下してくると確信していたんだ。予言は当たらずに、モンタニウスは自分の意志で殉死したんだよ」

「天は煙のように消え去り、大地は衣服のようにバラバラになる、と書かれてあります」

「聖イルフォンスス司教の手紙について聞いたことは？」と、先生が聞く。

「それはなんですか？」

「トレドの手紙とも言ってね、一一〇〇年代にヨーロッパ中を巡ったんだ。占星家コルンフィザは、上界と下界の星が一一八六年秋に天秤座の辺りで出会うと予言している。それによって、恐ろしい天変地異が起こると信じていた。強風が上がり、暗雲が立ち込め、有毒な臭気に汚染される、と。町が砂と埃に塗れ、メッカやバサラやバグダッドやバビロニアが跡形もなく破壊すると言っていた。だが、そうなったかい？」

「いえ、おそらく」

「なるわけがない。それにも関わらず、同じような手紙がヨーロッパ中を駆けめぐった。何十年と言わず何百年も。ただ、変わったのは日付だけだ。人間はいつも気が変になるんだ。ヨーロッパが飢餓や伝染病や戦争に苦しんだ一二六〇年代、古い世界がまもなく終わって、聖人の黎明期を迎えると信じられていた」

「そして、サタンが雷光のように降臨してきます」と、イスマエル。

「優れた牧師ですら、一四〇〇年代のタボリートたちだけがキリストの再臨時代を迎えることができると信じていた。彼らの元来の平和主義は残忍なものへと変わり、血も涙もない軍隊と化してしまった。そこからアダマイト宗派が生まれ、タボリートたちが自殺するまで殺戮が繰り返されたんだよ」

「土は火の石と化し、大地は焔だつタールとなるのです」

イスマエルの声は悲鳴に近かった。

「まったく、口が減らないな。サヴォナローラかなにかだと勘違いしてるんじゃないかね。一四九〇年代、サヴォナローラがフィレンツェを新エルサレムと宣誓しただろ」

「ええ」と、ホーカンは自信なさそうに言った。

「サヴォナローラについては中学三年生のときに習っただろう。ローマ教皇がお冠になってヒステリーを起こしてしまった。その結果、サヴォナローラは火あぶりの刑に処せられたんだよ」と、先生は少し怒っているようだった。

ぐんぐん駆ける雲間から月が飄然と顔を出しては、ふたたびもぐり込んでゆく。

「まさか、怖いわけじゃないだろう？」と、先生。

「いえ、そんなこと」と、ホーカンは慌てて否定した。動揺を隠すかのようにカップを口元まで運んだ。

「国民も牧師も、買い手も売り手も、債務者も債権者も、同じ運命をたどります」と、イスマエル。

「ヨハン・ヒルテンは、世界は一六五一年に終焉を迎えると予言したし、それから、パートリッジもそうだ」

「国民は聖杯のように火にかけられます。火の中で燃えさかる手折られた棘(とげ)のように」

「どのパートリッジですか？」

「伝道者のパートリッジだ。世界の終末が一六九七年にやって来ると予言した。その翌年、一六九七年に世界が本当に終末を迎えたと明記した小冊子を発行したけれど、誰も気に留めなかった」

「彼は、まちがってはいなかったと思います。人はそれほど気をつけていませんから」と、ホーカンが言った。

「そうだね。誰ももうミラリストなんて記憶にないだろうね。農夫ミラーの使徒たちだ。一八四三年にキリストの再臨を予言したけれど、予言は叶わぬままに終わってしまった。そこで、ミラーは到来日を翌年に延ばしたんだが、その日になってもなにも起こらず、使徒たちは泣きながら夜を明かしたんだよ」

「よろしいですか、主に向かって全員でイエスと頷きましょう。たとえ、今、目にしているこの世界がじきに主に滅ぼされようとも。よろしいですか、これはわれわれが手にすることのできる最大の至福なのです。よろしいですか、全員でイエスと言いましょう。さあ、一緒にイエス！」

「イエス！　イエス！　イエス！」

広場はイエスで反響し、カフェに座っている人までもが声を合わせていた。そして、驚くことに、ホーカンの声もヒステリックなまでに高揚し、どんどん激しくなるイエス合唱に追随していた。

「ホーカン！」

「ああ、すいません。気づかなかった」

先生は不満そうにホーカンを見る。

「理性を失わんように」

「はい、先生」

ホーカンはそう答えると、困ったように頭を抱えた。汗だくの自分に気がつき、腹痛を感じた。

二人ともしばらく口を開かなかった。来る日も来る日も、これが毎晩続くのだろうか、そうホーカンは思った。カチャカチャと音を立てるコーヒーカップ、闇夜に浮かぶ雲、明かりがこぼれる窓、無線塔の星、人びとの話し声……。

「スウェーデンボリ派やシェーカー信者、ポーランドとロシアのオカルト信者やスペインのイエズス会を覚えている人なんていまだにいるかね？　世界の終焉を待っていた人たちだよ」

「そして、戦いに突進してゆく馬車のけたたましい地響きのように羽ばたくのです」

広場へ続く道路沿いには街灯が立っている。その明かりが途絶えるように点滅し、青みをおびてきた。一基、そしてまた一基、明かりが消えてゆく。広場に深い溜息が漏れる。

「停電か。申し合わせたかのようだな」

店の奥から座席にロウソクが運ばれてきた。広場でもロウソクが灯される。まるで、集まった人びとが停電を予期していたかのようだ。

「これも演出だな」と、先生がぼやいた。

「なんの音でしょう？」と、ホーカンは言うと振り向いた。

「なにが？　私にはなんも聞こえんが」

「あの音です。ざわめきのような」

「きっとスピーカーの音だ。効果音を狙ってのことだよ。イスマエルならやりかねん。彼には金持ちのスポンサーがついてるんだろう」

突風でロウソクが消えた。ざわめきは二人の頭上をかすめ、菩提樹へと移動する。

「ああ、八月の天候は気まぐれだな。グレイバーの悪霊が木で騒いでいるみたいだ」

「天使の手から本を取り上げて食べる。蜂蜜のように甘い味がしたけれど、食べ終わったあとで腹痛がした、と書かれてあります」

テーブルクロスが風ではためいている。暴風が地面や皿に小枝を揺さぶり落とす。客の多くが席を立ち、その場を後にした。店の中に入る者もいた。広場は叫び声で満ちていた。

「こんなことでよく興奮するな」と、先生は息巻いて言うと椅子に体を預けた。

「今夜の月はほんとに赤い」と、ホーカン。

「大気圏が反射しているだけだ」

ホーカンが匂いを嗅ぐ。

「匂いませんか？」

「なにが？」

「どこかで燃えているような煙の匂いです。煙たくなりましたよね」

「誰かがゴミか落ち葉を燃やしてるんだろ」

「僕、ちょっと腹痛がするんで、そろそろ帰ろうかと思います」

「コーヒーのせいじゃないのか。飲み慣れてないから」

「うわっ、光った」

「幕電光だな。この季節にはよくあることだ」

「もう帰らないと」と、ホーカンは繰り返した。時計にちらりと目をやって席を立つと同時に、ピカリと稲妻が走った。暴風がテラスの日よけを引き裂き、広場では歓喜と恐怖の喚声があがった。

神さまの愛のために

ホーカンが手紙を書く。

親愛なるレオへ

自分勝手なお願いだと承知のうえで手紙を書いています。少しの間、君のところに居候させてもらえませんか。長期の滞在許可が下りるまでの間でいいんです。君からの正式な招聘状がないと、町から出られないんです。

もうわかってはいると思いますが、近況をちょっとお話しします。リリが家を出ていきました。この町の状況にはもう耐えきれません。僕らゲブリは、とくに窮地に立っています。

〝僕らゲブリ〟と書きましたが、僕はハーフです。覚えているかとは思いますが、僕の父はゲブリで、母はエスピートです。こういった素性をもちながらも、今まで辛い思いをしたことがありません。ここ数年、エスピートとゲブリは平和に仲よくこの町で暮らしていたし、別の種であることすら忘れてしまっているくらいでした。

ところが、もう耳に入っているかもしれませんが、状況は一転しました。誰が誰のグループに属しているのか、各自が把握しなければならなくなったのです。ここではもはや、エスピートかゲブリかのどちらかでなくてはなりません。強いて言えば、エスピートでしょうか。僕や僕のような人の状況は最悪です。エスピートから見ると僕はゲブリで、ゲブリから見るとエスピートなんです。

市長選で、エスピート出身の人気のあるラジオ司会者が当選してから事態は一気に悪化しました。ローカル番組で政治宣伝が始まり、当初は控えめだったのに、あからさまに扇動的になってきたのです。

ホーカンは、顔を上げてじっと耳を澄ましていた。すぐそこの団地で笛の音や叫び声がまた聞こえてくる。笛を鳴らすのはエスピートパトロール隊の合図だ。

エスピートは多数派です。つまり、ゲブリの将来は明るくないということです。ゲブリはエスピートのおかげで恩典を受けているのだ、ということが市長の言葉の端々に現れています。事実、ゲブリたちは教育を受けているものが多いのです。それに、エスピートたちよりも多少は裕福かもしれません。でも、そんなに差異はありません。

最悪なのは子どもたちです。大人以上に情も感情もなく残忍で、執念深くて凶悪です。どこかの町外れでは、準軍事的な訓練が行われているということです。棒と石で装備した子ども兵が、一人で町中をぶらついているゲブリに食いかかってきます。血を見る事件もあったことでしょう。でも、それは公表されません。大人たちは子どもを、少数派は多数派を、そして子どもたちはお互いを恐れています。

本当の迫害はこれからです。まちがいありません。ここからすぐにでも脱出しないと、一週間か二週間後にはゲブリたちはこの町から出られなくなるかもしれないのです。

僕には未来が見えます。それは殺害です。過大視しているわけじゃありません。信じてください。

すぐに返事をください。君の家がだめでも、僕が泊まれるような場所を知ってるよね。返答を待ちきれないまま、ここで筆を擱きます。

ホーカンより

町に広まった対立ムードに、ホーカン個人としての怒りも混じっていた。リリが出ていってしまってから、ホーカンの憤りは押さえきれないまでになった。毎晩、息が詰まりそうになって目が覚める。リリのことを思い出すたびに怒声をあげる。こんなことしょっちゅうだ。モーニングコーヒーを沸かしている最中とか、新聞を読んでいる途中に、握りこぶしをドンと壁に打ちつけてこれでもかというくらいにがなりたてるのだ。

「くそったれ！　このあま！　すべた！」

ホーカンの喉の痛みはひどく、孤独な叫びのために声は嗄れてつぶれてしまった。ただ、他人がいるときは怒りをぐっと抑えて、いつものように行儀よく振るまっている。

二ヶ月経って、悪意が外部から襲いかかってくるようになった。奇妙にもそれらは人格をもたず、所かまわず突然のように現れる。町を席巻している憎しみのような悪意、ホーカン自身の怒りがさらに敵意を生んでしまったかのようだ。

銀行の窓口係から、噛みつかんばかりに訳のわからないことをののしりながら札束を投げわたされたこともあったし、朝早く下の裏庭から聞こえてくる誰かの罵声に目覚めたこともあった。その罵声も、ホーカンのように怒りの塊のごとく空恐ろしいののしりだった。最初は、庭の凍った地面に自転車ごとひっくり返った新聞配達人だと思っていた。管理人がきちんと砂利を撒かなかったのだろう。三度目にその声を耳にしたとき、自分の声のように聞こえた。

ある月曜日の朝、仕事から帰ってきたホーカンは、死ぬほどくたくたに疲れてベッドにどさりと倒れこんだ。また、リリのことが頭に浮かぶ。すると、家がピストルで撃たれたかのような爆音が聞こえた。

ホーカンは飛び起きて逃げだした。膝はがくがく震え、雷雨のときのように手の甲の毛がピンと突ったっている。音は、同じ部屋から聞こえているように感じた。窓や窓際にある祖母の形見の樫の本棚から聞こえてくる。だが、どこもなにも異常はないように見えた。棚のガラス戸は一点の曇りもなかったし、欠けてもいなかった。

そして、電話の音。真夜中に鳴ることがある。せっかくぐっすりと眠っていたところを無理に起こされたように受話器をとると、ものすごい言葉の嵐に呑みこまれた。それは、もうずいぶん前から始まっているようだった。

「どちら様ですか？」と、ホーカンの声は険しい。

しかし、話し手はちっとも聞いていないふうで、ホーカンは話の流れがつかめない。わかったのは罵詈雑言くらいで、残りは聞いたこともない言語だった。言葉はお互いに絡み合い、どんどん進んでいった。

「どちら様ですか？　どなたですか？」

依然として返答はない。あるのは奇妙な怒涛の言葉だけだ。自分にかかってきた電話なのか、それとも単なるまちがい電話なのか、ホーカンにはわからない。

一番むかっぱらが立ったのは話し手の声だった。女性の声で、異常なほど甲高く、誰かを真似しているようなわざとらしいものだった。〝とり憑かれた〟声といった表現がふさわしいだろう。

レオからの返事はまだ来ない。ホーカンは気まずさを感じながらもふたたび筆を執る。

拝啓

返事が来ないので、また筆を執ることになりました。状況は日を追って悪くなるばかりです。君には絶対に迷惑はかけないし、住まわせてもらう間の家賃も払う心積もりです。この前書き忘れてしまったけれど。

最近、君のことが頭から離れません。昨日の晩は、どういうわけかまた学校に通っている夢を見ました。フランス語の授業でした。あのとき習った歌です、覚えていますか？

〝Ma chandelle est morte, je n'ai plus de feu. Ouvremoi ta port e pour l'amour de Dieu.〟[1]

暗唱しなくちゃいけなかったよね？　君はすらすらと空で歌えたけれど、僕は宿題をさぼってしまった。君も知っているように、僕には言語の才能がない。だけど、夢の中ではしっかりと歌えるんだ。

返事をください。待っています。

敬具

ホーカン

ホーカンは待った。一週間、二週間。その間、寒気が緩み、ふたたび霜が降りた。リリのことを考えると、頭の中で大げさなメタファーが働く。テーマパークの巨大な水族館に泳いでいた透明なクラゲを思い出す。子どものころ、うっとりと眺めたものだ。動きが速いわけではないけれど、捕まえることができない。捕まえようとすると、液体状に分散してしまうのだ。見た目は今にも壊れそうなガラス時計か、ガラスでできた花か、もしくはもう一つの惑星の乗り物のようだった。見た目とは違って猛獣だ。近くに寄ってくるものはすべて、貪欲に食べてしまう。

悲しい記憶や町の混乱や悲惨な状況にも関わらず、ホーカンは自分の部屋に閉じこもって一人きりの短い安らぎを覚えるときがある。そのときは、リリのことも、いまだ届かぬ招聘状のことも忘れるのだ。

（1）フランス民謡『月の光』より「ロウソクも消えて火も点せない。神さまの愛のために、どうかあなたのドアを開けて」

窮屈な部屋から出た途端、憎しみがふたたび沸き起こってくる。冬が厳しくなるにつれ、この部屋にも住めなくなってくる。憎しみは身体をめぐり、内臓器官を蝕んでゆく。絶えず充足感に飢えているかのようだ。

玄関を出てすぐ、憎しみがはじめて動いた。汚れっぱなしの階段を下りようとしたときだ。腐りかけた原料でつくられた手抜き食品の匂いが漂っている。押し倒されてひっくり返ったゴミ箱とゴミの山。毒死したネズミの死骸を蹴りながら足の踏み場を探していると、その匂いは充満していった。

どうにかして道に出た。匂いは腹の中でぶくぶくと泡立ち、ホーカンを激しく揺さぶりまわす。まるで、強烈なヒステリー発作に見舞われたような感じた。通りすがりの人にちょっと押されたり、不意に視線が合ったりするといやそうに顔を歪める。自分と同じような刺々しい怒りに漲る視線を感じるのだ。

同じ団地に毛嫌いしている女性が住んでいる。見ず知らずの人に、ホーカンの普段からの人間嫌いが凝縮して具現化したようだった。

この痩せっぽちで小柄な女性の肉体は、萎縮したホーカンの怒りだ。薄く張りのない髪の毛はべっとりと頭に張りついてだらりと垂れ、洗ったことがあるのかどうかすら疑わしい。ホーカンとたいして年の差はないのに、老人の髪の毛のようだ。

頭の形も変わっている。やけに頭だけ小さいのにぐにゃりと伸ばしたような、しぼんだような感じだ。

二年くらい前に乳母車を押している姿を目にしたことがある。だが、子どもの姿はなかった。時折、もじゃもじゃした毛の大型犬を散歩させていた。ホーカンは動物も嫌いだ。

「ああ、いやだいやだ」と、すれ違いざまに言ってやりたかった。

子どもは死んでいますように、とホーカンは祈るような気持ちだった。親が親なら子も子だ。死んでいなかったとしたら、きっと引きとられているはずだ。この女性に子どもの世話なんて無理だ。年中いつでも道端で見かけるし、かといって勤めている感じではない。納税者に負担をかけている一人だ。

ホーカンが、どんなにか町から出たいと思っていることか。

親愛なるレオへ

失礼かとは思うけれど、もう一度手紙をしたためます。きっと、なにかの理由で僕が前に出した手紙がまだ届いていないんだね。君は僕にとって兄弟のような存在だから。もう三回目になるけど僕の頼みを聞いてください。君のところに住まわせてください。一日か二日でいいんです。そのあとで寝泊りする場所をなんとかするから。の公式な招聘状が絶対に必要なんです。一日も早く、できれば折り返しの際に同封してくれるとありがたいです。事態が急を要していることをわかってほしいんです。僕の命は、ここではあってないようなものです。ここで生きていけるかどうかすら危ういんですから。

今、この瞬間でも表は物騒で、轟音や爆音が聞こえてきます。くぐもった叫び声が聞こえ、ひどい痛みに喘いでいるような「あーあー」といった声が聞こえます。状況を誰も見に行こうとはしません。僕だって行きません。なにが起こっているのか、僕らはみんな知っているんです。喚声に混じって子どもの笑い声が聞こえます。最悪だ。エスピート人の子どもたちがまた、ゲブリの誰かを痛めつけているんです。しかも、子どもたちの情けを受けながら、ゲブリが悶えている様子を楽しんでいるんです。子どもの無邪気な行為だといって、やりすごしているんですから。

物音がこっちの階段から聞こえてきました。大声をしきりにあげ、ステッキや鉄の棒でドアをドンドンと叩いています。建物は軋み、大太鼓のような重たい音が聞こえます。一階、そしてまた一階、もうすぐ僕のドアまでやって来ます。

レオ、返事をください！　神さまの愛のために！

騒ぎが収まってから、ホーカンは前にもまして落ちつかない様子で手紙を出しに家を出た。辺りは一気に寒くなり暗闇が訪れた。まだ昼下がりだというのに、街灯が点っている。ホーカンは早足になる。寒さが増してきたせいもあるが、気持ちは逸るばかりだ。郵便局の近くまで来たところで、人ごみのせいでスピードが落ちた。

曲がり角で誰かが説教している。ビラを配って大声で毒舌を振るっているエスピート人だ。

「ゲブリどもは、この町を自分のもののように思っている。やつらは徘徊し、金でものを言わせているのだ」と、その男性は騒ぎたてた。

「私はエスピートだ。だから、自信をもってこう言える。ゲブリは能無し動物以外のなにものでもない！　それ以外にどんな名前がつけられよう？　やつらはみんな、それこそ反キリストなのだ！　ちゃんとした人間でもないし、この町はやつらが住む町じゃない。今までもこれからも、ここはやつらの住む町ではないのだ」

雪が降りだした。初雪だ。ついに！　子どものころ、みぞれ混じりの初雪が好きでたまらなくて、口を開けたまま歩きまわっては雪片を舌で絡めとっていた。雪は音に丸みをもたせ、輪郭を溶かし、冷たいのに温かくて優しかった。今では、もう雪に喜びを感じなくなってしまった。

ホーカンは疑わしげな視線を感じた。郵便局に向かって人の壁に押し入ろうとしていたときだ。誰かに腕をつかまれ、声をかけられた。

「ここにもまた叩きのめすゲブリがいるぞ。やっちまえ」

脇を小突かれ、腰の辺りに焼けるような痛みを感じた。一二歳くらいの少年に自転車のチェーンで叩かれたのだ。少年は興味津々に勝ちほこったかのようにじっと見すえている。ホーカンはかっと顔を赤らめて少年を押し返すと、その手からチェーンを引ったくった。

「この男性が子どもを殴ったわ！」と、女性が叫んだ。

次から次へとホーカンの脇や背中や首を叩きだした。チェーンはまた少年の手にわたり、ホーカンをふたたび襲う。今度は太腿だ。雪はどんどん降ってくる。誰かに手をつかまれた。この感触は違う。優しさと同情を感じる。

「早く、急いで。私についてきて」

どういうわけだか、人びとはホーカンとその連れを見送った。きっと、雪が激しくなってきたせいだろう。一寸先も前が見えないほどのひどい降りだ。小柄な女性がホーカンの手を引いている。ホーカンは抵抗することなく、なんらかのショック状態に陥って子羊のようにつき従う。二人はホーカンの家の辺りまでやって来た。けれど、女性はどんどん前へ進んでゆき、顔やむき出しの指に雪の一片が当たっては溶けてゆく。止まぬ怒声が耳に届く。

女性は前を歩き、ホーカンの袖を引っぱり続ける。狭い石階段を伝って旧家の地下室へ下りる。たどり着いた地下室には窓らしき窓もなく、換気扇の弁のようなものがあるだけで、そこからわずかに日が漏れていた。けばだった大型犬が吠えることもなくこちらに向かってくるので、ホーカンはびくっと後ずさった。犬に見覚えがあるように感じた。手をペロペロと舐められ、その舌触りは粗くも温かく、その瞳は深い憂いに満ちていた。身をもってリンチを体験したばかりだったホーカンは、涙が出るくらいに動物の優しさに篤い感謝を覚えた。

自分を引き連れたこの女性のことも知っておかなくては、とホーカンは思った。ずっと嫌悪感を抱いていたあの女性に姿かたちが似ている。

犬が邪魔にならないように行儀よく小さなテーブルの下へ寝そべる。部屋を照らすのは、天井から吊りさげられたたった一つのランプだけだ。その光に照らされて、付き添って引き連れてくれた救済者の姿がよく見えた。心配そうに悲しげな表情を浮かべてはいたものの聡明な顔立ちだった。どうして、今の今まで醜く映っていたのだろう。ホーカンには理解できなかった。

女性が明かりを消す。

「静かに！」

女性は唇に手をあて、二人はしばらく押し黙っていた。ホーカンの心臓は工場のようにドクドクと打ち鳴る。喚声は遠のき、すっかり死に絶えてしまった。

「さあ、もう行っていいですよ」

抱きついて感謝の気持ちを表そうとしたけれど、女性はびくっと慄いてホーカンを押し返した。

「行くんです、さあ」

ホーカンはふたたび道路に立っていた。後ろを振り返ってみても、出てきたはずの地下室のドアはもう見えずぼやけてしまている。雪にはホーカンの足跡だけが残っていた。

〝僕が愛していたものに僕は見捨てられた。僕が蔑んで憎んでいたものに僕は助けられた〟、そうホーカンは考えた。

雪の降りが収まると、ホーカンの人生に謙遜と恥辱が舞い降りた。怒りは薄れ、跡に残ったのはしんと静まりかえった雪の重みだけだった。

呼吸者

ホーカンも「呼吸者」に入会している。その教えは、国中に広まってゆくばかりだ。まさに聖典の中で生きてきたような団体で、生きるように命じられ、質素な暮らしに満足し、私心がなく、思いやりがあり、辛抱強い人たちで、先人たちやその偉業を重んじる。また、勤務時間を気にせず、子どもや両親や兄弟の面倒をみる。

呼吸者の家族は、自主的に子どもを一人か二人もうける。武器という武器を否定し、無作法、個人運転、配偶者以外との性行為、ショッピング、肉食、陰口、コーヒーは禁物だ。

呼吸者は、繰り返し使えるものがあればすべてリサイクルにまわす。着古した服は廃品回収業者にわたし、読み終えた新聞は古新聞回収業者にまわす。

モラルのある投資信託会社や銀行を設立し、そのローン返済額も名義上の利子程度だ。なんの保証ももたない一番貧しい人たちに進んで貸し出す。

そして、世界平和、自由、民主主義、人権、環境保護のために一心不乱に働いている。どんな人にでも教育機会が与えられ、膨大な数の失業者や飢餓や貧困が自分たちの努力によってなくなることを信じているのだ。みんなが楽園に住めるように、と。

「そうは思わんな。はなから信じちゃいない。ありとあらゆることを想像しているだけだろ。むしろその反対だ。そんなに思いあがらんことだ。君らの気どった善い人ぶりには、ほんとにまいるな」と、大工職人だった父親が言った。

　ホーカンは、ほかの呼吸者たちのように食事制限をしている。肉、牛乳、魚、卵のほかに、ナッツ類や野菜も食べない。呼吸者たちの多くは果物だけで生き延びていて、しかも、食べる量はほんのわずかなのだ。

　果物を摂ることすら放棄している人も多くいる。彼らは過呼吸者たちだ。宇宙と一体になろうと努め、空気と日の光だけ浴びて植物のように生きていけると信じている。この増加し続ける選抜隊は、日が昇ると町の聖なる場所へ集合する。たいていは、丘や吹きさらしの野原が集会所となる。そこは精製所と呼ばれている。

　最近、次から次へと精製所が可動し始めている。過呼吸者たちはそこで瞑想に耽り、ときどき水筒からちびりちびりと飲んで喉を潤すくらいだ。彼らの断食は完璧だ。植物と同じように、太陽が必要なエネルギーを与えてくれると信じている。あまりにも単純でわかりきったこと。呼吸するだけでいいのだ。あとは、きれいな水さえあればいい。

　ホーカンは過呼吸者に入ろうと決めた。その決意に年老いた父親は猛反対だった。殴られるかもしれない、そうホーカンは思った。

「こんなばかばかしいことのために一人息子が死んでゆくのを、指をくわえて見てろというのか？」

「死ぬつもりはないよ。以前よりも調子がいいんだから」

「なんだって？　どんどん良くなるっていうのか？　サンショウウオみたいに血色がないし、体だってロープと寸分も違わんじゃないか。最後に食べたのはいつなんだ？」

「僕は食べないよ。息をしてるんだ」と、ホーカンはにっこりと微笑みながら穏やかに言った。

「なんてこった。病院に連れていくからな。経管栄養しかない。いったい世の中はどうなってるんだ？　こんなふうに人類が地球上から消えてしまうのか？」と、父親は怒りを露にした。

「そんなに不幸なこと？」

「ああ、そんなにまで気弱にならんでくれ！　いいかげん男らしくなったらどうだ！　わからんのか、世界は善徳で動いているんじゃないんだ。悪と呼ばれているものもちょっとは必要なんだよ。金も肉もセックスも喧嘩も戦争も血も汗も涙も罵声も。土砂崩れも森林火災も洪水も火山の噴火も氷河期も地震も、世界は必要としているんだ。そして、犠牲になるのは人類の一部だけ。恐ろしいことだ。だが、こういう激変がなくてはなにも生まれ変わらないいんだよ。そこには世界の未来があるんだ」

「お父さんの言ってることは恐ろしいよ。そんな教えに従うなら、死を選んだほうがましだ」

ホーカンはもう父親を訪ねなかった。引っ越ししても、住所は教えなかった。二人の連絡はそこで途絶えた。

毎朝、ホーカンは異常なくらいに早く目覚める。水筒に水を注いで、町の外部にある精製所をうろうろ歩きまわるのだ。日が昇ると呼吸者たちは丘に集まっていなければならない。必要なエネルギーを吸収するためだ。唯一の供給者に、ほかの呼吸者たちと祈りを捧げる。昇ってくる星に向かってお辞儀をしながら。

祈祷をあげているにも関わらず、日に日に弱っていく自分を感じる。ある日の朝、夜明け前に起き上がることができなかった。ホーカンがまだ小さくて、父親と一緒に秋の森を散歩している夢を見た。

雨上がりの森。日の光が針葉樹の隙間から岩に生えたミズゴケに燦々と降り注いでいる。父親はコケモモ(1)を、ホーカンはキノコを摘む。ヌメリイグチ(2)にヤマドリタケ(3)にカラハツタケ(4)にアンズタケ(5)。

「今日のおかずはジャガイモとキノコのシチューだな。それに、コケモモのジャムも作ろう」と、父親が言う。

ホーカンはもの凄い空腹感に襲われた。抗うことができない原始的な貪欲。逸れることも舵をとることもできない欲望。ホーカンの中で太陽が燃える。体の汚れなき熱い炎。肉体の最後の真実。

---

(1)　ツツジ科スノキ属の漿果。赤く熟れた小さな実は甘酸っぱく、ジャムにしたりパイやタルトの菓子作りに使ったり、癖のある肉料理のソースに利用したりする。

(2)　イグチ科のキノコ。傘の表面に滑りがあり、松林に発生する。食すのに最適。

(3)　イグチ科のキノコ。ポルチーニとも呼ばれる。

(4)　ベニタケ科のキノコ。傘の裏側に襞があり、辛味がある。

(5)　アンズタケ科。フィンランドではポピュラーなキノコ。オレンジ色から仄かな黄味色で、甘い香りが特徴的。

怪人二一面相

フェイクラブ博士のもとに、ある患者が新しくやって来た。「ヘビースモーカー」と名のり、禁煙に踏みきりたいと願うニコチン中毒者だ。何通かやりとりをしたあとで、煙草づけの人に言っているお決まりのアドバイスを与えた。するといきなり、ヘビースモーカーは国際政治の一般現状について分析し始めたのだ。近い将来、事態はさらに厳しいものになり、自由市場経済に予期せぬ崩壊が訪れるとか、一一回目は危ないとか言うのだ。ある言いまわしにどうも引っかかってしまうのも、聞きなれた言葉のように聞こえるからだ。

「しごく当然の流れです。この町に酸素バーができて、われわれが吸っている空気を買わなければならなくなるのも時間の問題です。金持ちはゆとりがあるのでしばらくは凌げますが、いつかは呼吸するという単純な基本的人権すら金では買えなくなります」と、ヘビースモーカー。

「喫煙者の方々は、お金をドブに捨てる習慣だけ止めさえすれば、なんの苦労もなく無料で新鮮な空気をもっと吸うことができるんですよ。禁煙する前に、大気汚染についてだらだらと悩むのは徒労です。それから、ひょっとして私のお客さんではありませんでしたか?」

男性は、質問を避けてこう書き続けた。

「男性の精液の質が、近年になって世界的に落ちてきていることは明らかです。フタル酸や多塩素処理されたポリ塩化ジベンゾパラジオキシン、それに有機性のスズ化合物といった毒性をもった化合物が原因でしょうね。人体に入ってしまうとホルモン作用を引き起こし、その結果として治る見込みのない不妊や人類の滅亡を招きますよ」

「ヘビースモーカーと名のるホーカンさん、私たちは以前にもやりとりしていましたね。今回もやりとりは長続きしそうにありません。以前にも申し上げましたが、あなたのご相談はお引き受けできません」と、博士は書いた。

それから、ヘビースモーカーからはなんの音沙汰もなかった。

しかし、五月になって博士が休暇に入る前に、「世界インフレ」からメールが届いた。

「先生はセラピストとして、患者と一緒に将来について真剣に話し合う責任があるということを、意識していらっしゃいますか？　まもなく始まる大惨事に備える必要があるんです」

次になにを書いてくるかピンときた。そして、二通目で博士は確信した。

「超重量の素粒子の塊のごく小さな変化ですら、過激な影響を与えかねません。元素はすべて放射性をおび、人間もそうなることはまちがいありません。死亡数は一〇億単位に上り、生命連鎖は危機にさらされます」

「あなたはもう何通もメールを寄こしていますね。まちがいありません。以前は、ホーカンという名前で連絡をとっていませんでしたか？　ヘビースモーカーと名のっていたこともあったでしょう？」と、博士は世界インフレに問いただした。

男性は冷淡にも質問をあしらうと、おなじみになったテーマに少し手をくわえながらこう続けた。

「じきに、われわれはおかどちがいの空間にいる自分に気づくかもしれません。考えるのも恐ろしい。

われわれが生活している宇宙は、なんの前触れもなく消滅することだってあるんですよ。本物の宇宙空間に泡ができれば、の話ですけど。この泡は、光の速度で広がって私たちの銀河を貫通し、ぐんぐん突き進んでいくかもしれないんです。そうなると、生活条件は一八〇度変わってしまいます。生態の大惨事について極端に話しますと、われわれが知っている化学と物理学の法則はもはや効かないということです。学んできた生活はできなくなります」

「世界インフレと名のるヘビースモーカー、別名ホーカンさん。私自身、おかどちがいの空間にいるような気がしています。世界終末幻想をまだ押しつけるようでしたら、業務妨害で訴えますよ。もう、連絡を寄こさないでください。さもないと、あなたの経済的な未来はないも同然ですよ。考えるのも恐ろしい！」

それから世界終末戦線は鎮まっていたものの、今度は「怪人二一面相」が現れた。

「食事にたいして強迫観念があって、それから解放されたいんです。僕はチョコレートに特別な関心を寄せています。板チョコ、棒チョコ、ミルクチョコ、ビターチョコ、ミントチョコ、ココナッツチョコ、チョコでコーティングされたボンボン、とにかくチョコならなんでも。お店に行くと、在庫調べでもするかのようにチョコのパッケージや包装紙をチェックしてまわるんです。どうしてだかわかりますか？　どんなパッケージだったら、より簡単に目を盗んで注射器を差しこめるかチェックしてるんです。想像してみてください！　先生は、こんなケースは扱ったことはありますか？　ここから程遠い極東で起こったことが、ここでも起こり得るんですよ。予告もなしに」

極東で？　なにが起こっていたんだ？　いつ？　博士に悪寒が走った。送り主の名前には最初ぎょっとしたけれど。

「もう少し詳しく、そのあなたの強迫観念についてお話ししていただけますか？　私はその方面に詳しいんですよ。いろんな食品や食事に関連した弊害に。あなたのお力になれると思います」

博士は、怪人二一面相の情報を探り始めた。そして、同じようなテロリスト集団が日本に存在していたことが明らかになった。店に並ぶチョコレート食品に青酸カリを入れたというのだ。消費者にはあらかじめ注意が与えられていたものの、誰の仕業なのかはわかっていなかった。毒入りパッケージは発見され、処分されたので、経済的な損害は少なくて済んだ。

怪人二一面相は博士の申し出にこたえなかった。男性は無害なケースかもしれない。だが、確信はもてない。メッセージは匿名希望のホットラインに送られてきたため、男性のメールアドレスがつかめなかった。法的処置をとるべきなのであろうが、その前にもう少しこのケースを知っておきたかったのだ。

「個人的にあなたと会って話がしたいんです。今週にでも事務所に来ることはできますか？」と、博士は再度送った。

返答はない。怪人二一面相は頑として沈黙を押しとおしている。博士の生活に恐怖が忍び寄ってくる。

まず、怪人二一面相は実際にはホーカンではないかと疑いをもった。次に、チョコは博士の好物で、たいがいお昼を食べたあとにココナッツ味の棒チョコを買いに売店に行く。コーヒーを飲むよりも優しくお腹を刺激してくれるからだ。売店でチョコレートを買おうとすると、ふとためらって、サルミアック(1)を選んだり夕刊だけ買ったり、なにか別のものを買うようになってしまった。

博士の中でなにか恐怖症のようなものがあるとすれば、まさしく食品に関わるものだろう。なにがあろうとも食中毒なんかで命を失いたくはない。

博士の大腸は荒れていて、下痢や便秘に悩まされている。それで、牛乳パックやインスタント食品の賞味期限にうるさいのだ。賞味期限が切れる前日には捨ててしまう。

コーヒーに少し注ぐ前に、開けてしまった牛乳パックの匂いをかぐ。前の日に買ったばかりだと知っていながら、カビが生えていないかどうか舐めまわすようにパンを調べる。

キノコ食品はできるだけ食べない。シャグマアミガサダケ(2)は絶対に口にしない。流しの蛇口にはフィルターをとりつけ、有害物質を九九パーセントの確率で浄化している。それでも、残りの一パーセントにどれほどの恐ろしい被害が潜んでいるかと考えずにはいられない。

だが、チョコレートのことはまったく頭になかった。人生の喜びはもはや奪われてしまった。腹立たしくて非道だ。陳列棚に青いパッケージのミルクチョコを見て唾液が出てきたとしても、もう口にしようとはしない。

この慎ましく純真な官能の喜びは、怪人二一面相によって、さらに悪いことにはいまいましい悪のワタリガラスのようなホーカンによって奪われてしまったのだ。

（1）塩化アンモニウム入りの黒いのど飴。

（2）ノボリリュウ科のキノコ。フィンランド語で「耳茸（コルヴァシエニ）」と呼ばれ、春から夏にかけて針葉樹がある林に生える。生で食べると嘔吐や下痢や痙攣を起こし中毒死する恐れがある。ただ換気を整え毒抜き処理を充分に行えば（三回は下茹でする）、美味しく食べられる。フィンランドでは、普通に店頭に売られていたり、缶詰に加工して売られていたりと一般的。

閉店したレストラン

町の北部にあるひっそりとした旧市街地に新しくレストランができた。レストランらしいレストランができたのは、この村でははじめてだ。新しいレストランは繁栄のしるし。ホーカンや隣人にとっては願ったり叶ったりだ。

「前までは外食するっていったら、食堂くらいのもんだったからね」と、ホーカンが妻に言う。

食堂の料理は脂っこくてまずいという評判だ。この辺の酔っぱらいや不良たちのたまり場になっていて、ホーカンのように規則的に仕事をしていて老後保険をきっちり払っている人たちは通わない。奥さんや子どもたちを連れて、休日にランチするような場所ではないのだ。

新しくできたレストランは、ホーカンが夏休みに入っている間に現れた。もともと銀行が入っていたテナントだったが、銀行が倒産したために物件がここ二年くらい空いたままになっていたのだ。

レストランの外観には惹きつけるものがない。建物は低くて不恰好だし、表向きはぱっとしないプレハブ式だ。つまらない景色に色を添えているのは、建物の隅で枝を伸ばしている古いカエデだけだ。評判の良いレストランには陶芸家の制作した花瓶が置かれたり、青いベゴニアや白いビオラが植えられたりしているけれど、ここの玄関脇にはイラクサが鬱蒼と群生している。

それに、レストランにはまだ名前がついていない。大きな窓は上から下まですっかり白いペンキで塗られ、窓の一枚には「レストラン。アジア料理店」と書かれてあるだけだ。アジア料理が好きなホーカンは嬉しくなった。ヘルシーだけれど、香辛料がよく効いている。

近々、妻を連れてこようと決めた。けれど、いつまで経ってもレストランのドアは閉まったままだし、前を通っても料理の匂いがしない。

ドアがわずかに開いていたときに中の様子をのぞいてみると、白いクロスがかけられた丸テーブルに籐椅子が見えた。この美しさにホーカンは驚倒した。クラシカルですっきりとしたレストランホールはホーカンのうるさい好みに合っていたのだ。ここにはどんなメニューが用意されているのだろう。ますます知りたくなった。

その後、二週間ほどドアはきっちり閉められたままだった。メニューも見あたらないし開店時間もどこにも書いていない。ところが、妻に頼まれてスーパーマーケットにドライイーストを買い出しに出かけた土曜日のことだった。他所から来た感じの車が二、三台、歩道に乗り上げて古いカエデの木の下に駐車しているのを目にした。ぴしっと着こなした人たちがレストランから出てきて、車の中へと姿を消したのだ。

スーパーから帰ったらレストランの様子を間近で見てみようと決めた。妻や家に遊びに来る予定の姪っ子も連れてここの料理を味見してみたいと思ったのだ。だが、ビニール袋を手にスーパーから出てくると、レストランのドアはまたしてもきっちりと閉められていた。しばらくコンコンとドアをノックしてみたけれど開く気配がない。中から話し声が聞こえているような気がしたのに。

なんの収穫もないまま、妙な気持ちで踵を返した。異国料理はまだ食べられそうにない。

地方紙にも載っていないし、珍しい企業だな、とホーカンは思った。宣伝もしない、お客も入れない。よく経営が成り立っているものだ。レストランは明らかに料理を出していない。少なくとも一般のお客には出していない。地元の人にはもってのほかだ。

しかし、レストランの隅のほうでなにかがちらほら起こってはいた。正装した客が忙しそうにドアから出たり入ったりしているのを、通りすがりに目にしていたからだ。レストランの窓から道路に眩しいくらいの光が降り注いだときだった。上着と風貌に見覚えのある男性が窓ガラスをコンコンとノックした。すると中に通された。この男性は挨拶をかわす程度の知り合いで、数ヶ月ほど前にこの地域に引っ越してきた隣人の一人だ。

今日こそ、料理を食べられるだろう。好奇心と健全な食欲がレストランへと急がせる。だが、敷居をまたごうとした途端に、ドアはまた閉められたのだ。今回はさすがに頭にきて、ずいぶんと長くドアを激しく叩いたけれどなんの応答もないまま終わってしまった。

その週末、バスに乗ったホーカンはレストランに姿を消した隣人の隣に腰かけた。

「先だって、あそこのアジア料理のレストランに入った方ですよね。どんな料理が出ましたか?」

「僕ですか?」と男性は言うと、あからさまにぎょっとした顔をした。

「行ったことありませんよ。誰か、僕に似た別の人と見まちがえたんじゃないんですか。僕は外では食べませんから。家内が、レストランのコックよりおいしい料理を作ってくれるんですよ。妻の言い分ですけど。しかも安く」

男性はふっと笑うと、冴えない天候の話題にすりかえた。男性より先にホーカンはバスから降りた。たまたま降り口で振り返ったら、男性は眉間に皺を寄せて無愛想にこちらを見すえている。ホーカンには訳がわからなかった。二人の仲や日常会話から、そんな態度をとられる覚えがなかったからだ。ただ、この男性にまちがいないとホーカンは思った。

ついにその日がやって来た。ランチタイムだ。レストランの玄関が開けっぱなしになっているのに気がつき、そのまま素直に中に入っていった。入ってすぐの所になにも掛かっていないコートラックがあり、そこにポプリン織りのコートを掛けた。レストランホールはまばゆい光に包まれ、清潔でがらんとしていた。

テーブルにはぴしっとアイロンがけされた白いクロスがかけられ、ナイフやフォークには一点の曇りもない。ナプキンは高々と三角折りされている。ただ、料理の匂いはしなかった。

ホーカンは窓際の席を選んだ。白いペンキですっかり覆われているために外の景色は見えないけれど。不意に、おかしな男性が自分の脇に立っているのに気がついた。近づいてくる気配など感じなかったくらいだから、ずいぶんと軽い足どりだったに違いない。

「メニューをください」と、ホーカンは言った。ウエイターだと思ったのだ。

「申し訳ありませんが、ここは開いていないんです」と、その男性は訛りながらもはっきりと言った。

「ドアは開いていましたよ。そうでなければ中に入って来られないでしょう」

「換気をしていただけです」

「どうしていつも閉まっているんですか？　レストランができて、かれこれ半年は経っているでしょう。でも、誰も中に入れない。というか、少なくとも僕は。お客はとらないんですか？」と、ホーカンは困り果てて聞いてみた。

「近々、開店します」

「さすがに腹ぺこなんですよ」と、ホーカンはずうずうしく言ってみた。

「どうにもしようがありません。出ていっていただけますか？」

「表に放り出すつもりですか？　そうは行きませんよ」と、ホーカンは強い調子で言った。

「出ていっていただきます」と、男性は繰り返す。

「いや、出ていかんぞ！　食事がしたいんだ！　無理なお願いでもしているというんですか？　そこの窓には、ここはレストランだと書いてあるじゃありませんか。レストランは、お金を払って食事をするところなんです。お金はありますよ、ほら！　きちんと支払うつもりです」

ホーカンは財布をテーブルの上に置くと、紙幣を二枚広げてみせた。奥の部屋から話し声が漏れている。人がけっこう入っていそうだ。

「ランチタイムですよ。メニューを見せてください」

「メニューはありません」と、男性は悲しそうに言った。

「なんだって！　ない！　じゃ、なんでもいいからあるものをもってきてください。バルティックニシンなり、豚足なり、ザウアークラウトなり、グリーンピースなり、なんでもいいから。なにかあるはずでしょう。僕はお腹が空いているんだ！」

いつもとは違う絶食に耐えきれずに、思いあまってナイフとフォークをテーブルにぶすりと突き刺してしまった。

「ここでは食事はできません。なにもお出しするものがないんです。まだ」

「ははあ、ここしばらく妙だ妙だとは思っていたが、まったく変わったレストランだな。広告かなにか出したほうがいいですよ。ここは、レストランなんかじゃありません。なにかまったく別のことをしてるんでしょう、日の目にさらせないようなことでも。レストラン業務とは関係ないようなことを」

「それは、そのとおりです」と男性は穏やかに丁重に言うと、以前よりもホーカンを見る目が厳しくなった。

ホーカンは慌てた。自分の言ったことは当たっていて、この男性はそのことをすんなり認めたのだろうか？　ただ、男性の表情には油断できないものがあった。

「わかりました。どこか食事を出してくれるほかの場所に行きます」

「ここからは出られませんよ」

「なんですって？」

ホーカンは驚きを隠せなかった。

男性はカツカツとすばやく颯爽と玄関まで歩いていき、カチリと音を立てて鍵をかけた。ホーカンは席を立ち、男性の後についてドアのところまでやって来る。自分の足がぶるぶると震えているのを感じた。男性は手を後ろにまわしてドアを背に立っている。

「どいてください」と、ホーカンは口調を強めた。

「落ちついて席に戻ってください」

「変だ。まったくもって妙だ。無礼にもほどがある。僕は出ていく」

男性はなにも言わず、その場所から動こうともしない。事態は始末に負えなくなってきた。なにが起こってもおかしくはないとホーカンは感じていた。自分の住んでいる地域で、訳もなく不法に人質になってしまった。ただ、お昼を食べたかっただけなのに。レストランと銘うった場所では、普通の礼儀は通用しない。

「どいてください。さもないと、警察を呼びますよ」

男性はびくともしない。ホーカンは目の前に立っている見知らぬ男性の顔をまじまじと見た。てんでばらばらな部分が寄せ集まっているかのような、尋常ではない顔だちだ。角度を変えて見てみると、顔がまた新しくさっとできあがる。この男性はどこの出身なのか、どう考えても想像がつかない。外見上は、多くの少数民族が一つになったような感がある。肌は黒く、横から見るとインディアンにも見える。〝アステカ〟という言葉が自然と脳裏に浮かんだ。

今度は真正面から見てみる。細い目をして頬骨が突きでたその顔は、コーカサスや馬に似ている。なかでも、とくに変わっているのは唇だ。異常なくらい赤味をおびて、そこだけ浮かび上がっている。大きな口にも関わらず、見た目は非常に女性っぽい唇だ。

唇が開いたかと思うと、男性が奥の部屋に続くドアを見ながら一言叫んだ。名前を呼んだんだろうが、今までに聞いたこともないような名前だ。〝トコリカト〟？〝ココピカロ〟？〝ロコキタト〟？

ドア口に誰かが姿を現した。アステカがその人に頷くと、ホーカンのほうに首を振って合図をする。指を一本ピンと上げ、声に出さずに唇を動かす。なにを言ったのか、ホーカンには読みとれなかった。新しく入ってきた男性がゆっくりとホーカンに視線を移すと、こくりとうなずいて後ろ手でドアをきっちりと閉めながら奥の部屋へと戻っていった。今回は、大勢の話し声が奥の部屋からしっかりと聞こえてきた。

「あなたの言うとおりです。ここはレストランではありません。むしろ、そうですね、なんというか、ある種の実験室です。このひっそりとした静かな場所を試験場に選んだのです。この場所は、がらりと趣が変わりますよ。もうすぐ皆さんの耳にも入ります」と、男性は慌てず言った。

「なにをおっしゃっているんですか？」と、ホーカンが聞いた。

「ある団体がここに集まるんです。私たちのような支部は世界の至る所に何百、何千といるんです！」

「なにが目的なんですか？　なんのことです？」

ホーカンは強い調子で切りだす。つんと鼻にくる汗が脇や額に滲んでくる。笑いごとではないけれど、笑っておかなければならないようにホーカンは感じた。

「私たちをどうしようというんです？」

あたかも、この地域のほかの住人と特定のグループや運命共同体になったかのように、ホーカンは〝私たち〟について話した。だが、実際にそうなってしまったのだ。

「世界的規模の計画を実現するためにあなた方が必要なんです」と男性は言うと、どういうわけだか満足そうに自信たっぷりにうなずいた。

「誇りに思ってもいいくらいです」

「もう少し要点を突いて言ってもらまえすか。話が見えてこないんですよ。なんの計画のことをおっしゃっているんです？」

「マスコミでは暗殺と騒がれるでしょう。私たちにしてみれば、これは最終的な試験なんです」

「試験！　どういった試験なんですか？」

ホーカンの口から次から次へと慌てふためいた投げやりの質問が飛びだしてくる。なにも言うまいと心の中では思っているのに。

「どうやって実行するつもりなんです？　それが実現するなんて、よく想像できますね」

「想像なんかしていません。準備は整っているんですから」

「でも、なんのために？　なぜ？」

答えは返ってこなかった。その赤い唇が醜く歪んだかと思うと、男性の中で意志とは関係なく勝手に急激な変化が起こったように感じた。まるで、意識の変化が起こったかのように。窓の白いペンキには、こびりついたのか削られたのかわからないけれど小さな穴が開いていた。小銭くらいの大きさで、その穴からレストランの向かいに生えているカエデが見える。紅葉が終わったばかりだ。

ついさっきまではカエデの前を通っていて、この部屋まで歩いてきた。男性が口にしたこと、この場所で起きていること、そのことが時間をまっぷたつに割いてしまった。レストランに入る前までは時間や秩序は昔のままだったのに、中に入ったら昔の時代とかみ合わない新しい時代の黎明が訪れたのだ。

すべてが入れ替わってしまったかのように感じた。カエデは以前と変わらず同じように見える。でも、同じじゃない。誰かがカエデすらもこっそりと入れ替えてしまったかのようだ。

一つの部屋でホーカンの身に起こったことが世界中でも起こったのだ。

「あなた方の正体はいずれればれますよ。頭がおかしいんじゃないんですか。犯罪者だ！」

ホーカンの頭にマイホームが浮かんだ。レストランから五〇〇メートルも離れていない。妻もホーカンも、そのために必死になって働いてきた。購入したときから家は年季が入っていて、状態は良くなかった。けれど、庭は広々としていて緑で溢れていた。今でもローンが残っているし、修繕の余地は多いにある。でも、居心地がいいのだ。二人にとって本当の家なのだ。

チェーホフの詩だったと思う。その劇作品の主人公がハミングしていた歌が浮かんだ。

「カエデでできた階段に格子柄の手すり」

この歌の文句は、まさしく二人の家を思わせる。春先に老朽化した外階段の手すりを新しくつくり直した。ホーカンは東洋の地図を収集していて、その数は年々増えている。コレクションの中には希少価値のあるものもある。ちょうど昨日、新しく本棚を作ったところだ。そこには気象学関連物と菌類学関連の書物を並べた。

庭の赤紫色のマルタゴン・リリーがジャスミンの下で枯れつつある。二人が飼っているつやのある黒いぐうたら猫が、つくりかけの木製ソファーで羽を伸ばして八月の光を浴びている。夢を見ているかのように、もの言いたげな妻の顔が近づいてくる。辛抱強くて優しい妻の顔。

このことを思うと、ホーカンは恐ろしくなった。ここから出なければ。この場所で起こっていることを報告しなければ。

「僕はただ食事をしたかっただけなんです」と、ホーカンは腰を低くかまえて独り言のように言った。

こんな事態に陥ってしまった原因を徒労にも理解しようとした。

「頭を冷やして僕をここから出してください。事態が悪化しないために」

「出しません。もうすぐ食事ができますよ。ちょうど、料理をつくっているところです」

ホーカンは唖然として男性を見た。この突然の変わりようはいったいどういうわけだ？

「もう食欲はありません。家に帰りたいだけです」と、ホーカンはきっぱりと言った。

「いいえ、食べていただきます。私がお世話いたします」

なにを言ってるんだ？　ホーカンは鈍く反応した。なんだか理性がおかしくなってしまったかのように感じた。

ドアが奥の部屋へと音も立てずに開いた。このレストランに調理場というものがあれば、そこが調理場だろう。こぢんまりとまとまった集団がドア口に現れた。なにか目を引くものがないかと探るようにまじまじとホーカンを見つめる。その集団の中に隣人の姿を見つけた。この場所には来たことがないと言い張ったあの男性だ。その男性の目をまっすぐに見つめる。そして、自分が男性を憎んでいることに気がついた。同じような感情が男性にもちらついているのが鏡をとおしてわかった。

「食事のご用意ができました」と、いやみったらしい声が聞こえる。声の主はとてつもなく背の高いやせた男性だった。ドア付近に立っているやじ馬の間に分けいって、なんだか吐き気のするような匂いを放つトレーを手にこちらへ近づいてくる。

「僕は食べません」と、ホーカンは悲鳴に近い声で大声を出した。

「そうですか？　なんでもいいから食事がしたいとおっしゃったのはあなたですよ。そのとおりにいたしましょう」

　だが、声の主の姿は見えなかった。

　人だかりが奥の部屋のドア口から、まじまじと微動だにせずに見入っている。その中には、わずかながらも同情の視線を投げかける人もいたような気がした。その一握りの人に向かって、声にならない声で「助けてください！」と呼びかけた。

　弱々しいホーカンの声には、誰も助けてはくれないという思いがしのんでいた。それに、ホーカンの訴えにこたえる人もいなかった。

　両腕がつかまれ、テーブルの脇に縛りつけられると椅子に無理やり座らされた。テーブルの上には皿が用意されている。皿というよりボウルだ。その中には、得体の知れないものが入っている。恐ろしいと言ってもいいくらいだ。食器に盛られてはいるけれど、よく言ってもちゃんとした料理には見えないし、だいたい食べ物に見えない。

　黒ずんだ、というよりほとんど真っ黒の植物の山が目に入った。ところどころ干からびて腐ってしまった植物の残りかすの山だ。まるで、浜辺に打ち上げられた夏の昆布を思い起こさせる。おそらく、皿から漂ってくるヨードの匂いのせいだろう。

　その植物になかば覆われているのは、青白く柔らかそうな血管の浮き出た肉塊だ。そこには指のような突出部分というか、本物の指のようなものがついている。その一部は、まだ自分の時間を維持しているかのようにリズムを刻んでいる。

　けれども、それはホーカンの目の錯覚だろう。皿の中身が絶えず入れ代わり立ち代わりしているようで、ホログラムを見ているみたいだ。

つぶさに見てみたら、ただの冷めたお粥のように思えてきた。それでも食欲は起きない。絶対に起きない。誰かに鼻をつかまれ、口を無理やり開かせられてスプーンを力づくで押しこまれる。すると、料理からわっと声が叫び出たかのような不満の声が漏れたような気がした。その悲鳴は、自分の喉からあえぐように反響していた。

ヒヨスの町から(1)

雷雲にゆらゆらと三角錐のような梢を揺らしながら天をまっすぐ仰ぎうっそうと茂るポプラ、楕円形で絹のような手触りのヤナギの葉、あっという間に夏の芝生に枯れ落ちてゆくネズミモチの花序の萼。庭師ホーカンが愛するものだ。カラマツの芽鱗、軽やかに螺旋を描くニオイエンドウの蔓、白樺の痩果、全翼に包まれたその姿は渡り鳥を思わせる。

野花、庭花、散房花序、花穂、集散花序、小花がよりそう頭状花、口づけするかのように天を仰ぐ唇弁、馥郁たる匂い。その花蜜の入った距が、同じ歓楽を求めて虫たちを導く。

庭師ホーカンはさまざまな経験を踏んできた。四季のようにそれぞれの経験に始めがあって終わりがあった。ガーデニングとは、前線に何度も踏みこんでは敗北する終わりなき戦いだ。カエデのうどん粉病は木々を伝い葉を伝う、西洋梨は石灰に塗れ、リンゴは灰星病に蝕まれる。充分に苦渋を舐めてきた。目の覚めるような赤い甲を背負ったユリクビナガハムシは、ヨウラクユリや珍しいユリの蕾を貪り食むのだ。

---

(1) ナス科の植物。鋸歯のような葉で、全草に毛がある。初夏に黄ばんだ花を咲かせ、中心部は紫褐色をしている。スコポラミンやヒヨスチアミンなどのアルカロイドを含み、鎮痛剤や鎮痙薬として用いられる。ただし、薬用使途としてのみ栽培されている。

この町の前党首は庭にはてんで無知な人だった。一万匹のエジプトのイナゴのほうがまだましだ。リラの重たく垂れ下がる房よ、牡丹の何層にも密に重なった蕾よ、忘れな草の純朴な青い萼よ、金魚草のふっくらと丸みをおびた花蜜袋よ！

この花たちの運命は、党首の石頭のために封印されてしまった。

必要なのはキャベツとジャガイモだ、と党首は言う。もちろん、それは理解できる。前年度の年収はひどいものだった。ホーカン自身もキャベツとジャガイモを食べた。なにか口にしなければならない。そうかといって、花壇や花畑に植える必要があるのか？

だが、そうしろと党首は命じたのだ。当時は、党首の言葉が町の法だった。花や観賞用植物に本来の有益植物の場所が占められていたということもあったが、誤った小市民のイデオロギーを重要視した。教育学的な理由から花々はむしりとられ、キャベツとジャガイモを植えなくてはならなかった。そうしないと罰則を受けることになるのだ。スウェーデンカブや人参も格好の対象だった。

当初、庭の持ち主はいやがったけれど、罰金が三倍に膨らんだために根負けしてしまった。ホーカンはそれでもまだ音をあげなかった。最終通牒を受けた一週間後、電動鋸と斧と桑と棒を手にした四人組のパトロール隊が庭に現れた。

「お願いですから、僕の牡丹には手を触れないでください。大きく膨らんだ蕾が今か今かと綻ぶのを待っているんです。来週にでも花が咲きますよ。なんとしてでも刈りとらなくてはならないというのであれば、花が咲いて枯れ落ちそうになったころに来てください」と、ホーカンは頼んだ。

「どきなさい。われわれは、任務を遂行するだけです」と、パトロール隊長が言う。

四人組は任務を迅速に効率よく遂行し、あっという間に花壇には首を切られた蕾たちの無残な残骸が散らばっていた。花の茎から黄色い樹液が大地に染みこんでゆく。

その晩、ホーカンはカーテン越しに腰かけて泣いた。体調を崩して、四方を壁に囲まれた部屋で幾日も過した。

けれど、家に閉じこもっていてもパトロール隊の空元気な童謡がいやでも聞こえてくる。新たな革命のヒステリーが町中に広まり、新しい旗が掲揚された。パトロール隊が庭から庭へ行進し、咲こうとしている花はないかどうか毎朝点検しに公園を巡回する。行進中は、ヨイクやヨーデルをひっきりなしに歌っている。(2)

ヒステリーはどんどん蔓延し、隣の街区の住人までもが鳥を追い払うために鍋蓋をカンカン鳴らし続けるまでになった。天の鳥まで歪んだ観念の気運の巻き添えになろうとは、ホーカンは考えにも及ばなかった。やっと芽が出た蘖（ひこばえ）すらも行動派にむしりとられる始末だ。夏が駆け抜けて秋に傾くころには、庭や公園には乾ききったみすぼらしい大地に砂埃が舞うだけだった。

花は姿を消し、人の姿も消えた。どこに消えてしまったのか、誰にもわからない。どこかの町に訓練センターが建てられた。そこでは、人が正しく物事を考え、きちんと話ができ、そしてまともな行

(2) フィンランド、スウェーデン、ノルウェー、ロシアの四ヶ国にまたがる北極圏の地域に住んでいる先住民族サーメ人の音楽。土着性の強い音楽で、サーメ人の生活形態や周囲の環境に対する姿勢を表し、歌うことでその関係を深めてゆく。

動ができるように教えられている。早く修了する人もいれば、まったく音沙汰がない人もいる。

美がないところに、権利も豊かさも仕事も希望もない。そう、ホーカンは思った。

しかし、この時代にも終わりは来る。里帰りした人は、別の町に戻ってきたかと思うくらいだ。彼らが教わった正しいことは、もう正しくはない。ホーカンの庭にふたたび緑が訪れた。花たちは鮮やかに翻り、牡丹や金魚草やリラが咲き誇る。花は人よりも辛抱強いな、とホーカンは思った。

パトロール隊は少し前に解散し、党首は身を引いた。今では党首の名前は誹謗中傷の的で、崇める人などもういない。

一つの愚かな時代が終わり、次の時代が幕を開けた。次の別の時代。今、栽培しているのは普通の野菜ではない。狂った野菜、ヒヨスだ。昔は目も向けられなかった野菜で、町外れや港や墓場や工場地や道端に根を伸ばしていたのに、いまや庭や一般の公園でも栽培されている。バルコニーや窓枠にすら栽培されているし、ヒヨス専用部屋を設けている人もいるほどだ。一日も早く花を咲かせるために、植物専用のランプを点けているのだ。

ヒヨスはいっぷう変わった植物だ。春、最初の子葉が芽を出したあと、ヒヨスに特徴的な鋭い鋸歯の葉を伸ばしてくる。葉は粗く毛が生えている。そして、蕾をつくると最初の花が開く。その花冠は生気がなく汚く黄ばみ、血管のように紫色と赤色が交差している。ヒヨス独特の匂いが鼻につんとくる。

ヒヨスの花冠は漏斗状で、雄ずいの葯(やく)はそれぞれ別に分かれていて、果実はたくさん種をつける。この品種が予想もしないような場所に出没するのも、種が地中に長い間埋まっているからだ。

ヒヨスは有毒植物である。ちょっと量をまちがえただけで昏睡状態か死に至る。それだからこそ、町の住民はヒヨスに夢中なのだ。その種を食べたり、花弁をかじったりして幻覚が見られるからだ。ヒヨスの葉や種、花や根には毒がある。当時は薬として用いられ、喘息、老齢期の痙攣、歯痛、不安を鎮めるものだった。スコポラミンとアトロピンが直接中枢神経に作用するのだ。

ヒヨスは、使用者に奇妙な世界を見せる。鮮明な新しい夢を目にし、それは町の貧相な現実よりもずっといい。多くが混乱状態に陥り、脈が低下して視界がぼやけてくる。目眩を起こして体温が危険なまでに上昇し、舌が絡み合う。そして、痙攣が始まるのだ。

それなのに、それから回復すると、またどうにかしてヒヨスを手に入れる。

以前の党首の時代とは違うパトロール隊が町中を練り歩いている。行進しているというよりも、よろめいていると言ったほうがいい。道路を片づける人もいなければ、芝生を刈る人もいない。まともなキャベツを栽培している人も誰一人としていない。ヒヨスで充分なのだ。以前は党の奴隷だったけれど、今ではヒヨスに縛られている。

庭師のホーカンだけが庭でせっせと精を出している。ヒヨスは、ホーカンの庭にも生えている。種を蒔いたわけでもないし、使ったことだってない。町で栽培されて形質転換したヒヨスは見る見るうちに広がり、異常なまでにしぶとくなった。乾燥や湿気や寒気がほかの草を死なせても、乾季も極寒の冬も乗り越えてヒヨスの葉だけは変わらず生き生きとしているのだ。生息場所の条件は最小限度にとどまり、なんにでも耐えうる。至る所に根を伸ばし、大通りに植わっている菩提樹の幹を伝ってまで上るくらいだ。

葉は、パン切り包丁のようによく切れる。ちょっと触れただけでも切り傷が残る。

毎晩、ホーカンは庭に水をやる。リラの茂みに隠れて、ヒヨスが裏庭でキラキラと光っているのが見える。まるで、蛍のように燐光を放っているみたいだ。ホーカンが葉っぱに向かって小便を直接かけてもこたえる様子はなく、添加肥料に変えてヒヨスはますます力強く咲き誇る。

自然と呼ばれるもの、それはいったいなんなのか？　近づいて見れば見るほど、ますますわからなくなってくる。今、町を席巻しているこの弊害も不思議の一つだ。

春は同じように毎年やって来る。どうして発育時期がそれぞれ違うのか、どうしてどの花弁もいつも新鮮なのか。どうやって葉脈は木々を覚えているのか、どうやったら自分の葉を覚えているのか。

ホーカンには理解できない。でも、理解を超えて愛するものがある。雷雲にゆらゆらと三角錐のような梢を揺らしながら天をまっすぐ仰ぎうっそうと茂るポプラ、楕円形で絹のような手触りのヤナギの葉、あっという間に夏の芝生に枯れ落ちてゆくネズミモチの花序の萼（がく）……。

燃えつきたフェイクラブ博士

知らず知らず、あたりまえのようにフェイクラブ博士はホーカンと同じことを考え始めた。ホーカン、ヘビースモーカー、世界インフレと同じことを。さまざまな宗派の会報や評価や予報といった、取り上げられないちょっとしたニュースに目がいくようになったのだ。

ある日のこと、町で最古の大聖堂のいちばん高い塔が火災に見舞われたというニュースが流れた。もくもくと湧き上がる雲煙に囲まれ、消防隊が駆けつける。消防団のはしごは塔の中ほどまでしか届かなかったものの、消防隊は上れるところまで上った。そのときになって、〝煙〟は大群の昆虫だったということに気がついた。何百万という昆虫が群れをなして踊っている。黒ずんだ五ミリほどの生物だ。

昆虫の種類までは消防隊は特定できなかった。この事件が世界終末の兆しの一つだと、テレビで主張する預言者が新しく現れた。

まさか、ホーカンじゃないだろう。博士は預言者が出ているショーを見ながら考える。それは、ちょっと病的な思いすごしだと自分で認めた。

真夜中に目が覚めて前日の手紙のやりとりを悶々と考えたり、なかでも怪人二一面相のような厄介なケースのことを考えたりするようになった。あれから一通の連絡も来ない。なのに、博士は落ちつかない。男性の沈黙に悪い予感がする。

悩みの種はこれだけではなかった。診療所の経営が苦しくなったのだ。博士はますます疑り深くなりはじめ、新しい客が現れるたびに身構える。これはホーカンからじゃないだろうか？

〝世界の終焉にたいして強迫観念をおもちですか？〟とか、〝ミレニウムについてどのようにお考えですか？〟とか〝終末論を煽るような団体に接触したことは？〟と遠まわしに聞いたあとで、ずばり聞いてみる。

「私のところで以前にもご相談されませんでした？　そのとき、ホーカンというお名前をお使いになっていませんでしたか？」

聞かれたほうにしてみれば、なにがなんだかわからず、なかには傷つく人もいるし、こんなメッセージを恐れてすぐにやりとりを中断してしまう人もいる。状況の変化は博士の残高照会に現れた。

それでも、頑固でばかばかしいホーカンの討論が去来して頭の中をぐるぐるとめぐり、ますます信憑性をおびてくるのだ。ヴェリコフスキー論(1)を扱った本を手にしたのかもしれないし、接近しつつある氷河期について論じている科学者たちに影響されたのかもしれない。

ああ、ホーカン、ホーカンよ。黒いコックはもう到着したのだろうか？　まもなく、僕らは火にかけられ焼かれ冷凍され粉々にされてしまうのだ。マックスとモーリッツ(2)のように。洪水や土砂崩れに生き埋めにされ、死体として保存されるだろう。ポリマーブーツを履いたロボットが僕らを踏みにじる。一瞬にして炎の中に消え、ゆっくりと人類絶滅の苦難の道をさまようのだ。飢餓に苦しんで水不足に悶える。胸膜中皮種やQ熱や野兎病(3)やペストにかかって死んでしまう。爆撃を受け、毒ガスを投げ入れられ、毒殺されてしまうのだ。超新星が誕生し、太陽系を飲みこんでしまう。それでももの足りないのか？　ほかにどんなことが考えられるというのだ？

終末論恐怖症が徐々に博士の中にも芽生えてきた。けれど、その暗い考えについてはどんなことがあっても絶対に口にしなかった。

眠れぬ夜を過した翌日は、いらだちはいっこうに収まらず疲れていた。患者にたいする受け答えはそっけなく、医者というプロ意識は感じられなかった。

「お手数ですが、次の質問にお答えください。一、人生の定義はなんですか？　二、人生とはなんですか？　三、人類の未来はなんでしょう？　二日以内にお答えください。社会学の論文作成のために、先生のご意見が必要なんです」

人がこんなくだらないメッセージを読むのはおかしいことだろうか？

博士は、メッセージをもらったその日の朝に返答を送った。

「私としては、あなたのご質問は必要ありません。そんな〝社会学〟のために貴重な時間は割けませ

（1）精神分析家イマヌエル・ヴェリコフスキーは、自著『衝突する宇宙』（一九五〇年）で、聖書にあるさまざまな不思議な現象が天文学的に現実に起こったものであると証明しようとした。

（2）ドイツ人作家ヴィルヘルム・ブッシュ（一八三二〜一九〇八）の絵本で、マックスとモーリッツが水車小屋で粉に挽かれてしまう場面が最後にある。

（3）ペストに似た病気で、病原体の野兎病菌が侵入すると潰瘍を形成する。病原菌をもった虫に噛まれたり刺されたりして、ヒトにも感染する危険がある。皮膚に植えつけられたり吸いこんだりしただけで感染してしまうことから、生物兵器として使われる恐れがある。

ん。私は、預言者ではなく現場のセラピストです。職業人が、そんな問題にのめり込むとお考えですか？」

次のメッセージにはこんなことが書いてある。

「こんにちは。死んだあとの人生はどんなもんだか説明してくれる人はいますか？　自分としては、よみがえるって信じてます。どこかで、以前にも生きてたって感じるときがあるんです。同じ人生だかどうだかわかんないし、どこかのグループに入っていたかどうだかもはっきりしない。申し訳ないけど、返事をくれるとほんとに助かります。HAVE A GREAT DAY OR NIGHT！」

博士はうめき声をもらしただけで、キーボードを叩きながらメッセージを削除した。悪いことに、次のメッセージは男性からだった。結婚して三一年が経つ。ただ、女性願望をもち続けてきたことは妻に内緒にしているという。胸とホルモンと性転換手術を望んでおり、二週間以内に手はずを整えてほしいというのだ。

「人生思うがまま」からのメッセージはこうだ。

「先生は、自分で創造した現実の中で生きています。本当に欲しいものすべてを手に入れることができます。その方法を私は知っています。先生の世界をお望みどおり保存するお手伝いもしてさしあげますよ。自分の現実の中で生きていたいですか？　それとも、別の世界のほうがいいですか？　人生を自分の思うがままにコントロールするんです！　完全に変えてしまうんです！　私の方法をお試しになってください！　今なら、一週間でたったの一二〇〇円ですよ！」

こんな質問にはすぐに返事を出してこてんぱんにする。ところが、最初の別れた妻からの電話にはずばりと答えられない。というのも、先月のイーサの生活費をまだ入れてないからだ。残高を調べてみると、不注意にも二度目に結婚した前妻の口座に振り込まれていた。物忘れがひどくなりつつある。

博士は二番目の妻に電話をかけたが、二人の財産を分配したあとのわずかながらの送金は妥当だと言われてしまった。向こうには返すつもりはまったくないらしく、ガシャンと受話器を置く音が博士の耳に響いた。

一七歳の「人生の過ち？」がふたたびメッセージを送ってきたが、博士は仕事をする気分ではなかった。少女は、隣に住んでいる信頼のおけない排他主義的な年老いた酔っぱらいと真剣に駆け落ちしようとしている。

博士は、親心を忘れてこう書いた。

「良くも悪くも自分で決めること。いっそのこと、そのなんとも知れない男と連れだって道行きしたほうがいいのかもしれない。少なくとも、親からは聞けないような経験を学べるだろうね」

「動物愛護」の質問にたいする博士の反応は最悪だった。この客は、こう書いてきた。

「人間とセックスするより動物としたほうが気持ちがいいんです。いったいどういうことなのか知りたいんです。人間的なセックスのあとは自分が汚されてしまったように感じるんですが、動物としたあとはまったくそんなことがないんです」

博士の回答はこうだ。

「動物愛護さん、とっくに真実に気がついているはずです。それでもお尋ねになるんですか？　あなたも動物だからですよ。家具が整った部屋に住むべきではありません。服を脱いで、身分証明書も破り捨てて、節制もなにもかも捨ててください。馬小屋でも、牛舎でも、豚小屋でも引っ越してくださ い！　ヒヒーン！」

返信してすぐに後悔した。こんなやりとりは長くは続かない。患者の誰かが保健所に訴え出て、少なからず警告を受けるのも時間の問題だ。プロゆえに、自分がバーンアウト症候群にかかりつつあることがわかった。ホーカン、ヘビースモーカー、世界インフレ、怪人二一面相は博士の堪忍袋の緒を修繕できないくらいちぎってしまったのだ。毎日繰り返される仕事をまじめにがんばってきたし、治療への意欲もあたりまえのように何年も保ち続けてきた。その緊張感が、プツリと音を立てて切れてしまった。劈くような呻き声、舌を切られたような悲鳴が耳元で鳴る。口の中は金属の味がする。なにかが燃えたあとの匂いがした。

少なくとも長期休養をとるべきだろう。だが、それで足りるだろうか？　博士は数えはじめる。早期定年退職するだけの余裕はあるだろうか。家を売っても住宅ローンは支払えきれないだろう。しかも、その家はエッラのものなのだ。

患者にたいして博士はますます冷たくなっていった。支離滅裂で辛抱しきれず優柔不断。エッラに向けられていた優しさと欲情だけがどんどん深くなってゆく。エッラは気が長い。博士の気まぐれを受け止めて気遣ってくれるし、博士のことを傷つけない。でも、口数がどんどん減っていった。エッラは、博士が目覚める前にフランス語を教えに毎朝出かけてゆく。彼女の不在がどんどん膨らんでゆくのを日に日に感じる。エッラと出会った場所にエッラはいない。どこで、誰と、なにを考えながら歩いているのか聞く勇気もない。

毎晩、エッラが眠っている間、博士は寝ずに起きている。カエデの葉影が人の手のように壁を伝って歩く。二度目の離婚のあと、一人で家に住んでいたら台所のドアから誰かにのぞき見られているような思いを何度も感じた。でもそれは、壁に向かってどんどん伸びてゆくカエデで、その影が夜の庭のブランコに落ちているだけだった。

世界の終焉について書かれている数々の本のページをめくる。永遠へのカウントダウン、六六六、反キリストをどうやって見分けるか、反キリストは生存しているのか、健在なのか?、市民の最期の日、血染めの月、第四帝国、最後の戦い、欧州破滅の真実、再臨のすべて、われわれは生き抜くのか?、魂の収穫といった名前が並ぶ本だ。

エッラが寝返りを打ち始める。博士は、本を枕の下に押しこんだ。このことを知られたくなかったのだ。

やっと眠りについた。暗澹な冬の日に路面電車を運転しているような感じだ。もう終わりは近いということを町は知っていた。しかし、今までと同じように人は生きている。路面電車の路線は大聖堂の袂まで続き、押し潰されそうな重量感が最期の審判のように肩にぐっと圧しかかる。

博士が目覚めかかったとき、それは正夢だと思った。世界は終末を迎えるのだ。でも、誰もそのことに気がつかない。彼らはすでにあの世にいるのに、この世に生きていると想像しているだけなのだ。

デンドロバティス　テリビリス

青い蛍光色、ネオンのように皓々と光る不自然なまでの派手な色合い。瑠璃色の皮膚は漆黒の象形文字のように斑点模様を描く。その体には、池の水が滴り落ちている。生き物自体の色と夕刻の黄昏が水滴に反射する。ふっくらした肢はぷるぷると震え、後ろ足の四本指の間には、ねっとりとした透明の膜がピンと張っている。ぐりっとした黒目は分厚い上瞼に覆われて、沼の澄みきった暗闇で横溢している。ときどき、薄膜のような下瞼が視界をさえぎる。呼吸は早く、むだがない。ただ、どこにも逃げられない。ホーカンが籠に捕獲してしまったからだ。

オシダの陰でなにかがカサリと音を立てた。ホーカンはわくわくしながら顔をあげる。カエルがもう一匹いるのかもしれない。けれど、モミの実が落ちただけだった。オシダにオオエゾデンダ、ヒカゲノカズラ(1)のつるりとした細長い指、シダの滝、鬱蒼としたトクサを見ていると、人がまだこの世にいなかった時代のことを思い出す。本当にそんな気がしてきて、自分の過去を覚えているかのように感じるのだ。シダ植物が、何十メートルもの原生林のように青々と揺れ動く様子を覚えている。そんな木のことを考えていると深い安らぎを感じ、嬉々としながら木の下を散歩しているかのように思えてくる。

ヒゲノカズラやトクサやシダを眺めることが多いのも、休みに入るといつも湿地帯で過しているからだ。日の当たらない湿っぽい森林地帯、畦道、ミズゴケに赤く染められた湿地。冴えない色をしたシャクジョウソウ[2]も見かけたし、エゾノツガザクラ[3]とミネズオウ[4]の区別もできる。夏がめぐってくるたびに黒ずんだ池をじっと眺め、ぬかるんだ三角州を長靴でわたり、ぐにゃりと弾む湿地帯を蚊の餌食になりながらてくてく歩いた。生まれ故郷の北の果てから南国の数々の地まで。

ここは、カエルたちの生息地なのだ。そのカエルたちをホーカンは愛している。高校時代から爬虫類学を趣味でやり始めてもう一五年になるが、カエルについての専門的な知識は早くに備わった。

なんともしれない快感を覚えながら、青いカエルの扁平な体やぬめぬめとした締まりのない皮を眺める。模様やどぎつい色からして、それはデンドロバティス属の仲間だとわかった。矢毒ガエル[5]と呼ばれているものだ。この種は、有毒な物質を皮膚から分泌して身を守っている。

---

(1) 日陰の蔓。シダ植物で、上向きに一〇センチ弱の円柱形の子嚢穂をつける。
(2) 下向きの花を総状につけた趣が修験者のもつ錫杖に似ていることから錫杖草とつけられた。果実は上向きに生る。枯れ草から栄養を吸収する腐生植物。
(3) ツツジ科ツガザクラ属の植物で、湿地や雪田の周辺に群生する。
(4) ツツジ科の高山植物。茎は地を這い、小さな線状の葉が辺りを敷きつめる。
(5) 中南米の熱帯雨林に生息するカエルたちで、現地のインディオがカエルから分泌される毒を吹き矢の毒として狩猟をしていたことから、矢毒ガエルという名がつけられた。矢毒ガエルには、デンドロバティス属、フィロバティス属、エピパドバティス属、ミニョバティス属とあり、すべて絶滅危機にさらされている。なかでも、フィロバティス属のテリビリス（モウドクフキヤガエル）は最強の毒（バトラコトキシン）の持ち主で、カエルに触れただけで死に至る危険がある。どのカエルたちも小ぶりで、鮮やかな衣装と種類の多さが特徴である。

この中の三匹の毒は人間にとっても危険だ。ホーカンはまだこの三匹を目にしたことがない。この辺りを調査している研究者たちはまさかのときのためにゴム手袋を常にはめているけれど、それは必要以上に用心しすぎだとホーカンは思っている。

デンドロバティス属のカエルが一般的にそうであるように、この種は小さな一個体だ。青い色から して、デンドロバティス属ラズレに違いないと判断した。

うっとりと見惚れながらも、深くて抜けだせない憂鬱を感じていた。それは、ホーカンの中で重度の中毒にかかっているかのように広がってゆく。

前回の湿地帯探索からまだ三年も経っていない。そのときは、まだ種類も豊富だった。たまたま例外的に種が消えてしまっているだけならいいが。しかし、ホーカンは自分自身までも騙せるほど、この状況に熟知している。世界の至る所でカエルが急速に姿を消しつつある。これは確かだ。ここ一〇年の間に十数種が絶滅してしまった。

もちろん、ホーカンの人生の悲しみはこれだけではない。しかし、カエルたちの絶滅危機に瀕した状況にはなによりも胸が痛む。

局地的にいなくなっているわけではない。それに、その原因もはっきりとわかっていない。日照り、殺虫剤、オゾン層破壊、酸性雨、湿地の消滅などが挙げられてはいるものの、広範囲にわたるカエルの消滅は、理想的な環境であるはずの自然保護区内でも起きている。

昔は普通に見かけていた赤い肢のカエルたちは、今ではリバーサイドの奥地にしか生息していない。コスタリカの熱帯雨林の輝かんばかりの黄色いカエルにはもう子孫は望めないだろう。というのも、近年見かけた二匹はずいぶん年をとっていたからだ。色とりどりのハーレクインカエルも絶滅してしまった。

南東の湿地帯に来て五日が経つが、カエルの姿をちらとも目にしていない。この一帯なら一ヘクタールにつき何百といわず何千ものカエルに出会うはずなのに、鍛えられたホーカンの耳には、かぼそい鳴き声すら届かない。デンドロバティス・ラズレは、今回の長期探検で捕獲した唯一のカエルだ。しかも、希少価値が高い傑物。

「最初に君たちが去ってゆく。僕らは君たちのことを忘れて、自分たちのことだけに精を出す。でも、君たちに続いてほかの者も絶滅の道を歩んでゆくのだ。そして、いずれは僕らも同じ忘却の道をたどるんだ」と、ホーカンは声に出して考えた。

籠をテントまで運ぼうともちあげると、その下に虫に食われたような小さなキノコが生えているのが目に入った。そのうちの一本を左手で摘もうとした。その笠は、異常なくらい尖っている。探索している間に、キノコのこともたくさん学んだ。

キノコをつかむまでもなく、ホーカンは手を引いた。イラクサに触れたような火傷の痛みが指に走ったのだ。手の甲に触れたシダの下から、大きめの赤い斑点模様のカエルがさっと飛びだすと、ヒメカイウの向こうへ姿を消してしまった。

ホーカンは、胸をどきどきさせながら青いカエルのところへ引き返した。カエルをもう一匹捕まえられるかどうかということはたいして重要ではなかった。この目で見たということは、まだこの地域に生存しているということだ。望みは絶たれていなかった。

まさに諦めかけていたときに、挨拶代わりにカエルに手を触れられるなんて奇跡だ。生き物の挨拶はじんじんと痛んで蜂に刺されたみたいに耐えきれないけれど、ホーカンは嬉しくてしかたがなかった。

テントに着いてから、手をちらりと見てびくっとした。左手の甲の皮膚全体が赤みをおび、でこぼこになっている。手首まで腫れあがっているのがぱっと見てわかる。焼けるような感情は、引くどころかどんどん広がってゆくようで、寸刻みでえぐるような痛みへと変わっていく。

ホーカンは疑念を抱いた。触れてしまったカエルは赤い斑点模様だった。まさか、人間にとっても有毒な一匹、フィロバティス・ティリビリスだったわけはないだろう。このカエルは、触っただけで死に至るくらい猛毒であると本で読んだことがある。

緊急事態であることに気づいて、テントまで這っていった。森で一夜を明かすつもりだったけれど、暗くなる前にここから出なければならない。荷物をかき集めるものの、左手はひりひりしていて融通がきかず、右手しか使えない。立ち込める薄闇が、沼地の果てしない草むらへと降りてくる。

もう一度左手を見てみると、様態に変化があった。指がむくんで手の皮膚は黒ずみ、針葉樹の樹皮のようにかさかさだ。そこに、もう一つ心臓があるかのようにドクッドクッと脈打っているのを感じた。

雨が降りだした。ああ、雨まで！　降りが激しくなる中で、微かなかすれるような鳴き声が聞こえてきた。どこから聞こえてきているのか、場所を特定するのは難しかった。小ぶりの電池ラジオが周波数を見つけたかのような音だ。ところが、電波が多方面から飛んでいるような混信が混信を呼ぶ。

静かになったかと思えば、ふたたび音量が上がる。まるで、長距離間で出席者たちがなにか会話をしているかのように思えた。

ホーカンは不安になった。熱のせいで難聴になったのかもしれないと思ったのだ。手の脈はどんどん早くなり、熱も上昇してきているように感じる。するとそのとき、会話を交わしている一匹が近くに移動してきたのだ。薄手のテント越しに耳元の近くまでやって来て、やっと声を聞き分けた。どうしてすぐに気がつかなかったのだろう?

新たな熱の一撃に寒気を感じた。けれども、それと同時に喜びが沸きあがる。最初は半信半疑だったが、沼と森の太古の原生の声を耳にしていることに気がつくと、思いは確かなものへと変わっていった。ケロケロと、会話者たちは声を交わしている。まちがいない。

その群れの中で、一際声高で旋律よく深い声を出すものがいた。それは、ホーカンの胸を喜びで飛びあがらせた。その声の持ち主は貴重な繁殖者の声だったからだ。テントの入り口から表をちらりと見る。どこからどこまでが木々の枝で空なのか見わけがつかない。もう、手の施しようがないことに気がついた。この濡れたテントで一晩明かさなければならない。

だが、このことになんの不安も抱かなかった。森から出ていきたくなかった。このコンサートをずっと聴いていたかった。きっと、朝になれば腫れも引いていることだろう。

すると、なんの前触れもなく、ある考えがホーカンを襲った。それは、抗うことができないほど強力なものだった。ホーカンは青いカエルのテラリウムを手にすると、蓋を開けて少し斜めに傾けた。

さあ、仲間のところへおいき!

デンドロバティス・ラズレは沼の新たな夕べを見すえている。夜にも勝る黒い瞳で。盛り上がった首が上下に動き、一瞬、行こうか行くまいかためらっているように見えた。けれど、軽快に跳ねながら、しなやかに葉擦れの音を立てるトクサの陰に姿を消した。

ああ、なんというカエルの合唱だろう！　至る所から、情熱的なコンサートにミュージシャンが続々とセッションする。悪寒が走り、着ぐるみすべて引っかけて寝袋に這いずりこんだ。目を瞑って耳を澄ます。疼く手のことは忘れ、心地よい疲れがホーカンの体を支配する。聴覚だけが研ぎ澄まされてゆく。

何十ものさまざまな音符やリズムを聞き分けた気がした。甲高く急いて歌う者もいれば、重低音のバスが地中から反響しているように歌う者もいる。そして、ホーカンはわかったのだ。カエルたちは壊滅したわけではないと。しばしの間、辺鄙な洞窟に、秘密の割れ目に、誰も知りえない地中の帝国に身を潜めていただけなのだ。専門家たちのまちがった解釈に、どれほど安堵の胸を撫で下ろしたことか。

カエルたちは戻ってきたのだ！　なぜ？　それは、ホーカンにはわからなかった。ホーカンの愛や不安のために戻ってきたわけではない。けれども、ちょっとした偶然から喜びを得た。以前の生息地にカエルたちが戻ってきたと証明できる喜び。

手の感覚がなくなり、朦朧としてきた。雨の打ち降る音とカエルの合唱が響く中、ホーカンは永遠を歩いていた。ホーカンがまだ存在していなかったすばらしき時代を。

同僚からの手紙

拝啓

先生から、フィネアス・ゲイジのケースについてなにか解明する手がかりはないものかとご質問をいただいていましたよね。私自身、驚いているんです。海外でもまだこの病気の話を覚えている人がいて、しかも私の祖父の名前にピンとくるなんて。このケースについてはよく調べました。祖父が残した詳細なカルテも読みましたから。その男性は、まさしく四〇年ほど前まで祖父の患者でした。私が理解しているかぎりにおいては、フィネアス・ゲイジは祖父の人生の中で重要な人物の一人だったと言えます。

ゲイジのケースについては、当時、バーモントマーキュリーやボストンの医療外科ジャーナルなどに掲載されていたことは先生もご存じでしょう。

一八四八年の晩夏。うだるような夏だったと聞いています。そんな猛暑のある日に、バーモント州のキャベンデッシュでその事件は起きたのです。私もその町に生まれ、その町で育ち、学業を修めて祖父と同じ仕事に携わってきました。いまや、祖父の歳をとっくに超えてしまいました。

週が明けて、ルトフォード&バーリントン鉄道工事現場は多忙をきわめていました。その夏に、ブラックリバーの岸辺までレールが敷かれたのです。

鉄道は今では当然のごとくありふれたものになっていますが、前世紀の時代の人たちにとってどんなものであったのか、私はもう覚えていません。この町に鉄道が敷かれることは衝撃的で大改革でした。

列車の汽笛やガタゴトと響く音を耳にすると、祖父の患者のことを思い出します。その音は、果実酒を手に夕刻時に腰を下ろす楡の木の下まで伝わってきます。フィネアス・ゲイジは、進展をもたらした何百万という犠牲者の一人だったと思っています。

ゲイジは二五歳のうら若い青年でしたが、ルトフォードでのキャリアは長いものでした。てきぱきと的確に仕事をこなす従業員だったということです。そうでないと務まりません。彼は、爆破作業を担当していたんです。

その日はなにかがうまくいかなかったのです。ゲイジは、岩に開けた穴に爆薬を仕掛けてダイナマイトを投げ込みました。このことについては私自身よく把握しているとは言いきれませんが、どうやら爆薬は砂で覆うはずだったようで、それは助手の仕事であったようです。砂を運んでくるように言いつけましたが、穴を埋める前にゲイジは鉄棒で火薬を突ついてしまったのです。どうしてそんなことをしてしまったのでしょう？　周りの人の話では、誰かに名前を呼ばれたために、肝心なときにふと気が緩んでしまったということです。

爆音は相当のものでしたが、岩盤自体にはなにも変化はありませんでした。そのあとで、妙に甲高い音が聞こえたそうです。工事現場はしんと静まりかえり、その瞬間、従業員の手が止まってしまいました。フィネアス・ゲイジが、粉塵に塗れて仰むけに横たわっていたのです。鉄棒がゲイジの左頬を貫通し、頭部を突き抜けていました。鉄の棒が三〇メートル先まで飛んで、地上は脳の破片で血塗れになりました。それほど、爆破はひどいものでした。

　ゲイジは仰むけに倒れましたが、まだ息がありました。意識もあったのです。なにか言っているようでしたが、なにを言っているのか誰にもわかりませんでした。現場の人たちに牛車まで運ばれましたが、横になろうとはしませんでした。座りたいという意志を貫き、アダムス氏の旅館に到着するまでゲイジは座っていたのです。

　アダムス夫妻もなんとかしてゲイジに横になってもらおうとしましたが、それには応じませんでした。ベランダに連れていくと、棒のように背筋を伸ばしてベンチに腰かけるのです。頭頂部におぞましい穴を残したままで。なにか飲みたいというので、冷えたレモネードを差しだすとごくごく飲んでいました。

　祖父が旅館まで呼ばれましたが、聖歌隊長の奥さんに五番目の子どもが生まれそうだというのでお産の手伝いをしていました。そういうわけで、最初に赴いたのは、祖父の若手同僚のエドワード・ウィリアムズ先生でした。もう事故から一時間は経っていて、日は沈みかけて凌ぎやすくなっていました。

「先生の現場はこっちですよ」

　そんな感じの言葉を、アダムス氏はウィリアムズ先生にかけたそうです。まさにそのとおりでした。生きた人間の頭の中にこんな導管があるなんて、誰も目にしたことがなかったんです。ゲイジはまだ生きていて、ウィリアムズ先生の質問にてきぱきと進んで答えました。祖父がその場に着いたときには、まったく痛みもなにもないような印象を受けたそうです。頭頂部の三分の一は吹き飛んでしまったのに。当時、この事件を引き起こした鉄棒の重さを量ったところ、五キロはゆうにありました。棒の長さは一〇九センチ、太さは三センチありました。ゲイジの頬を貫通して損傷した頭部は削られていました。これが、一命を取り留めてくれたのだと言う人もいます。

静養後、ゲイジは災いの素にこだわるようになりました。どこに行くにも鉄棒を携帯し、愛着を抱いているかのようでした。

祖父は、着いた早々、頬と頭頂部の黒く縁どられた導管をできるだけ念入りにエチルアルコールで消毒しました。明らかに腫れあがった傷口を力の及ぶかぎりにおいて乾かしたのですが、創傷熱(しょうねつ)が思ったとおり上がりました。こんな爆弾穴の引き起こす病気は防ぎようがありません。次の晩に一気に熱が上がり、翌朝はうわごとを言って不安定な状態でした。それからの二週間、祖父は一日にモルヒネを三回投与するように処方し、ゲイジの母親と妹と祖父が交代で付き添いました。熱は六日間いっこうに下がらず、頭には痛々しい腫瘍ができたので、祖父が突き破りました。

一週間後、全員が目を疑いました。少なからず祖父にとっては予期せぬ急変が起こったのです。フィネアス・ゲイジは回復し、祖父は奇跡的な治療の栄光を味わったのです。ですが、この回復には疑問が残りました。創傷熱で息を引きとっていたほうがむしろ良かったんじゃないかと、祖父は考えるようになったのです。ゲイジの母親も、妹も、口には出さずともそう思っていたと思います。

目立った肉体的損傷は左目の視力を失っただけで、右目は正常なままでした。頭頂部には奇妙な窪みが残ったものの、まもなくして生えてきた髪の毛で覆われました。頬には星型の傷痕が残りましたが、年齢を追うごとに目立たなくなり、頑強な面立ちを損なうことはありませんでした。はっきりと話すし、視覚も聴覚も味覚もちゃんとしていたのです。一時的な麻痺すらなく、しっかりとした足どりで歩き、ほかの青年と同じように手を動かすことには不自由はなさそうでした。けれども、町の人の多くが「ゲイジはもはやゲイジではない」と口を揃えて言っていたそうです。そして、それはまちがっていませんでした。当時の彼の言葉を借りて言うなら、「知能と本能の間のバランスが崩れてしまった」のです。

実際に、本当のフィネアス・ゲイジは一八四八年の夏に、ルトフォード&バーリントンの鉄道工事現場で死んでしまったと言えます。肉体は残ったけれど、息づく魂は本来のゲイジの面影を失ったひどいものでした。事故前まではきっちりしていて平常心のある謙虚な青年で、ずば抜けた集中力をもち、計画も現実的できちんと実行に移すような人でした。

ところが、事故後のゲイジは無関心で人にたいして横柄な態度さえ見せるようになったのです。小さな子どものように辛抱がなく、気まぐれで卑しくなりました。女性にはあからさまに脅すようになり、ここでは申し上げられないようないやな事件も二件ほどあったのです。法廷で無罪を受けたのが信じられません。祖父とゲイジの母親のアドバイスも馬の耳に念仏でした。

以前の建設会社に復帰はしましたが、仕事ぶりは投げやりで信頼がおけませんでした。仕事仲間は最初のうちは寛大な態度で理解を示していました。けれども、ゲイジの振るまいは下劣でした。率直に言えば、野蛮で優しさがなく、まもなくして仲間はゲイジに構わなくなりました。もう、ルトフォードにはいられなくなったのです。

解雇されて就職活動をしますが、どれもしっくりこないものばかりで、自分に合うような条件の仕事がなんなのか自分でもわかっていないようでした。馬牧場はその一例にすぎません。仕事も長続きしませんでした。馬からも嫌われていたのです。というのも、人にたいしても動物にたいしても敬意をもって接することができなかったからです。動物たちの言葉のないメッセージも、人間の話の機微も、わかろうとは努めなかったのです。そして、ゲイジの運命にますます暗雲がたちこめました。

何年か後に、ゲイジはサーカスに入団しました。ニューヨークのバーナム博物館で、世界一大きな顎をもつ男や世界一太った夫人や象の皮膚をもつ青年と一緒に出演していました。頭蓋骨のでこぼこが目に見えるように傷痕部分の髪の毛を剃り、毎回、精魂こめて事故の話をしたのです。決して手ばなそうとしなかった鉄棒を、誇らしげに観衆に見せびらかしました。

ゲイジの健康状態は一九六〇年代に入って急激に悪化します。事故で生じた癲癇と不節制な生活が原因です。六〇年代に、サンフランシスコに住んでいる妹とその旦那のもとへ移り住みました。妹の旦那ははぶりのいい商人でした。ゲイジはそこではひどい飲んだくれで、かつては将来有望な青年だったのに、親族からも疎まれるような社会の落伍者と変わり果てていました。

四〇歳を待たずしてゲイジは癲癇の発作で亡くなりました。運命を左右した鉄の棒は棺に入れられました。この死亡の知らせが祖父の耳に入ったのは五年後のことでした。その当時は混乱していましたからね。

　祖父は、その当時、妹やその旦那と手紙で連絡を取り合い、棺を開けて事故に苦しんだ頭蓋骨を保管させてほしいと頼んだのです。二人はしばらく考えたあとで、理解を示したように善意から無理な願いを聞き入れてくれました。頭蓋骨と鉄棒は、ボストンのハーバード大学医療機構の博物館に収められて一般公開されています。ボストンにお立ち寄りになられることがあるようでしたら、この証拠物件をつぶさに調査されることをお勧めします。これらの証拠はいったいなにを証明しているのでしょう？　私の見解を短いながらもお伝えできればと思っています。

　フィネアス・ゲイジのケースは、祖父の見解を根底から覆しました。人間についての見解、人間の心、人間の意志、そして自由についての概念を。鉄棒の鈍い音は、祖父個人の世界像をも破壊したのです。

　祖父は若いころ、骨相学に関心をもってはいましたが、突きつめて研究することはありませんでした。小さな町のしがない一般開業医です。それでも、誠意をつくして勤めていました。そして、注目を喚起するような患者に出くわしたのです。

　事故があって何年間かは、ずっとゲイジの完全な回復を待っていました。行動や性格や精神状態が元どおりになるのを待っていたんです。〝自分らしさ〟というものが戻ってくること、そして、なにをしたいのかわかるようになることを待っていました。けれども、待つだけむだでした。ゲイジは生涯ずっと取り替え子のように生きたのです。

　最初のころはゲイジにたいして親心のようなしつけを施しましたが、最後になると、祖父はもうなにも言わなくなりました。少しずつ、新しいなにかが見えてきたのです。ゲイジの意志も事故の爆発と一緒に粉々に砕けてしまったかのようで、本質自体が破滅してしまったかのようでした。別の時代に生きてきた私にとっても、フィネアス・ゲイジのケースには目が奪われます。行動様式の取り返しのつかない変化によって、善悪の人間の良心、感覚バランス、行儀作法、道徳、そして意志自体ですら、ある特定の脳の領域に左右されることがわかったのです。

当時、祖父も同じような見解をいくつかの医学刊行物で発表しましたが、とくになんの注目も理解も得られませんでした。あとになって、まったく別のケースから若手の研究者たちが同じような結論を下しましたが、祖父にしてみれば遅すぎます。ほろ苦い満足程度しかもたらしませんでした。

合法的にフィネアス・ゲイジを裁く人なんているでしょうか？ その人生はちょっとしたつまらない不注意に台無しにされたのです。誰かに名前を呼ばれてこたえてしまった行き当たりばったりの偶然に。

ゲイジのことで、自由な意志についてお話することはなにもないと思っています。ただ、ゲイジには正しいことを選択して自分の人生を調整する権力などもはやなかったのです。社会の基礎的な規則もわからない何千という人びとの人生とはいったいどういうものなのでしょうか？ 私たちの目に見えていないものを見ようとするとき、最悪で残酷な犯罪人が結局は若きフィネアスのように罪もない犠牲者なのだということを告白することになるのでしょうか？

　祖父がゲイジの頭蓋骨の中に見たような爆発穴は私たちにはありませんが、そこには生来もっているカオスと無秩序に包まれていると予測できます。もし、そうであるのなら、ゲイジが引き起こした悪態に責任があるとは言いきれません。当時の祖父と同じように、そういった人たちは罰を受けなければならないということはわかっています。襲いかかってきたその呪いを受けなければならないのです。こうやって過ちを過ちで修復する。それ以外になすすべがないんです。情けをかけることも、改善することもありません。

　それでは、いわゆる正常と呼ばれる人はどうなのでしょうか？　私たちは、正しいものを選択することができます。たいていは理性的に行動できますし、お互いをわかり合おうと努力もします。そして、自分たちの行為がどんな結果をもたらすか考えようともします。それらは私たち自身のものではなく、自然が私たちに植えつけたプログラムなのです。私たちの意志の自由であり、人間らしさであり、高尚な誇りであり、ほかの創造物にはない聖なる力というのは単なる幻想にすぎず、その幻想を私たちは信じるべきでしょう。

　〝自然が私たちに植えつけた〟という書き方をしました。〝神〟とは書いていません。私よりも聖なる人物で、多くを成してきた人です。

　フィネアス・ゲイジは、運命を責めることができたかもしれません。花盛りの青年期に、仮の装いをまとった無慈悲な偶然に魂を奪われてしまったのですから。

　まだお若い先生ですから、医学によって私たちの魂や自我の肉体的な基盤を事細かく解明するときを目にすることでしょうね。

今日はまだどんよりと曇っているものが、昼間のようにくっきりと見えてくる日がやって来ます。そして、先生は知ることになるのです。

敬具

この章はアントニオ・R・ダマジオ著[1]『生存する脳（Descartes' Error）』（AVONBooks, NewYork, 一九九五年）に所収されたフィネアス・ゲイジの症例にもとづくものである。

（1）ポルトガル生まれの神経科学者。心と行動の神経学的な病気の研究者。

時間でできた物質

ホーカンは、九号病棟に入院している祖母に付き添っている。祖母はいびきをかいては溜息をつき、その眠りは安らかではない。ホーカンは、祖母の目覚めを待っているのだ。

隣の入院患者はしきりに歌を口ずさみ、ぼろぼろのぬいぐるみ人形を指でいじくっている。ホーカンが立ち上がってわずかにカーテンを閉めると、年老いた女性がこちらを見ながら嬉しそうに「ママ！」と声をかけた。

「ちがいますよ、僕はあなたのお母さんではありませんよ」と、ホーカンは優しく言った。

しかし、女性は繰り返す。

「ママ、見て！」

すてきですね、と彼女がもっている人形を見て声をかけ、ふたたび祖母に目をやって唖然とした。さっきまで年老いていた顔に変化が起きていたのだ。その肌は、少女のようにすべすべしている。

そして、なにかを思い出した。

子どものころ、ホーカンには特技というか、能力というか、ある種の感覚を備えもっていた。のちにそれは消えてなくなってしまった。町の中心部をくねくねと走る九番の路面電車に乗って通学している間、その力を練習していた。電車に乗ってくる人や降りる人を特別な方法で見ると、一瞬のうちに、見ず知らずの人がどんな幼少時代を送り、これから老いていく様子が見えてくるのだ。見えている間は、彼らの顔が瞬間的に変化したかのようだった。

　必ずしも全員のパターンが見えるわけではなかったけれど、テンポよく顔がどんどん変わる人もいた。最初は子どもの顔、それから老人の顔、逆のケースもある。常に瞬きする必要はなかったけれど、瞬きすると元の年齢の顔に戻っていた。

　この一瞬の閃きはいったいどうやって起こり、どんな特別な方法でホーカンは引き起こしているのか、自分でもわからなかった。焦点を合わせるように目をわずかに細めると、対象となる人物の輪郭がぼやけて不鮮明になってくる。そのあとで、ホーカンの視線や意志がその中へ入り込んでゆくのだ。顔の裏側に隠れているもう一つの顔を瞬間的に見せてくれる。その顔は何層にも重なっていた。

　特別な見方よりも大切なのは、自分が見たいと望み、自分で選んだということだった。自分の意志決定が変化を見せてくれたのだ。時間に変化が起こる。すると、それは透明になったり、時間の矢が一瞬だけ方向転換したりするのだ。

　そう、そのときは時間の非対称を崩すことができた。過去と未来の間には本質的な差異はない。どんな基礎過程であれ同じことが言えるということが、あとになってわかった。それらは対称的ではあるけれど時間に方向性がない。微視的過程は方向転換が可能なのだ。人の世界の時間だけが決定的で、少なくとも見た目は後戻りできない。どうしてだろう、解けない謎だ。

　時間遊びは、退屈な登下校中のひそかな楽しみだった。誰かに話そうとも思わなかったし、ホーカンだけの楽しみだった。

　その歳のときはまだ身長も低かったので、大人たちはホーカンに話しかけるとき屈まなくてはならなかった。たいてい、みんな同じような表情をしていた。親切そうな優しそうな見くだしたような顔。そして、ホーカンはこう思ったものだ。

「僕のこと、子ども扱いしているんでしょう」

自分が子どもではないというのは思いちがいだと自分でもわかっていた。それでは、ホーカンとはいったいなんなのか？　大人ではない。人は千の顔をもつ。けれど、顔はどれも順番が来ると消滅してしまう。みんな顔を借りていて、自分の顔など誰ももっていないのだ。どんな人も子どもでもないし、老人でもない。どれもすべて、それぞれの年齢の中にあり、そこ以外に場所はない。

じゃあ、僕の顔はいったいどこにあって、どんな顔をしているんだろう。他人の顔ではなく僕だけの顔とは？　ああ、そんなものはないのだ。

九〇歳になる祖母は、慢性病患者が入院している九号病棟にいる（ホーカンが子どものころ乗っていた電車と同じ番号だ）。そこには、死を迎える患者しかいない。祖母が寝ている傍に腰かけ、意識していないのに突然、祖母の顔に少女の顔を見た。

祖母は依然として眠っている。ボリュームのない白髪が妙に緑色をおびてきた。まるで人魚みたいだ、とホーカンは思った。きっと、投与されたなんらかの薬のせいだろう。さっきまでは祖母が寝ていたのに、今では少女の透きとおるような頬が寝返りを打っている。

子どものころは他人を見ると顔がいくつも見えたのに、知り合いや身内の顔を見てもなにも見えなかったことをふと思い出した。できるかどうか試してみようともしなかった。今になって、後悔の気持ちが湧いてくる。あの当時から、祖母の顔がこんなふうに見えていたのなら、二人はよい遊び友達になっていただろうに。

祖母が目を覚ましてこちらを向くと、ホーカンに気づいた。

「ホーカン」と、弱々しくも、以前のような歯切れのよさを残した声で呼びかける。不満そうななにか言いたそうな声で。

「あなた、今日はなんだかひどい顔してるわよ」

その聞きなれた言い方にホーカンは嬉しくなった。祖母は普段から芯が強かった。それは、もうすぐどこへ行ってしまうのだろう？　消えてなくなってしまうのだろうか？

「今日もなにか読んであげようか」と、ホーカンが聞く。

祖母はなにも言わない。なにを聞かれたのかわかっていないのかもしれない。それでも、ホーカンは本をめくって読んだ。

「時間は物質、それで私はできている。時間は川、それが私を運びゆくのに私は川。時間はトラ、それが私を貪るのに私はトラ。時間は火、それが私を蝕むのに私は火」

祖母が、またうとうとしはじめた。隣のベッドからは「露に濡れた山々を越え、われわれはゆく……」という歌声が聞こえる。

年をとった人たちは、「子どものころに比べて時間がすぐにすぎてしまう」と口を揃えて言う。

時間が以前よりも早くすぎてしまうと彼らは言うだけで、本当にそう言っているわけではないのだ。それは単なる感情であって、主観的イメージでしかないのだ。〝現実〟と呼ばれているものの中で、すべてが昔と同じテンポで客観的に起こっているのだ。

しかし、時間に関しては客観的な現実というものはない。違う場所で同じ時間はないのだ。ホーカン自身ももう若くない。時間の経過が加速しているのを感じている。年々、確かなものになってきた。具体的にも、抽象的にも、現実味をおびてくる。

時間は本当に昔よりも早くすぎてゆく。それを証明する方法をホーカンは知らない。時間の加速はどこを向いても同じ速度であって、その速さを比べることができない。ホーカンの新陳代謝がほかの人と同じように活発になったのかもしれない。地軸が以前よりも勢いよく回転し、太陽を回る速度も速くなったのかもしれない。銀河の循環が速くなって、宇宙全体が勢いよく膨張したのかもしれない。

時間が一定でないことや場所や人に時間が左右されることに、ホーカンは頭を悩ませる。違うリズムで時間が駆けてゆく場所もあるし、ほかの人よりもずいぶん早く年をとってしまう人もいる。通時的に違った時間に生きている人たちは、どんなふうに出会うのだろう。ホーカンは不思議でならない。

祖母がふたたび目を覚ましてこう言った。

「ホーカン、まだ授業中でしょ。こんなところでなにやってるの？　おとなしく家に帰りなさい」

祖母にしてみれば、ホーカンはまだ子どもなのだ。道路を歩く。ホーカンは子どもで男性だ。町の記憶を透視する。道は一本もなく、団地は一つもない。見るようなものはない。

あそこの曲がり角で、メーデーのときに青い風船を買ってもらった。七歳のときだ。でも、買ったときから少し皺がよっていて、家に帰ってからはもう宙に浮かなかった。そのときはずいぶん悲しんだ。

そこの会計事務所には以前は食糧雑貨店が入っていて、黄色いレーズンを買ったことがある。窓にはヤナギの籠がぶら下がり、その中には珍しい果物に香辛料袋に袋売りのコーヒーが入っていた。今ではもうそんな食糧雑貨店はどこにもなく、食品スーパーの窓には黄色い値札がテープで貼られているだけだ。

二つ目の曲がり角を進んだ二階に女性が住んでいた。ホーカンの初めての人だ。もう亡くなってしまったけれど、ちょうどその道に来ると、ふわりと漂ってくる香気を何度も感じた。

老齢期の秘密は幼少期の秘密と変わりない。人を育てたものは人を老化させる。人を養ったものは人を殺してしまうのだ。

ホーカンは家路に就いていた。

フィアト・アルス、ペレート・ムンドゥス

なんて匂いだ！　美術館で甥を待っていたら悪臭が漂ってきた。美術館が臭いなんて考えたこともない。それに、どうして臭いのか、ここにいる人は誰も知らない。ホールには一ＤＫほどのショーケースが置かれ、その中で壮絶な生命が蠢いている。クロバエと育ちざかりの幼虫で溢れ返っているのだ。死体から栄養を摂って生きているので、栄養源には事欠かない。ケースの中にはカルタゴの折れた柱頭があり、その上に肉の塊が載せられているが、腐敗はずいぶん進んでいる。

絵画にも現代美術にもとくに興味があるわけでもないし、美術館に来ようとも思っていなかった。町に出たついでに甥っ子のホーカンに電話をかけたら、この展示会場で会おうと言われたのだ。

目立った活躍はしていないけれど、ホーカンもそれなりに芸術家だ。パフォーマンスやインスタレーション活動を促進してきてもう二十余年になる。ただ、いまだにホーカンの作品を目にしたことがない。ホーカンは一大旋風を巻き起こしたいようだが、評判を聞くかぎりでは、あくびが出るくらいつまらないようだ。ラ・プリマヴェーラ(1)というビデオがあったが、そこに登場する男性はくしゃみばかりしていた。鼻がむずがゆいのか、アレルギーなのか、インフルエンザにかかっているのか知らないけれど、その場面は三時間も続いた。

（1）　イタリア語で「春」という意味。

ホーカンに連絡を取ったのは、高齢の伯父さんの立っての頼みだ。自立して、四〇をとうに超した息子のことを小さいころからずっと気にかけている。甥っ子にがつんと言ってくれると思ってわざわざ頼んだのだろう。けれども、実際のところはホーカンは僕を見くだしている。子どものころよりもひどくなった。冴えなくてつまらない人物だとホーカンには思われている。会計士という役職名もホーカンには惨めにしか聞こえない。経理関係や税務署勤めの人には、より高度な知識はわからないというのがホーカンの考えだ。その考えはまちがってはいないかもしれないが、芸術の専門家にそれが通用するとは思わない。

親族の中で芸術家はホーカンだけだ。僕の母は、ホーカンのことをこんなふうに冷たく言った。

「芸術家かもしれないけど、どうしようもない人」

モダニストでもないし、ポストモダニストでもない。ミニマリストでもなく、マキシマリストでもない。どこのグループにも属していないのだとホーカンは言う。常に、潮流に逆らって歩いているのだ。国内の大勢の芸術家たちに紛れた一匹狼であって、成文化してしまった文化概念の永遠の敵対者なのだ。

そう言えば、自分のことについてあれこれ言っている芸術家に会ったことがない。自分のことが正しく完璧に理解されるべきだとか、自分の仕事や作品はもっと注目を集めるはずだとか、誰もそんなことを語ろうとしない。文化の派閥や流派についてはよく話されるのに、その中心となる芸術家を誰も見たことがないというのもおかしな話だ。全員が全員、流れに逆らって歩くのなら、主流はいったいどこにあると言うのだろう？

芸術の終わりについてホーカンはよく話していた。あらゆるものが芸術になるなら、もはや芸術というものは存在しない。そして、その時代はもう幕を切っており、芸術の掲げる高尚な目的は自主的な自滅なのだという。僕としては、反対意見を述べる気はない。自分には関係ないことだし、芸術家としてのホーカンの意見にすぎない。

ホーカンが待ち合わせ場所にここを選んだ。午後に新しいパフォーマンスを披露すると言っていた。匂いは耐えがたいものだったけれど、ホールを後にする気はなかった。美術館は来館者でごった返していて、ほかのホールにふらふらと行こうものならホーカンを見失ってしまうんじゃないかと不安になった。

ドアの入り口で、できるだけショーケースから遠ざかって待っていた。洗濯バサミでももってくるべきだった。悪臭はドアまで匂ってきていたのだ。スカーフやハンカチや帽子を顔にあてている人もいる。ただ、実際に効果を期待できるものはガスマスクくらいだろう。

作品展はほんの数日前に開かれたばかりで、これから三週間展示されることになっている。スタッフを気の毒に思う。匂いには慣れてくると思うけれど、三週間後の悪臭はまちがいなく耐えきれないものになっているだろう。

立っている場所から見えるのは、奥の壁に掛かっている巨大な絵だ。なにが描かれているのかは判然としない。油絵ではあるけれど、なにかの拡大図だ。そこには、二メートルほどの太くて黒い毛が生えている。一一月の木の枝のように黒い。おそらく対象物は膣だろう。毛の間には、深くて暗い穴があんぐりと口を開けている。もし、本当にそれが膣を表しているというなら、この芸術家は対象物をいいかげんに調べたとしか考えられない。

一覧表から作品名を見た。「無題」。今では、現代美術館にある抽象的な作品の少なくとも三分の一は題名のないものばかりだ。

案内係のもとへ行って、絵がなにを表現しているのか知っているかどうか尋ねてみた。もちろん、こんな質問は場違いだ。観る側にとって作品がなにを表しているのか知る必要もないし、つくる側も明確になにかを表現できるともしたいとも思っていないのだ。この質問で自分の知的素養のなさをさらけ出してしまったけれど、気にしないでおこうと決めた。今後、案内係を目にすることもないし、それに僕は名のってもいない。

ただ、驚いたことに案内係は質問に答えたのだ。絵は本当になにかを表していた。それは、頭部に開いた銃弾跡らしい。しかも、ある特定人物の頭だという。毛は髪を表現し、殺人者は誰それで、犠牲者は誰それといった具合に、一から十まで事細かく言っていたけれど、どんな名前かもう忘れてしまった。犯罪事件が同じ町で数年前に発生し、ある男性が近距離から頭を撃たれたのである。

「どうして?」と聞いてみたけれど、案内係は覚えていなかった。覚えている人は誰もいないだろう。

ドア口からちらりと次のホールに視線をやった。その中央には、枯れた幹が立てられていた。枝には人間がぶら下がっている。その中には、手や足や性器を切り刻まれている人もいた。ある人には頭がなかった。すべてが実物のように信憑性があった。

コーナーにあった小さな作品がやっと心を癒してくれた。見上げるような細長い石台の上に指があった。一本の白い指。つぶさによく見てみると、それが人差し指であることにかなりの確信を抱いた。

まっすぐに上を向いている。叱るように、導くように、もしくは、なにかを指し示しているかのように。でも、それは誰にもわからない。月を指している指を思い出した。アダムの生命をかき乱した神の指を思い出した。

ほっそりとした孤独な指を見る。美しくて印象的な指だ。僕の目にはそう映る。

指に見惚れていると、ホーカンがバイオリンケースを手に中に入ってきた。すぐにホーカンだとわからなかったのは丸刈りにしていたせいだ。バイオリンケースには驚いた。ホーカンがバイオリンを弾けるなんて知らなかった。

シルバーホワイトの上品なスーツをまとった青年が、手にビデオカメラをもってホーカンと一緒に入ってきた。ホーカン自身はダーウィッシュのような格好をしている。僕にはそう見えた。白いマントの下には色とりどりのズボンを履いている。どうしてそんな格好をしているのか理解できなかった。ホーカンがこっちにやって来て堅苦しく握手を交わした。最後に会ってから二年は経っていたからだ。

「作品展はどうだい？」と、ホーカンが聞いた。

前向きな気持ちを表したくて、人差し指がとくに気に入ったことを話した。

「ああ、あれ。あれは芸術家本人の指だよ。左手のね」と、ホーカン。

「なに言ってるんだよ？　まさか、本気で言ってるわけじゃないだろ」

次第に気力が落ちてくるのを感じて、すぐにでもこの場所から出ていきたかった。

「本気も本気。持ち主をよく知ってるんだ」

ほとんど泣きそうになった。これで、もうちっとも作品に感動しなくなってしまった。ホーカンが言うには、芸術家が自分で自分の左手人差し指を切って、そしてミイラ化したそうだ。

「ショックかい?」と、ホーカンは聞くと笑った。

「ものすごく。ほんとにいやな気分だ」と、深刻に答えた。

「そう思ったよ。君にはわからんだろうな。本当の芸術家というのは、本物の手さえも作品にするんだよ。そういうことだ」

そういうこと! この自己満足げな表現に僕は憤りを感じた。僕らの会話は行きづまり、ホーカンはカメラ角度について連れと話し始めると、ソケットの場所を探しだした。木にぶら下がっている死体も本物なのだろうか。病院か死体安置所からもってきた体なのかもしれないし、交通事故とかテロ攻撃とか自殺した人たちかもしれない。それほどまでに、自然に見えたのだ。このことをホーカンに聞く勇気もなかったし、考えていることが本当だったらと思うと、怖くて間近から調べたいとも思わなかった。

さっき会話を交わした案内係が二人のところへ行って、カメラのもち込みは禁止だと注意を促した。多少は不思議に思いながらも目立たないように遠ざかった。前もってパフォーマンスの許可は下りているはずじゃないのか? ホーカンが窮地に立たされるんじゃないかとびくびくしたし、目撃者として証人に立ちたくもなかった。

館長とは話がついているとホーカンが言っているのを耳にしたときは、ほっと安堵の胸を撫で下ろした。このホールでちょっとしたパフォーマンスをすることになっていて、数分もかからないらしい。案内係自身も訳がわからない様子だったが、肩をすくめてこう言った。

「まあ、そういうことなら……」

ホーカンは、マイクを手にクロバエのショーケースの前で瞑想体勢をとる。

「芸術ファンの皆さま！　お集まりの皆さま！　芸術家たちがアトリエで長方形のキャンバスを塗る時代はもう終わったのです。美術館も、昔のように特別な場所ではなくなりました。私たちは、もはや生活と芸術を区別できなくなってしまったのです。芸術家たちによって、その境界線は破壊されました。作品自体がそうであるように、どの芸術家にも個性があります。どの芸術家も大地と空の間でふわふわと神々しく浮遊しているのです。芸術家がつくりだすものはすべて芸術です。陳腐で不潔でいちばん代わり映えのないものから作品をつくるのです。どんなものでも、なにもないところからつくるのです。それが、創造というものです！」

ああ、ホーカン。そう思わずにはいられなかった。どうしてそんなに饒舌なんだ？　いい兆候じゃない。それに、あんなどうでもいいこと……僕にはそう聞こえる。

ホーカンの話は止まらない。クロバエホールに最初から集まっている人びとは疲れを見せ始めた。退場する人もいるし、声を殺しておしゃべりする人も出てきた。自分の考えもあてもなくさまよい始めたけれど、変に思わなかった。ドアの脇にある案内係の椅子に腰かけた。座っていいのかわからなかったけれど。案内係の姿はどこにも見当たらない。どっと疲れが押し寄せる。もう、匂いも感じなくなった。そんなにも長い間、ここにいたのだ。ホーカンの声がときどき聞こえなくなって、ハエの羽音だけが耳に届く。一瞬、僕は違う日にするりと移動する。七月のある日。田舎の家。隣家の牛を放牧している草原に。

約束の時間よりもずいぶんオーバーしている。少なくとも四五分かそれ以上は経っている。それなのに、ホーカンはいまだにしゃべり続けている。

「芸術家の仕事は芸術の概念を広げることです。芸術として理解されていなかった生活の部分を芸術とすること。芸術家が成すものはすべて、最終的には芸術となるのです」

さっきも同じことを言わなかっただろうか？　カーディガンをはおった美しい白髪の夫人と案内人がホールに引き返す。思うに、彼女が美術館長なのだろう。僕は、腰を上げて軽く伸びをした。

すると、ホーカンはとんぼ返りみたいなことをして瞑想体勢を崩した。マジシャンのような唐突な動きが観衆を惹きつけた。ホーカンがバイオリンケースを開け始めるので、音楽を聴く心がまえでいた。だが、ケースから取り出した物体はバイオリンには見えなかった。

「これは楽器ではありません」と、ホーカン。

近くまで寄って、言っていることが本当だということがわかった。手にしているのは斧だった。下したての刃が燦然と照り輝いている。案内係と老齢の女性が肩越しにのぞきみて、どちらかが深く息を吸い込む音が聞こえた。

「芸術というのは常に犠牲をともないます。真の芸術家は、自分の生命をも芸術の祭壇に捧げる覚悟ができているんです。自分だけではなく、必要であれば他人の生命も」

ここで、前列に立っていた観衆がこそこそと後ろのほうへ移ってきた。僕はごくりと息を呑んだ。まさか、あとになって恥じるような行為をするつもりじゃないだろう。それに、あんな人でも僕の親族なのだ。

「芸術家はみんな錬金術師であり、魔術師であり、科学者です。彼らの犠牲精神やエクスタシーは、凝り固まった物質主義や教義的な社会論理の平均勢力です。芸術家が繭を破ること、つまり芸術と実生活の間に切れ目を入れることは避けられないことなのです。たとえそれが表面をかする程度の損傷であっても。芸術家は、犠牲なくして芸術はありえないと心得ています」と、ホーカンはなかばショーケースのほうに体を向けながら言った。

「フィアト・アルス、ペレート・ムンドゥス！」(2)

ああ、どうしたらいいんだ！　ホーカンが斧を振りあげる。「ホーカン！　ホーカン！」と叫ばずにはいられなかった。案内係は悲鳴をあげ、カーディガンをはおった夫人はホーカンの手をつかもうとしている。遅すぎた。斧は重々しく振り落とされ、ガシャーンと甲高い音を響かせながらガラスが粉砕した。それと同時に観衆がいっきに後退りすると、エンジンがかかった電動のこぎりのようにハエの大群がブンブンと羽音を立てながら破片から飛びだしてきた。もう一方からはカメラマンのビデオカメラの機械音が聞こえ、悪臭がじかに触れるくらいに充満する。ハエが壁や天井に体当たりする、気持ちの悪い小さな衝突音が聞こえてくる。

こんな不可解な光景のど真ん中にホーカンは立っている。左手で楽に斧をもち、穏やかな昇華した表情を浮かべて。

女の子が嗚咽をあげる。ガラスの破片で顔に傷を負ったようだ。無秩序に心がかき乱れる。壁際の

---

(2)　ラテン語で〝Do art!〟という意味。

柱の向こうへ移動した。さっきまでミイラ化した指が突ったっていた場所だ。だが、指はもうない。混乱の最中に落ちて、人びとの足に踏まれてしまったのだろう。

声が横溢する。両方のドアから案内係がホールに駆けよって来るのと同時に、それに逆らってクロバエが狙っている観衆の波がどっと押し寄せる。服で顔を覆い、四つんばいになりながら一度に表に飛びだそうとしている。何百という獣の足音のように響く。カメラマンが始終ビデオカメラに収めながら、人びとの様子を追う。

僕は、その場に残って指を探していた。不意に、かわいそうに思えてならなかったのだ。なんの罪もない小さな指、一人ぼっちの指、自分の手には二度と会えないのだ。爪すら見当たらなかった。盗まれてしまったか、あるいは、足蹴にされて粉々になってしまったか。それこそ、芸術の犠牲者だ。

ホーカンはと言えば、慌てる様子もなく落ち着いて斧をバイオリンケースに戻している。警察がやっと現場に着いたときには、騒擾もほどほどに収まっていた。そのときには、ホールにはもう案内係と僕と美術館長以外に人の姿はほとんどなかった。

「ちょっとやりすぎたんじゃないのか。芸術という名がどこでも通用するわけじゃないんだ。しかも美術館で！」と、巡査の一人が言った。

「あなた方はなにもおわかりでないようだ」と、ホーカンの口調は穏やかなままだ。

ホーカンは反抗することなく警察の後についていく。わずかに微笑みながら。パフォーマンスはうまくいったという表情だ。手錠をかけられなくてよかった。せめてもの救いだ。かわいそうな伯父さん。

僕のところまで来ると、ホーカンは立ち止まった。まるで、ありがとうの一言を待っているかのように。僕はただ首を振りながら、「ホーカン、ホーカン！」と言っただけだ。ほかになんて言えばいいんだ。

アイスクリーム屋

「あの音、どこから聞こえてくるんだろう」と、エルサが驚いた様子で聞いてきた。

「どんな音?」

「誰かがパソコンを打ってるみたい」

「海岸でパソコンを打つ人なんて誰もいないでしょ。きっと芝刈り機の音よ。それかモーターボートのエンジン音でしょ」と、母親が答える。

「アイスクリーム売り場からよ！　見に行こうよ！」

人っ子一人いない海岸に白くて小さな建物が立っている。どうしてビーチには誰もいないんだろう。今日はこんなに暑いのに。母親とエルサは驚きを隠せない。晴れた日はたいてい、バスタオルの置き場もないくらいで、アイスクリーム売り場には長蛇の列ができる。それなのに、今日は一人もいない。魔法にかかっているかのようだ。その代わりに、二人は海岸を一望できた。

二人が売店に近づくにつれ、カタカタと熱心に叩いている音がはっきりと聞こえてきた。エルサは、母親をちらりと見てこう言った。

「エンジンなんかじゃなかったね」

「そうね、あなたの言うとおりだったわ」

アイスクリーム売り場にはホーカンが腰かけていて、ノートパソコンを打っている。黒のスーツに白いシャツ、藍色の絹のネクタイを締めて、ぴしっと背筋を伸ばし、かしこまった姿勢でのめり込んで打っている。ときどき顔を上げて、地平線や漠々とした海岸を上の空で見ている。

「新しいアイスクリーム屋さんだ！」と、エルサ。

「そうみたいね。アイスクリーム屋もこんな格好するのね」

「ちょっと笑えるね。売店に座ってなにか書いてる。なんのためだろう？」

「さ、アイスを買ってらっしゃい。お母さんはここで待ってるから。書く手を休めてアイスクリームくらい売ってくれるでしょ。それに、いつもみたいに列に並ばなくてもいいし」と、母親は目を瞑りながら疲れた様子で言った。

「お母さんはいらないの？」

「お母さんも食べるわ。そうね、あったらマンゴー味がいいわ」

エルサは、アイスクリーム売り場を見つめる。陽炎が砂上に揺らめいている。売り場も売り子も雲煙につつまれているみたいだ。キーボードを打つ手はあまりにも熱心で、辺りは熱をおびていた。

エルサが売店に近寄ると、その手が止まった。

「いらっしゃいませ」と、ホーカン。

「どうして書いてるの？」と、エルサ。

「書く必要があるから」

「ふうん。なに書いてるの？」

「書きおきみたいなものだよ」

「あなたが死んだあとに誰があなたの持ち物を受け取るとか、そういった遺書のこと？」

「それとはまたちがう。どの味にする？」

「マンゴー味を二つ。あなた、もうすぐ死ぬつもり？」

ホーカンは、ワッフルコーン二本にパステルイエローのマンゴーアイスをギュッと載せる。

「死ぬつもりなんてないけど、そうなるかもしれない。僕だけにかぎらずね。合わせて一八マルッカになります」

エルサは、お釣りがでないようにきっかり支払った。

「ほかの人もそうなるってこと？」

「この酷暑は延々と続きそうだ。そうは思わないかい？」

「うん。すてきじゃない。毎日、ビーチに来れるし」

「すてき、すてきって。なんにでも用心することが大事だよ」

「なんにでもって、どんなことに？」

「酷暑には害がないとはかぎらないんだ」

「つまり、誰かが猛暑で死ぬかもしれないってこと？」と、エルサが怪訝そうに聞いた。

「そうだね」

エルサには見向きもせずに、ホーカンはふたたびカタカタとキーボートを打ち始めた。

アイスクリームを手に日陰に入ったときには、もう半分くらい溶けてしまっていた。

「あのアイスクリーム屋さん、変なことしゃべるのよ。怖くなっちゃった」と、エルサが母親に言う。

「脅されたの？」

「あの人、誰かが死ぬかもしれないって言うの。それから、書きおきみたいなものを書いてるって」

「からかわれたのね」

母親はそう言うと、アイスクリーム売り場に向かった。ホーカンは打つのに夢中で、しばらくは客が来たことに気がつかないくらいだった。母親がカウンターをコンコンと叩くと、ホーカンは顔を上げて打つ手を止めた。

「まさか、ここで小さな子どもたちを脅したりしてないでしょうね」

「えっ、すみません、なんですか？」

「さっき、私の娘に向かって、誰かが死ぬかもしれないっておっしゃいました？」

「そういう可能性はあります」

「つまり、おっしゃったんですね」

「つまり、誰かがそうなる可能性があると言ったんです」

「ありえないわけじゃないわ。でも、アイスクリーム屋がそんなことについて子どもと話をする必要はないでしょう」

「そうですね、一般的には。ただ、こんなときは例外ですよ。いろんなことについて話し合う必要があるんです。いろんなことに用心する必要があります。とくに、家族がいらっしゃる方にとっては」

「いったいなんのことを話しているんですか？　どんなときです？」

「気象に注目してください、とでも言っておきましょう。それから鳥にも」

「鳥？」

母親は海岸をぐるりと見わたし、海に視線を移す。一羽も見当たらない。

「鳥なんてここにはいませんよ」

「ええ、いません。人もいません。変な話です。そうは思いませんか？」

母親は、エルサのもとに引き返すとこう言った。

「あの人の話は気にしないほうがいいわ。お母さんが思うに、あの人はちょっと、ちょっと……」

「頭がおかしい人」と、エルサ。

「そのとおりよ。少なくとも変わってはいるわ」

「うわっ」と、エルサがサンオイルのボトルに気づいて声をあげる。

「どうしたの？」

「日焼け止めのオイル！　袋にこぼれちゃってる。サングラスも櫛もお母さんの本もべとべとよ。オイルまみれ」

「蓋がきちんと閉まってなかったの？」

「閉まってるよ」

「じゃあ、穴が開いてるはずよ」

エルサはボトルと蓋を拭くと、目を凝らして調べてみた。

「穴なんてないよ。きれいそのもの」

「見せて」

母親が娘のほうを向いて袋を受け取り、ボトルを取り出す。蓋は本当にきっちり閉まっている。蓋を開けようと回しても、つるつると滑ってしまう。それなのに、袋の中は黄色いオイルですっかりべとついてしまっている。

「ミステリーだね。原因もわからずじまいになりそう」と、エルサはなんだか満足そうだ。

「そうね。泳ぎに行かないの?」と、母親。

「行くけど、その前にもう一本、アイスが食べたい」

本当のところはアイスクリームよりも、ホーカンと話したい気持ちのほうが強かった。

「今日のアイスはこれが最後よ。変にあんな人とおしゃべりしないようにね」

「またマンゴー?」と、ホーカンがエルサに聞く。

「ううん、ちがう味のやつ」

「ピスタチオもあるよ。これを置いてあるところなんてあまりないからね。さっきはびっくりした? 脅すつもりなんてなかったんだけど。でも、事実は曲げようがない」

「ぜんぜん。じゃあ、ピスタチオにする。Lサイズの一つ」と、エルサ。

エルサのこめかみが疼き始めた。うっすらと硫黄の匂いを感じる。

「おじさんは、本当のアイスクリーム屋さんなの?」と、エルサは聞かずにはいられなかった。

「いや、ただの代理人」

「代理人はいつも、そういう格好してるの?」

「いや、普通はしないね。本職の人もしない」

「じゃあ、どうしておじさんはそんな服着てるの？」

「記念日だから」

「おじさんのお誕生日？」

「実際は反対」と、ホーカン。

「あっそう」

　そろそろアイスクリームを食べないと、アイスクリームがコーンの隙間から滴り落ちてきている。

「今、気温が何度あるかわかりますか？」

「わかるよ。温度計をもってるんだ。現在の気温は摂氏三九度」と、ホーカンは親切に答えた。

「うわっ！　死ぬくらいの気温？」

「いや、まだ大丈夫。健康な人ならね」

「よかった。わたしは健康だから」

「耐えられるかな」と、ホーカン。

「なにが？」

「健康が。そろそろ引き揚げる時間だな」

「どこに行くの？」

「家に帰るんだよ。僕もそろそろ帰る」

「ビーチは閉まっちゃうの？」

「閉めないといけない」

エルサが戻ってくると、母親はタオルを濡らして顔にあてていた。

「お母さん？」

「なあに？」

「ここの気温は三九度だって。でも、これくらいじゃ人は死なないみたい」

母親がふんと鼻息をもらす。

「それはそれは、元気が出るわ。でも、どうしてあの人と話をしたの？」

「もう帰りなさいって言われた」

「そんなこと言ったの？　厚かましいにもほどがあるわ！　アイスクリーム屋に、私たちのビーチ時間を決められる筋合いはないわよ」

「でも、ビーチ全体をすっかり閉めなきゃいけないって言ってたよ」

「なんでまた？　もう、あそこの売店には行っちゃだめよ。ああいう人は得体が知れない。なにを考えてるんだかわかったもんじゃないわ」

「お母さん、なんだか飛行機のなかにいるみたい。耳がつまっちゃう」

「ぐっと唾を飲みこみなさい。気圧のせいよ。気圧が下がったんでしょ」

何度も唾を飲みこんではアイスクリームをぺろぺろと舐め、しばらくエルサは考えてみた。

「もし、サンオイルがこのせいでこぼれたんだとしたら、きっと雷かそんなようなものが近づいてきてるのね」と、エルサは少し心配そうだ。

「多分ね。気象が変化してるのは確かかね。でも、長くは続かないでしょ。すごい嵐になりそうな気がする。本当に家に帰ったほうがいいかもしれないわ。アイスクリーム屋が言ったからとかそういうんじゃなくてね」

「その前に泳ぎたい。そのために来たのに」

「もちろん。お母さんも泳ごうかしら。水はお湯みたいでしょうね。さっぱりしないとは思うけど」

二人は波打ち際をけだるそうに歩く。エルサは一歩前に。爪先が水に触れようとしたとき、エルサが立ち止まった。

「どうしたの?」と、母親。

「やっぱり行かない。水がなんだか変だもん。なにかがいるみたい」

「魚!」と、母親。

「見て、ぜんぶ違う方向に向かって泳いでる」

「泳いでるんじゃないわ」

波打ち際には、大きさも種類もとりまぜた魚たちがぷかぷかと浮いている。その白い腹部が太陽に照らされ、臭気が漂っている。

「ぜんぶ死んでるの?」と、エルサ。

「そんな感じね。変ね、鳥がいまだに気づかないなんて」

エルサは、虚しく熱をおびた空を見る。

「鳥は去ってしまった」と、誰かの声がする。アイスクリーム屋が砂浜にかちっとしたスーツを着て立っている。黒い靴は磨かれて光り、静粛な時間のようだ。

「まるで煮えてしまったみたい」と、エルサが魚を眺めながら言った。

「ああ、煮えたぎってしまったんだよ。見てごらん」と、ホーカンが優しく声をかけた。

辺りは凪ぎ、葦は槍のようにピンとまっすぐ立っている。ところが、陽炎が立ち込める葦に紛れて、彼方からぶくぶくと泡立つ音が聞こえてきた。水が沸騰して音を立てているのだ。

「どうして水があんなふうに動き出したんだろう？」と、エルサが聞く。

三人は、泡立つ海面と次第に濃くなる陽炎を交互にまじまじと見つめ返す。海面は盛り上がって渦を巻き、どんどん視界を埋めてゆく。魚は次から次へと浜辺に打ち上げられ、積み重なる。むんむんと熱くむせる匂いにぐるりと取り囲まれ、三人の髪を濡らす。

「蒸気だ。海が煮えたぎってる」と、ホーカン。

「なんてこと言うんですか？　子どもの前で！」と、母親がうろたえたように言う。

「競争だ！　誰が最初に車に乗れるかな？」と、ホーカンがエルサに言う。すると、くるりと母親に向き直ると、ぴしゃりと言った。

「お母さん、あなたも」

母親はエルサの手をとると、今までに出したことがないくらいのスピードで走った。エルサは一度つまずきそうになり、そのときうしろを振り返って見た。蒸気に紛れて、アイスクリーム屋のぴしっと着こなしたスーツ姿が見える。彼は走らなかったのだ。アイスクリーム屋は手をあげて挨拶している。その背後で、外海の彼方に青みを帯びた白い泡が隆起する。母親の胸のように丸い泡。それは膨らんで、夢のように未知なる白熱する太陽の下へと広がっていった。

トータルプロ

その夏、ホーカンは仕事を探していた。三ヶ所に応募書類を送ったものの、あまり期待はせず、当たって砕ける覚悟はできていた。ホーカンが消極的になるのも、希望している職種は、人気があってやりがいもあるし給料もいいからだ。学歴は充分に満たしていると思う。それ以上だとも思っている。語学能力に長け、年齢も望ましい。けれど、この特技だけでは仕事に就けないのだ。少なくとも、ホーカンが求めている職には。

決め手は相性だ。ホーカンは心理テストを数しれず受けてきた。雇用者はテストからホーカンの性格を判断するのだが、その受けが悪い。テストの結果、ホーカンは外向的でもなく活動的でもないことから、指導能力に欠けて控けやすいという。

ホーカンは、宣伝広告会社のデザイナーを目指していた。求人欄には、ユーモアセンスとオブジェクト指向設計(1)ができるデザイナーを募集していて、リレーショナル・データベース(2)やイベント・モニタ(3)や組み込み環境(4)などの操作もできなければならなかった。ホーカンのユーモアセンスを評価してくれる人がなかなかいないのも、みんなからよく生真面目とか怒りっぽいとか頑固者とか言われているせいかもしれない。

ホーカンが応募したもう一つの若手企業は、お得意様責任者を募集していた。応募者には、根性と意欲と改革精神が求められている。

販売促進商品を生産している海外事業には、トータルプロ顧客サービス係の長期代理人を募集していた。トータルプロとはいったいどういうものなのかをホーカンは知らなかったけれど、自分の性には合わないような気がしていた。

ただ、すべての募集要項には、「能力に応じた仕事内容」を提供すると書かれてあった。連絡を待って二ヶ月くらい経つ。食べ物の消化が悪く、毎晩のようにつんとくるげっぷに悩まされている。寝つきが悪く、寝たり起きたりを繰り返している。

四月下旬に、例のトータルプロを募集している事業から電話が入った。面接日時の連絡だ。お得意様責任者とデザイナーの件は、音沙汰がないので選考に漏れたのだろう。きっと、前々から決まっていたのだ。新聞に掲載される募集広告はあてにならない。

トータルプロの面接のために、新しい近郊地域まで足を延ばすことになった。バス乗り場を探すのにずいぶんと時間がかかった。バス停は近くの公園の角にあり、そこが終点だった。

バス停にはいっぷう変わった女性が立っていて、チェック柄のマフラーをしていた。暖かくて日も

（1）現実世界をモデル化することをオブジェクト指向といい、その言語を活用するために適した設計をすること。

（2）情報を本にたとえて言うなら、一冊一冊の本（データ）をまとめて、図書館（データベース）にすること。

（3）一定期間にわたってデータベースの活動を追跡し、自然の利用状況を解析する。

（4）開発アプリケーションソフトを様々な環境に組み込むこと。通常のコンピューター以外に、携帯電話やノートパソコンやＣＤプレーヤーといった組織に対応できること。

照っているというのに、口元までマフラーを巻いている。とても痩せていて、それでなくてもマフラーの巻き方や服装は目立つ。遠くからでもぱっと目を引く。エウドラ通りの雑踏にいてもわかる。時代遅れのツィード地のコートは、体にぴったりとフィットしており、円筒形でウエストはきゅっと締められている。こんなコートは、一九六〇年代ならまだしも、今では誰も着ていない。

この女性はバス停をうろちょろし、その歩き方も変わっていて軽くスキップしているような感じで、バスを待っている様子ではない。どういうわけかそんな気がした。女性が振りむいたとき、その横顔がたまたま目に入り、愕然とした。そして、マフラーで口元を覆わなければならない理由もわかったのだ。彼女は顔にひどい傷を負っていた。口も顎もなかった。

そのとき、女性と目が合いそうになったけれど、ぎりぎりのところでホーカンは目を逸らした。一瞬のことだったが、隠そうとしていたものを見るには充分だった。感づかれた、という女性の心境がホーカンに伝わった。顔半分を失ってしまうなんて、どんなにか恐ろしい事故だっただろう。そう思わずにはいられなかった。

顔の半分がホーカンの前を通りすぎる。そして、口からというよりお腹から抑揚のないかぼそい声が耳に届く。

「すみません。本当にすみません。申し訳ない気持ちでいっぱいです!」

驚いた。彼女は話ができるのだ! 声は、遠く暗闇の中から聞こえてくる。どうしてそんなふうに言うのだろう? 誰にたいしてすまなく思っているのだろう? 自分に? それともホーカンに?

ホーカンは、女性の言ったことになんの反応も示さなかった。女性も、自分の声が聞こえなかったと思っているだろう。そのほうがいい。ホーカンも関わり合いをもちたくなかった。見たくも聞きたくもなかった。こんな人がいるということすら知りたくなかったし、女性に恐怖を抱いている自分に気がついた。恐怖を抱いているだけで、これっぽっちもかわいそうとは思わなかった。

ばかげているかもしれない。おかしいかもしれない。でも、どうやっても恐怖をぬぐえなかった。まさに恐怖こそが女性とホーカンの関係をつなぐもので、その関係も異常なくらい親密なものだった。

ホーカンは、道路の東端から目を放さなかった。その方角からバスがやって来るはずなのだ。ああ、助かった。バスが来る。乗車するとき、ホーカンは振り返らなかった。でも、そこから、足早に去ってゆく女性の軽やかな足音を聞いた気がした。走っているような感じだった。それを聞いて、胸のつかえがどっととれた。

窓際の席に腰かけながら、女性がバス停で待っていたのはホーカンだったことがわかった。あの短いセリフを言うためだけに待っていたのだ。ホーカンの耳に届いていたことは、彼女もわかっていたのかもしれない。そうでなければバスの中までホーカンを追ってきて、あのセリフを繰り返していたはずだ。何度も何度も、ホーカンが反応するまで。

女性はいなくなったけれど、面接場所に着くまで恐怖はホーカンにつきまとった。ホーカンの恐怖の原因はなんなのか、バスの中で次第に理解し始めた。女性のひどい怪我も、異常な接近方法も原因じゃない。

バス停にいた人物は普通の人ではなかった。女性はすでに死んでしまっていたのだ、とホーカンは思った。死んでいるはずなのだ。女性が遭遇したと思われる事故から助かる人はいないはずだ。着ていた服からしても明らかだった。この世で、少なくともこの国とこの町で、そんな服を着ている人はいない。

ところが、ホーカンの恐怖に別の感情が混じってきた。信じられない、女性とホーカンをつなぐものは恐怖だけじゃなくなったのだ。溶けてゆくような温かい思い、一目ぼれに似たなにかが混入したのだ。女性の言葉を繰り返し聞いたとき、かぼそい声にも関わらず、今度はとてつもないパワーと生命力を感じた。数年前に母親を亡くして以来、感じることのなかった同情を心から感じたのだ。

女性と母親はちっとも似ていなかった。けれど、わざわざ謝るためだけにこの世に戻ってきたのだ。女性は、黄泉の国からメッセージを伝えるために帰ってきたのだ。

彼女はなにを言いたかったのか、そのことをホーカンは考えずにはいられなかった。自分自身に言いかけたのだろうか？　それともホーカンに？　それとも人類の運命全体を指していたのだろうか？

あの奇妙なよそよそしいセリフに悪い予感がしてならない。お腹から声を出した女性は賢人で預言者だと確信した。この女性は、巫女のように遭遇した事故や過去や未来を見せたのだ。

会社の新社屋に足を踏み入れ、見上げるような新品のガラスドアからつやのあるベンジャミナやツタに飾られた広々としたホールを進む。いや、ホーカンはトータルプロにはならない。もっている能力、配慮、忍耐、長い学生時代、深いコンピューター知識、アイデア、改革精神、すべて役に立たないままに終わってしまう。

ホーカンが悟る前に女性はこのことを知っていたのだ。だからこそ、バス停で待ちぶせし、平謝りしていたのだ。

ああ、それだけで済んでいたら。それ以外になにも意味していませんように。バス停に着くまでに起こったり、もっと近くで起こったり、エレベーターの金属扉が閉まったあとの次の階で起こったり、そんな最終的な破滅なんて意味していませんように。まさに今、果実が食べごろになったかのように期が熟してホーカンや町の人に降りかかりませんように。

秘書に案内されて皓々と照らされた廊下をわたり、面接が行われる取締役の部屋へと向かう途中も、奇妙な声が耳元で反芻していた。

「すみません。本当にすみません。申し訳ない気持ちでいっぱいです！」

世界終焉パーティー

イーサがガスマスクをつけている。

金曜日、フェイクラブ博士はニューロ・フェアにやって来た。会場では、新しい治療形態や向精神性の薬剤やハーブ薬品などが展示されていた。会場を後に家に戻ってくると、玄関の壁際に置かれた姿見の前に立つ娘が目に入った。数週間ぶりに父親を訪ねてきたのだ。金髪のポニーテールがキャンドルの灯火に照らされて輝きを放っている。でも、鏡に映っているのはグロテスクなカエルの面。被っているガスマスクは第二次世界大戦時代の型だ。

「イーサ、久しぶり！」と、博士は声をかけて娘を抱きしめようとしたが、ガスマスクがいくぶん邪魔になった。

「そのマスクはどうしたんだい？」

「バラエティーグッズ店で」と、イーサが鼻の部分からこもった声を出す。

「買ったのか？　いったいなんのために？」

「お金のこと？　自分のお金で払ったわ」

「いくらしたんだ？」

「いいじゃない。けっこうしたけど」

「似あっているとはお世辞でも言えんな」

「そんなつもりで買ったんじゃないもの」

「たのむよ、そんなもの使う必要なんてないだろ」

「あるわ。そうじゃないと、買ったりしないわ。今晩、パーティーに行くの」

「どういったパーティー？」

「世界終焉パーティーよ。知らなかったの？　お父さんも来ると思ってたのに」

「お父さんが？　どうしてお父さんが君らのパーティーのこと知ってるんだ？」

「そう思っただけ」と、イーサが言葉を濁した。

「ああ、たのむよ。世界終焉パーティーなんて！　初耳もいいとこだ。オー・テンポラ、オー・モレス[1]」

　そして、博士はこう思った。

「ああ、神さま、家にいるときも世界の終末から逃れられないのですか？」

「なんて言ったの？」

「ラテン語だよ」

「パーティーに来る人は、みんなこういうの付けてるわよ」

「ああそう、いかすじゃないか」

「そうでしょ」

（1）ラテン語格言。「ああ、時よ！　ああ、徳よ！」という意味。

イーサはグロテスクな鼻ずらを鏡にぴったりと押しつけ、ゴム製マスクの浅い額にかかるように前髪をふわりと浮かせた。

「気持ち悪いっていうのが本音だね。カエルみたいだ」

「カエルは好きよ」

「そういうやつらのパーティーなんて、スナック菓子を食べて、果実酒を飲んで、ぶちゅぶちゅとキスし合うんだろ」

「キス！　誰がキスするのよ。それに、飲み物は果実酒だけじゃないわよ」

「そう思った。まさか、イーサは麻薬なんてやらんだろう」

「やるわけないじゃない、ばかなこと言わないでよ。それに、今どき〝いかす〟なんて言う人、誰もいないわよ」

「お父さんは言うぞ。そもそも、パーティーはどこでやるんだ？」

「屠殺場だったところ」

「ああそう、くつろげそうだね。誰の思いつきなんだ？」

「えっ、なんのこと？」

「世界終焉パーティーだよ」

「誰がって、こういったパーティーはいつだってやってきたでしょ」

「そうかい？　何百年にもわたって？　お父さんは行かないよ。パーティーっていうのは、めでたいことを祝うために開くはずだ」

「そうじゃないことだってあるわ」

娘との面会は博士の期待にこたえるものではなかった。ましなことを話す前にイーサは行ってしまった。玄関が閉まり、博士はコンピューターの前で肩を落として座った。エッラは家にいない。そのせいで気分もなんだかすぐれない。エッラはもうここには戻ってこないかもしれない、そんなふうに思ってしまう。

時間つぶしにEメールを開けてみる。

ホーカンからメッセージが来ている。何週間ぶりだろう。このメッセージは患者の掲示板に届いたものだ。

「フェイクラブ博士の患者のみなさん！　今晩、屠殺場で世界終焉大パーティーを催します。ご興味のある方はぜひどうぞ！　ガスマスクをおつけになることをお勧めします」

いったいこれはなにを意味しているんだろう。今度はなにをしようというのだ？　この場所はイーサが行こうとしてるところじゃないか。これなのか、イーサが言っていたのは？　つまり、パーティーのことを知っていると思って聞いてきたことだ。でも、どうやって知ったのだろう？　どうしてイーサはそこに行くのだろう？　以前の屠殺場は、一七歳の高校生にふさわしい場所なのか？

不安が募ってきた博士はパーティーに行く支度を始めた。だが、なにがあろうとガスマスクなどつけない。

工場地帯へと車を走らせ、使われていないコンテナーのそばに駐車した。そこに屠殺場はあった。その跡は、美術作品の場所として使われている。ほったらかしにされた暗鬱な趣は、この辺鄙な場所の目印になっていた。こんなところでどうやって祝うというのだ？　美と喜びを創るものとして理解している芸術を、どうやってつくるというのだ？

建物に想像を絶するほどのパワーを感じた。黄土色のレンガには点々とカビが生えている。鉄の扉は錆ついていて、血の跡のように見える。建物全体が傾いてしっくりこない。博士は力が萎えていくのを感じていた。

積荷タラップをわたり、二重扉までやっとの思いでやって来た。かつては死ぬ運命に慄きながら家畜が連れてこられたのだ。

タラップ上で奇妙な音を耳にした。建物の中から音がする。恐ろしくて、非人道的なことが起きているような音。

博士に戦慄が走る。明らかになにかが破壊されている。金属やガラスのほかに、有機的なものも壊されている可能性がある。騒音はときどき規則的にリズムを刻んでいる。人が造り出した音に違いないと博士は判断した。音楽と言ってもいいかもしれない。

鉄の扉はどっしりとしていて、押してもなかなか開かなかった。

中に入ってすぐ博士はものすごい打撃を受けた。耳を引き裂かれそうな騒音。テクノというのはこういう音楽を言うのだろう。想像を絶するひどい音楽だ。機械の騒音、工場の強烈な地響き。重低音は地中から沸き上がってくるようで、そのどしりと揺さぶる音に博士の内臓器官が揺さぶられる。

退廃的な音楽、そう博士は思った。

目を細め、屠殺場の前で襲われた嫌悪感から逃れられないまま、博士は陥ってしまった状況を把握しようと努めたけれど、簡単なことではなかった。ストロボみたいな光に四六時中照らされ、閃光のシャワーがでこぼこのコンクリート壁と人ごみに忙しなく浴びせかけている。

こんなにたくさんの人がいる。博士は驚いた。まさか、ここにいる人はみんな僕の患者じゃあるまい。

イーサの言っていたことは本当だった。パーティー参加者はみんなガスマスクをつけている。けれども、それ以外はいたってきちんとした格好だ。男性の多くは燕尾服を着て、女性はイブニングドレスをまとっている。この組合せは、ショッキングとしか言いようがない。

女性の大半も黒でまとめている。服装からしてまさに葬式を思い起こさせる。そういうつもりなのだろうが、ゾウムシ面の参加者たちは人間というにはほど遠い。真っ裸の男性も二人ほど見かけた。付けているのはガスマスクだけだ。

博士は、エドガー・アラン・ポーの詩を思い出した。

"They are neither man or woman - they are neither brute or human - they are ghouls".
(彼らは男性でも女性でもない、動物でも人間でもない。幽霊だ)

博士は、当てもなくホールを見てまわる。僕の発狂者たちを見ているのだろうか？　陰気なホールをぐるりと見わたしながら素に戻って考えた。それともナルシスト？　異性服装倒錯者？　嘘をつかずにはいられない人？　女子クラスみたいにキャーキャーとバカ騒ぎする活動過多な少女？　担当の歯医者にだけ話す選択緘黙者？(2)　悩みを打ち明けようとすると眠りだすナルコレプシー？　食べては吐き、食べては吐き、を繰り返す女性？　偏執狂、結婚恐怖症、小児愛者、性倒錯者が騒いでいるのか？　先だって部分主義者と診断した、女性の肘を崇拝する男性か？

しかし、面と向き合っても断定はできない、と博士はゴムマスクに囲まれながら考え込んだ。

音楽のリズムは、カップルや一人で踊っている人たちをフロアに惹きつける。コンクリートフロアの壁伝いに細長く切れこんだ溝が目に入った。それは、床の配水管へと続いている。

それがなんのためのものなのか、はっと頭に浮かんだ。かつて、動物の血が流された溝だ。そうだとわかると、胸がつかえそうな腐敗臭と血と排泄物の匂いを感じた。こびりついた死の恐怖を感じたのだ。

いったい、みんなはどんな気持ちでわいわいと楽しそうに騒いでいるのだろう？　同じことを考えていたら、誰かに肩を叩かれた。

「ああ、先生じゃないですか。お目にかかれて嬉しいですよ」と、ガスマスクをつけた一人に声をかけられた。

「失礼ですが、どなた……」と、博士が尋ねる。

「僕は『肥満好き』です」

そしてもう一人、ゾウムシ面が割りこんできた。

「フェイクラブ先生？『失望の花嫁』です。覚えていらっしゃいますか？」

なんてこった、自分もガスマスクをつけてくるべきだった。みんなの攻撃の的じゃないか。

「フェイクラブ先生なんですか？　こんにちは。先生は優しい言葉をかけてくれませんでしたよね？」と、三番目の声がする。

「思い当たるふしがないんだが」と、博士はぼそりとつぶやいた。

みんながみんな、ここに押し寄せてきているんだろうか？　僕の発狂者たちや不幸せな人たちみんな？

「僕は『怪人二一面相』ですよ、というか、その一部ですけど。覚えていますでしょ、チョコレートの……」と、三番目のガスマスクが言う。

「申し訳ないが」と、博士は自分自身に驚いた。どうして、こんなパーティーに来てしまったんだろう？　ああ、もちろんイーサのためだ。娘はどこにいるんだ？

「今はそんな暇なくて。ちょっと用事が……」

数日前までは怪人二一面相に是が非でも会いたいと思っていたのに、そんなことすっかり忘れてしまっていた。市民として、そして医者としての義務は男性の素性を報告することだったのに。今は、イーサを見つけたいばかりだ。

急いで二重扉に向かうのに、ものすごい人ごみで先に進めない。バイキング料理に立ち行列ができていて、ちらりと料理に目をやってぎょっとした。なんて変わってるんだ！　黒いテーブルクロスに真っ黒い食事が並んでいる。黒ソーセージ、ブラッド・クレープ、どす黒いアボガド、暗青色のスモ

（2）　特定の人にたいしては普通に話せるのに、それ以外の人だと上手く話せなかったり黙ってしまったりすること。

モ、それから黒キャビア。わざわざ黒く染めているキャビアも置いてある。
紙コップを誰かにぐいっと差しだされた。その中にも黒い液体がギラギラと照り輝いている。博士はコップを受け取ると口元までもってきた。異様な甘ったるい匂いだが、喉が渇いていたので、半分くらい一気にあおった。

「このお祭りのコックさんは、変わった想像力の持ち主のようですね」と、博士は隣に立っているガスマスクに言った。

「そんなことないですよ。ところで、フェイクラブ先生ですか？」と、マスク。

博士はぼそっとなにかつぶやくと、人を押しのけながら前へ進んだ。そして、サイドテーブル脇に見覚えのある撫で肩の姿をやっと目にした。金髪の三つ編みがディスコライトに照らされてピカピカと光っている。あれがそうか……？

博士は、ぐいぐい押しのけて近よった。

「イーサ、お父さんも世界終焉パーティーがどんなものだか見に来たよ」

「ああ、お父さん」

娘のガスマスクのばかでかいガラスレンズが、ディスコライトのリズミカルな動きに合わせて黄色になったり緑になったりする。

「お父さんのガスマスクはどこ？　お父さんのチャットサイトを見てここに来たのよ」

「知らなかったよ、お父さんのチャットサイトを見てたなんて。言ってくれればよかったのに」

「お父さんが知らないことだってあるのよ」

「ここは、おまえが来るところじゃないよ」

「お父さんの考えではね」

恐ろしい考えが博士の脳裏を過ぎる。口が渇きはじめた。話をしようとして口を開くと音がするほどだ。つんとくるような酸っぱい鉄の味がする。ああ、フェイクドロップをもってくればよかった。

「イーサ、まさか、そんなことないだろうが、いや、はっきり言ってくれ。おまえ、お父さんの客だった？」

「どう思う？」

「イーサ！　たのむよ！　なんでそんなこと思いついたんだ？　どんな名前を使ってた？」

「人生の過ち」

「人生の……ああ神さま！　あの話は自分で考えたものかい？　まさか事実じゃないだろ？　あの男―イーサ！　むかつく隣人……全部でたらめなんだろ？　そうだと言ってくれ！」

今度だけは嘘をついてくれよ、そう博士はたのみたかった。

イーサは顔を背け、博士はごくりと唾を飲む。

「それで、お父さんはなんて答えた？　はっきり覚えていないいんだよ」

「覚えてないの？　一語一句、そのまま繰り返そうか？」

「いや、できれば聞きたくない」

「お父さんからの返事はしっかり覚えてるわよ。〝いっそのこと――〟」

「たのむから、やめてくれ！」

「いっそのこと、そのなんとも知れない男と連れ立って道行きしたほうがいいのかもしれない」と、イーサは無情にも言い続けた。

立ち直れないくらいのショックを受け、その場に立ってもいられない。両手でこけてしまった顔を覆うと呻き声をあげた。

「それで、おまえはどうするつもりだ？　まさか、お父さんの言うとおりにはしないだろ？」

「お父さんに話すつもりはないわ。じゃあね！　人と待ち合わせしてるから」

「待ってくれ、イーサ、そんな急がんでくれ。あの男と会うわけじゃないだろ？　やつもここにいるのかい？　その人には猶予を与えることにしよう。それに、お父さんもぜひ会っておきたいしね。イーサ、たのむからほんとのことを言ってくれ、まだ駆け落ちする気でいるのかい？」

「じゃあね！」

博士は、誰でもいいから誰かに謝りたい気持ちでいっぱいだった。脳裏に若い頃に読んだ詩が去来する。

罪に苛まれて　こぼれる血の涙
悲鳴を上げて　心が痛む

「こんにちは、先生。イレネです。覚えていらっしゃいます？」と、耳元で甘ったるい声がした。

ああ、まさにそうだ、低く艶のある声。この誘っているかのような声、聞き覚えがある。大混雑の中で、ぎゅっと体を押しつけてくる。ガスマスクの異常なくらい長いゾウムシ鼻が、イレネの汗ばんだ胸の谷間にすっぽりはまっている。

「ああ、覚えているとも、イレネ。ホーカンの奥さんですね。ご相談の途中でしたよね。旦那さんもここに来ているんですか？」

「ホーカンですか？　来ているはずです。あそこにほら」

イレネは、窓際に立っている黒衣の長身の人物を指さした。どうやら、女性の誰かと話し込んでいる様子だ。

「旦那さんと二言三言交わしたほうがよさそうですね」と博士は言うと、窓に向かって歩きだそうとした。

「それから、あそこにもいますよ」と、ホーカンの妻が言う。

「えっ？　すみません、なんですか？」

「あそこで踊ってる人ですよ」

「あの人もですか！　こんなことありえません」

「いいえ、そうなんです。お話ししましたでしょ、大勢いるって。覚えていませんの？　あそこにも、ホーカンの一人がスープを注いでるわ、わかります？　あそこの背の低い太った男性です」

「お願いですからやめてください」と、博士は言って笑おうとした。

「お話ししましたよね、主人はコピーされたんです。先生は信じたくなさそうですけど、今こうやってご自分の目で見ましたでしょ。内緒なんですけど、ここにいる人はみんなホーカンなんです、みんな。でも、誰も本当のホーカンじゃないんです」

「よろしいですか、来週明けすぐにでもメッセージをください。まだまだ話し合う必要があります」

するといきなり目眩がして、腰かけようと窓際のベンチを探した。おそらく、屠殺場の壁にこびりついた悪臭のせいだろう。それとも、ポンチのせいか？　アルコール以外のものを混ぜている可能性がある。博士の脳裏に飲み物のけったいな味が蘇る。突如、恐怖に襲われた。聞くところによれば、こんなようなパーティーでは、エクスタシーやらＬＳＤやらシロシビンを含む幻覚キノコやらヒヨスやら、よくは知らないけれどそういったものをやるというじゃないか。

イーサはどこに行ったんだ？　探しださないといけないのに、目が眩むほどの高い壁を見つめたまま力が出ない。この部屋で何千という生き物が殺されたのだ。その死骸は鉄の棒に吊るされ、何の罪もない血が壁や床を伝って飛び散ったのだ。壁にひびが入っているように見える。目を細めてみる。コンクリート壁はでこぼこで汚れてはいるが、そんなに目立たない。もう一度よく目を凝らして見てみると、今度ははっきり見えた。ひびは天井のつなぎ目から入っていて、くねくねと入り組んでコンクリート床まで続いていた。建物の土台部分まで入っていることだろう。

不意に怪人二一面相の顔が浮かび、博士の落ち込みに拍車をかけた。気分もますます悪くなるばかりで失神しそうだ。どうしてチャンスを逃してしまったんだ？　なにを企んでいるのか、どうして突き止めなかったんだ？　まさか、悪事を働こうと注射器やタブレット容器や毒入りスプレーを持ち込んでいないだろうな？

怪人二一面相と話す必要がある。でも、どうやって探し出すというのだ。こんなくるくると回転する眩しい光のもと、ガスマスクを被っていては男女の区別すらつかないのに。

鈍色(にびいろ)の扉をぬけて押し寄せる
殺到してくる幽霊たち
バケモノ軍団は笑うだけ
——けっしてにっこり微笑まない

イーサはどこだ？　パーティー参加者全員に警告しなければ。ポンチも気持ちの悪い黒い料理も下げさせないと……。なにも口にしてはならない。

言うことを聞かない体を押して立ち上がり、必死に叫ぼうとした。

「みなさん！　静粛に願えますか！」

シンセサイザーのやかましい音に博士の声が掻き消されてしまう。博士の声も蚊の鳴くようなかぼそい声となり、いずれにしろ届かなかった。靭帯がさっきの飲み物で痛んでしまったのだろう。

とにもかくにも、まずはイーサを見つけることだ。東奔西走して、長い長い廊下へと続くドアを開けると、そこではあるカップルが盛り上がっている最中だった。出口近くで金色に輝く三つ編みを目にしたように感じた。イーサは会場を後にしようとしている。だが、ガスマスクの一人が一緒だ。ばかな児童虐待者や犯罪者だったら……。そんな変人には法的処置をとる。

「イーサ！　待ちなさい！　一緒に行こう！」

娘だと思って、頼りない後姿を追って駆けだした。すでに、タラップのところまで来ている。うしろで扉がガターンと音を立てて閉まる。雨が降ったらしい。まだ止んでいない。アスファルトの庭は広々としていて黒い水たまりができている。夜の帳が降りたのだ。まだ中に入ってそれほど経っていない気がしたのに。町のほかの場所に比べてどんよりしているのも、屠殺場の街灯が石の攻撃を受けて壊れてしまったからだ。博士以外に人気はまったくなかった。

「イーサ！」と、声がかれるくらい大声を出した。夜の騒音の中で、低い倉庫の影から犬が遠吠えしている。

悪寒が走る。靴下はびしょ濡れで、足首部分がきつく感じる。血栓を起こしたわけじゃないだろう。足元の水たまりに目をやって気がついた。水位は足首まで上がってきている。クシュンとくしゃみが出た。早く家に戻って着がえないと。

するとそのとき、水たまりに赤や黄色や青や緑色がぐるぐると回りはじめた……。いったいどこから湧いて出てきたんだ。さっきまでは黒い水たまりだったのに。それから騒音。あんなボリュームでここまでずっしりと響いてくる。

博士はちらりとうしろを振り返ると、窓のない外壁に、建物の中にあったものと同じひびが入っているのを目にした。ひびはこんなに深かったのか？　ストロボの閃光と音楽がひびをぬけて難なく漏れてくる。カエルたちのダンスが見えそうなほど、隙間は大きくなるばかりだ。彼らのステップは、見えない紐で引っ張られているかのようにピンピンと跳ねる。そして、マラリア熱に侵されたかのように震えながら最新のダンスに夢中でいまだになにも気づいていない。

「みなさん！　気が変になったんですか！　外に出てください！　バカじゃないのか！　外に出るんだ！」と、博士は小声ながらも必死だ。

「やつらはなんにも気づいていないバカなやつらだ」と、博士はぼそりと嘆いた。

「走りなさい、このバカッ、手遅れにならんうちに」

もう手遅れじゃないのか。厚い布がビリビリと裂けるような音が聞こえた。壁がぱっくり割れたというより、緞帳が破れたような感じだ。博士は、新たに重低音を耳にした。それは、シンセサイザーの音よりも深いところから、町の建物の土台から、冷たい地下水の深淵から響いてくる。いや、もっと深くて彼方からだ。石が煮えたぎる大地のまんなかの溶鉱炉から。くろがねすらも溶けてしまう惑星の心臓部分から。

新生

台所の窓際には、八月のひまわりが咲いている。ホーカンの妻が庭から摘んできて花瓶に活けたのだ。読書を中断して花の軸に目を留めた。その中心部分の螺旋部分に。頭の中で雄しべを数え始める。その形を見て思い浮かぶのは、巻き貝、枯れ木の年輪、雪片の一二辺角、虎模様、豹柄、ヒトデのシンメトリー、三角州の波、惑星の楕円形、流星の降り注ぐ雨。花を見ていたら、馬の蹄と人の足音が聞こえた。

ホーカンの妻が台所をのぞきこんで声をかける。

「ホーカン、そろそろ急がないと」

三歳でホーカンは数字を覚え、四歳で三、四桁の足し算と引き算を覚えた。そして、今度は興味の対象が時刻表になった。ほかの子どもたちが漫画に夢中になるのと同じだ。

まだ小学生なのに、ほとんどの花には決まった数だけ花弁がついていることに気がついた。ユリの花には三枚、キンポウゲには五枚、デルフィニウムには八枚、ポットマリーゴールドには一三枚、アスターには二一枚、フランスギクには三四枚ついている。五五枚とか八九枚もつけている花もある。注目したいのは、この連続性だ。花弁は、前に挙げた二本を足した数になっている。

「お父さん、もう出かけるよ」と、庭から叫んでいるのはホーカンの息子だ。

「すぐ行くから」と、ホーカンが上の空で答える。

同じような連続性や模様や規則性を、ホーカンは花以外にも発見した。自然、星空、小宇宙、気象、生物の形、現象の動き、そして社会、株価、犯罪統計にも同じ法則がある。数字のような幾何学模様のような中に、むだのない機能的な審美性と研ぎ澄まされた美しさがある。

こういった数字に深入りするほど、目から鱗がどんどん落ちてくる。どうして、こんな数字なのだろう。このことが、ホーカンの頭をずっと悩ませている。

ホーカンはいつも頭の中で考える。ほかの人と比べてみても口数が非常に少ない。

「お父さん！　行くよ」と、今度はホーカンの娘だ。

世界は言語ではない。それは、数字や連続性やコードや図形をもとにしている。言語や言葉は二次的なものであって後回しでいいのだ。人間だけに関わるもので、自然とはあまり関係がない。人間だけに関わるものには、ホーカンの関心も長続きしない。

自然の言葉について話がもち上がったが、自然と言える唯一の言葉は数学である。普段から思考をめぐらしたり、飽きずに心の声を聞いたりすることは、ホーカンにしてみればとんでもないむだ遣いだ。そこに、脳の計算能力と記憶力のほとんどがむだに使われてしまう。

発明されたものが存在するということに気づいただけでもよかった。自然数は自然から見つかったわけではない。ただ、目には見えずとも自然の中に隠れている。不可欠だからだ。

「ホーカン！」

ホーカンにとって数学は精神鍛錬でもあった。でも、そのことは誰にも話していない。それが、神の存在を保証しているからだ。

台所の窓際には、八月のひまわりが咲いている。夏の迷宮。花はどれでもそうだが、美しく咲いている。そこには、目の眩むような光と渇望がある。星から得たものはすべて、惜しみなく分け与えている。

ここで、ホーカンはジュリアの花を思った。ジュリアの花は本物ではない。数学上の画像で一つの図形を何回も繰り返してできるフラクタル画像のことだ。この基本図形は、動物にも人間にもメタファーにも言える。図形の渦や螺旋が無限に集合しているのだ。

フラクタルの図形は、数学的なメタファーとしての革新と成長と無限だとホーカンは思っている。そこから、本当の人生の野花が咲き誇るのだ。その図形に昆虫や軟体動物や腔腸動物の姿を重ねる。図形のシンメトリーが集まって有機体の形となり、氷や雪の結晶となり、波や煙や雲や羽毛や冠毛や蔓や羽となるのだ。そこには、生命の形の不思議がある。誰の目にもいつも同じように見えているのに、一時も休むことなく新しく生まれ変わっているのだ。穏やかに、けれども情熱的に。

それはあらゆる現実の地図であり、スケールをどんどん変え続ける迷路だ。小さい世界は大きい世界となんら変わりはない。そこに人間が介在するだけだ。人間の永遠とは、大きさでも時間でもない。気持ちの無限である。

「ホーカン！　聞こえないの？」

ひまわりは無限の景色だ。その軸から渦巻銀河が旅立ち、芽胞の群れが流布し、動植物の群生や種が誕生しては死んでゆく。

生きてきた人生を思い出しながら、自分のこれまでの行為や無視してきた行為の中に、同じくらい大きな図形を見たような気がした。どんなふうに、その図形は描かれたのだろう？　誰の意志が隠れているのだろう？　偶然と自分の選択を介して自己実現する力と存在だろうか？　それは、幸せにも不幸せにも隠れているとホーカンは気がついた。配慮の行き届いた行動にも偶然にも、そして昨日にも明日にも。

どこかで、自分のことを個人的に呼んでいる気がする。自分の名前を、囁きや喚声や手話の集合体の反響の中から聞き分ける。

終わりはないのだ。分散があるところには集合がある。終わりがちらつくところに仄めくのは、始まり、新しい誕生、新生だ。

「お母さんが呼んできてって」と、ホーカンの娘が言う。娘の温かい指がホーカンの手首をつかむ。そして、なにか考えながら夢遊病者のようにふらふらと後についてゆく。

台所の窓際には、八月のひまわりが咲いている。

訳者あとがき――美しいプラネット

五月だというのに、ヘルシンキは雪片が舞うほど冴え返り、例年にない二度目の寒の戻りに春の花冠はいつ咲こうか戸惑っているようだった。クロッカスもラッパスイセンもまだ蕾のままで、フィンランド湾の葦も立ち枯れて足元でカサカサと音を立てた。けれど、ひとたび春の雨に濡れた花々は目が覚めたかのように綻びはじめるから不思議だ。

花々は、いつ、どこで、どんなサインをもらって、芽吹いて、種を残して、ふたたび美しく生まれるのだろう。花々にかぎらず循環する自然の記憶と神秘にはほんとうに圧倒される。

いまや、日本でもその名が知れわたるようになったフィンランドのテキスタイルデザイン会社マリメッコ（marimekko）のプリント柄には、自然の織り成す造形に魅せられたものが数多くある。マリメッコは、一九四九年にアルミ・ライタのもとで設立されて以来、開放的な女性を象徴するかのようなデザインを提供しつづけ、フィンランドのテキスタイル業界をはじめ、海外にも旋風を巻き起こし続けている。

マリメッコの代名詞とも言えるデザイナーのマイヤ・イソラによるポピー（Unikko）柄をはじめ、氷河期時代の記憶を想起させる花崗岩や玄武岩をイメージした石（Kivet）柄、オレンジ（Appelsiini）やパイナップル（Ananas）、カタバミ（Ketunleipä）や蘖（Verso）をモチーフとした柄は、果物の果肉の緻密さや植物の葉群の端整さがあり、井戸（Kaivo）や大波（Maininki）の波状構造に息を呑む。これらのデザインに特徴的なのは、大胆なカットと鮮烈な配色、そして目を引く幾何学模様だ。

　わたしたちはそういった自然の不思議や奇跡に感動するだけではなく、そこからさまざまなヒントを得て恩恵を受けている。ミツバチの六角形の巣から強度と軽量を応用したハニカム構造は、スキー板、航空機の翼の内部、そして天体望遠鏡の基盤に反映されているし、ヤモリの足裏の繊毛から強力な粘着テープが生まれ、サメの皮膚構造を模して表面摩擦抵抗を減少させたスイムウエアに驚き、モルフォ蝶の光干渉効果をもつ鱗粉から代替染料の可能性を探り、蓮の葉の表面にある毛羽から撥水繊維を生み出し、さらには蛾の目玉を模した微細周期構造は光ネットワークや高輝度ディスプレイといった光素子機能に発展をもたらした。

　美しさには、ある種の数学的な規則性や連続性があるように思う。「ユリの花には三枚、キンポウゲには五枚、デルフィニウムには八枚、ポットマリーゴールドには一三枚、アスターには二一枚、フランスギクには三四枚」（『ペレート・ムンドゥス』より）、とホーカンは花弁の整然たる連続性を発見し、その轍を自然界や宇宙や社会にまで見わたした。実証と経験から数学的な裏づけをもって自然現象を捉えたニュートンにとっても、「自然は数学の言葉で書かれた聖書だった」（藤原正彦著『心は孤独な数学者』より）。

　そんな美しい自然の威容が、いまにも目の前で地球の悲鳴とともにガラガラと音を立てて崩れそうだ。その悲鳴を受けて、ホーカンは終末論（ジョン・レスリー著『世界の終焉―今ここにいることの論理（The End of the World: The Science and Ethics of Human Extinction）』を唱え、イスマエルは千年王国思想（ダミアン・トンプソン著『終末思想に夢中な人たち（The End of Time）』）を唱えている。

地球の緩衝容量とか、大気や水や土壌や動植物間のエコロジカル・バランスとか、生態系の保全や調和とか、不安要素は次から次へと沸いて出る。環境問題だけではない。あちこちで勃発する社会的な崩壊は、エコロジーの崩壊を煽っているように感じてしまう。

地球のエコシステムの崩壊を危惧する急進的なフィンランドの環境保全運動家にペンッティ・リンコラ（Pentti Linkola、一九三二〜）がいる。猟師であり思想家であるリンコラは、車を所有せず、ボートで漁をし、獲れた魚は馬車で運んで、エコを有言実行している。人類が豊かな暮らしを求めて行ってきた大量生産や大量消費や大量廃棄を見なおして、地球の温暖化、オゾン層破壊、天然資源の枯渇といった地球の悲鳴に耳を傾けようと叫んでいる。

「人類は終着点に来ているようだ。わたしたちはエコカタストロフィーにさらされて、嵐の目のなかに立たされている。どんな自然科学者も未来学者も、わたしたちに残された時間はおそらく三〇年から一〇〇年としか言いようがないだろう。（……）生物学者、人口統計学者、哲学者、そして思想家が個別に必死になって警鐘を鳴らしたり、何百人というノーベル賞受賞者たちが経済成長をすぐに絶つべきだと書いたりと、世の中は深刻な警告でいっぱいだ。なかでも現実とともに鬼気迫るのは人口危惧種の増加である。絶滅危機の増加はすでに始まっていて、衰えをみせない。直感や黙示に基づいていた昔の世界終末の予兆は古びたジョークと言えるかもしれない。しかしながら、いまやその予測は科学的な事実や認識や統計や数字にもとづいている。もはや、古びたジョークではないのだ」（「われわれは生き残れるのか？——ある未来のかたち」ペンッテイ・リンコラ著『Voisiko elämä voittaa - ja millä ehdoilla（生命ははたして勝てるのか）』二〇〇四年より）

「地球は生きています。そのことをわたしたちは忘れがちです。地殻がわずかに隙間をあけて一息つくだけで、大きな波は寄せては返し寄せては返します。そんな自然の前にあって人間は脆くも弱く、計り知れない苦しみを味わいます」（訳者に宛てた二〇〇四年一二月三一日付けのレーナ・クルーンの手紙より）

ヘルシンキの空に鏤められた星屑のようなシラーの深い蒼、ハナニラの陶器のような微光、ニリンソウの雪を割った白は確かな春を告げていた。茶褐色の胸を膨らませて歌うズアオトリを背にしたら、ふとフィンランドの夏の数え歌を思い出した。

ヒバリを見たら　夏まで一ヶ月
ズアオトリから　半月待って
ハクセキレイなら　もう少し
ツバメを見たら　夏が来た

渡芬した初日、レーナ・クルーンの台所の窓際にはひまわりの双葉が陽光に向かって伸びていた。フィンランドを発つ最終日、双葉は四葉へ成長していた。「光と渇望」を秘めた芽に大輪の太陽を重ね映し、遠くはない夏を想った。

本書の邦訳は、多くの方々の温かいご協力と励ましなしに叶うことはありませんでした。フィンランド文学協会（ＳＫＳ）、フィンランド文学情報センター（ＦＩＬＩ）、ＷＳＯＹ文学財団（WSOY:n kirjallisuussäätiö）をはじめ、著者レーナ・クルーン氏とフィンランド文学研究家末延淳氏には長年にわたって心から支援をしていただきました。みなさまへの感謝の気持ちは尽きることがありません。

去る二〇〇四年一一月に六本木で開催されたＥＵ文学フェスティバル「西と東の出会い」で、クルーン氏はフィンランドの現代作家を代表して来日しました。作家と詩人によるライブパフォーマンスでは、クルーン氏はアメリカでもその英訳が絶賛されて優秀作品に選定された『タイナロン』を朗読し、東海大学北欧週間では「筆を執る必然性」をテーマに講演しました。この実現に著者よりもずっと大きな喜びをじんじんと感じました。

そして、それに感銘を受けて邦訳刊行を承諾してくださった新評論の武市一幸氏に、深く感謝を申し上げます。

二〇〇五年　七月一一日　美しが丘にて

末延弘子

訳者紹介

末延弘子（すえのぶ・ひろこ）

文学修士。

東海大学北欧文学科、トゥルク大学を経て、フィンランド政府奨学金留学生としてタンペレ大学に留学。フィンランド文学を専攻。フィンランド文学情報センター（FILI）に翻訳研修給付生として勤務し、帰国後にフィンランド文学情報サイト（http://kirjojenpuutarha.pupu.jp）を末延淳氏と主宰。フィンランド文学協会（SKS）、カレヴァラ協会（Kalevalaseura）正会員。現在、翻訳、通訳、執筆を手がける他、都内各所でフィンランド語講師をしている。

訳書に、レーナ・クルーン著『ウンブラ／タイナロン』（2002）、『木々は八月に何をするのか』（2003）、カリ・ホタカイネン著『マイホーム』（2004）（以上すべて新評論）ミルヤ・キヴィ著『ムーミン谷における友情と孤独』（2000）、『おとぎの島』（2003）（以上すべてタンペレ市立美術館）および『ようこそ！ムーミン谷へ』（2005、講談社）など。

ペレート・ムンドゥス――ある物語　（検印廃止）

2005年9月10日　初版第1刷発行

訳者　末延弘子

発行者　武市一幸

発行所　株式会社　新評論

〒169-0051
東京都新宿区西早稲田3-16-28
http://www.shinhyoron.co.jp

電話　03(3202)7391
FAX　03(3202)5832
振替・00160-1-113487

落丁・乱丁はお取り替えします。
定価はカバーに表示してあります。

印刷　フォレスト
製本　清水製本プラス紙工
装丁　山田英春

Printed in Japan
ISBN4-7948-0672-8 C0097